KB033681

11

Akashic records
of bastard magic instructor

변변찮은 마술강사와 금기교전

"……좋아.
내 목은……
너희들에게 맡기마!"

"윽?!"

글렌 레이더스
마술을 싫어하는, 마술강사.
마침내 찾은 보금자리를
파괴하려는 맥심에게
선전포고를 한다.

맥심 티라노
릭과 교체된 새 학원장.
알자노 제국 부국강병책의
일환으로 취임. 마술학원의
무력 중시 개혁을 추진하려
하는데……?

퉁!
글렌의 등에 충격이 퍼져나갔다.

"~~~~~~윽!"

"……진짜 성가신
여자라니까."

이브 이그나이트
궁정 마도사단 특무분실의
전 실장. 저번 사건의 추태로
인해 아버지 아젤에게 전력 외
통보를 받고 훈련 교관 강사로서
마술학원에 부임했다.

"아하하…… 옆자리,
괜찮을까요?"

'……뭐지?'

루미아 틴젤

비밀을 품은 청초하고 마음씨
고운 소녀. 페지테 최악의
사흘간을 거치고 한층 더
성장했다. 여자의 직감으로
글렌과 이브의 관계에 살짝
질투하기도?!

"저기……
이브 씨?"

"응, 이브.
같이 들어가자."

시스티나 피벨
고지식한 우등생. 특무분실을
이끌었던 이브를 존경한다.
글렌, 그리고 교관이 된
이브의 특별 지도를 받게
되었다.

리엘 레이포드
글렌의 전 동료. 변함없이
태평한 성격으로
예전부터 아는 사이인
이브가 마술학원에 와서
기뻐하고…… 있을지도?

"《진홍의 염제여·접화의 군기를 들고· 붉게 유린하라》——."

──유죄(길티)

이유는 모르겠지만 이런 무능한 자신을
흠모하고 따라준 학생들.
그 기억을 떠올리면…….

알자노 제국
마술학원 강사장

『희화화된 올빼미』의 문장.
올빼미는 지혜로운 자를
상징하며, 마술학원의 정식
강사, 교수라는 증거이기도
하다.

CONTENTS

Akashic records
of bastard magic instructor

변변찮은 마술강사와 금기교전 11

히츠지 타로 지음
미시마 쿠로네 일러스트
최승원 옮김

교전은 만물의 예지를 관장하고, 창조하며, 장악한다.
그러하기에 그것은
인류를 파멸로 인도하게 되리라———.

『멜갈리우스의 천공성』 저자 : 롤랑 엘트리아

Akashic records
of
bastard
magic
instructor

Character

Main

시스티나 피벨

고지식한 우등생. 위대한 마술사
였던 조부의 꿈을 자기 힘으로 이뤄
내기 위해 흔들림 없는 정열을 바치
는 소녀.

글렌 레이더스

마술을 싫어하는 마술강사. 만사에
무책임하고 의욕 제로. 마술사로
서도 삼류라서 장점은 전혀 없는 셈.
그런 그의 진정한 모습은—?

루미아 틴젤

청초하고 마음씨 고운 소녀. 누구에
게도 밝힐 수 없는 비밀을 가지고 있
으며 친구인 시스티나와 함께 열심
히 마술 공부에 매진하고 있다.

리엘 레이포드

글렌의 전 동료. 연금술로
고속 연성한 대검을 다룬다.
근접 전투에서 비교할 자가
없는 이색적인 마도사.

알베르트 프레이저

글렌의 전 동료. 제국 궁정
마도 사단 특무 분실 소속.
신기에 가까운 마술 저격이
특기인 굉장한 실력의 마도사.

엘레노아 샤레트

알리시아의 직속 시녀장 겸
비서관. 하지만 그 정체는
하늘의 지혜연구회가 제국
정부로 보낸 밀정.

세리카 아르포네아

제국 마술 학원 교수. 글렌의
스승인 동시에 길러준 부모
이기도 한 수수께끼가 많은
여성.

Academy

웬디 나블레스

글렌이 담당하는 반의 여학생. 지방
유력 명문 귀족 출신. 자부심이 강하고
권위적인 성격의 세상 물정 모르는
아가씨.

린 티티스

글렌이 담당하는 반의 여학생. 약간
내성 적이고 체격도 작아서 귀여운 동물
처럼 보이는 소녀. 자신감이 없어서 고
민이 많다.

기블 위즈덤

글렌이 담당하는 반의 남학생. 시스
티나 다음가는 우등생이지만 결코
주변과 어울리려 하지 않는 냉소주
의자.

카슈 윙거

글렌이 담당하는 반의 남학생. 덩치
가 크고 튼실한 체격. 성격이 밝고 글
렌에게 호의적이다.

세실 클레이튼

글렌이 담당하는 반의 남학생. 조용
한 독서가. 집중력이 높아서 마술 저
격에 재능이 있다.

할리 아스트레이

제국 마술 학원의 베테랑 강사. 제국
명문 아스트레이 가문 출신. 전통적인
마술사와는 거리가 먼 글렌에게 공격
적이다.

마술

Magic

—

룬어라고 불리는 마술 언어로 구성한 마술식으로 수많은 초자연 현상을 일으키는
이 세계의 마술사에게 지극히 『당연한』 기술.
영창하는 주문의 구절과 마디 수,
템포, 술자의 정신상태에 따라 자유자재로 형태를 바꾸는 것이 특징.

교전

Bible

—

천공의 성을 주제로 삼은 지극히 아동 취향인 옛날이야기로 세계에 널리 퍼져있다.
그러나 그 소실된 원본(교전)에는
이 세계에 관한 중대한 진실이 적혀있다고 전해지며, 그 수수께끼를 좇는 자에게는
어째선지 불행이 닥친다고 한다.

알자노 제국
마술학원

Arzano Imperial Magic Academy

—

약 4백 년 전, 당시의 여왕 알리시아 3세의 주도로 거액의 국비를 투입해서
설립한 국영 마술사 육성 전문학교.
오늘날 대륙에서 알자노 제국이 마도대국으로 명성을
떨치는 기반을 만든 학교이자, 늘 시대의 최첨단 마술을 배우는
최고봉의 교육 기관으로서 주변 국가에 널리 알려져 있다.
현재 제국의 고명한 마술사 대부분이 이 학원의 졸업생이다.

서 장 다시 찾아온 폭풍

페지테 최악의 사흘간— 훗날 그렇게 불리게 된 대사건이 막을 내린 지 벌써 일주일이 지났다.

일상을 되찾은 알자노 제국 마술학원에 다시 평온한 일상이 흐르기 시작했다.

물론 그 사건이 학생들의 마음에 남긴 상처는 아직도 쉬이 나을 수 없을 정도로 거대했다.

하지만 동시에 학생들은 그 역경을 함께 뛰어넘으며 큰 성장을 이루었다.

그리고 그것은 타인을 위해 자신의 행복을 부정했었던 한 이능력자 소녀 또한 마찬가지였다.

"……그래, 알고 있어. 그렇다고 해서 만사가 다 원만하게 해결될 정도로…… 세상이 호락호락하지는 않다는 것쯤은. ……하지만."

한창 사색에 잠겼던 글렌이 문득 눈을 떴다.

그 순간 시야를 물들인 것은 한없이 높고, 맑고, 푸르른 하늘이었다.

부드럽게 내리쬐며 찬란하게 빛나는 따스한 햇살.

잔잔하게 머리카락과 몸을 쓰다듬는 기분 좋은 바람.

저번 사건이 마치 거짓말이었던 것처럼 느껴지는 평화로운 풍경.

"그래도 그 녀석들이라면…… 그 녀석들이라면 분명 괜찮을 거야. ……내가 이루지 못했던 꿈을…… 눈부신 미래를 이룩할 것 같은…… 그런 기분이 들어."

마치 세상이 글렌의 그런 예감을 축복해주는 것처럼…….

하늘이, 햇살이, 바람이 한없이 부드럽게 지켜봐주고 있었다.

"……그런 고로 이제 쓸모가 없어진 나는, 믿음직하게 성장한 그 녀석들에게 모든 걸 맡기고 여기서 조용히 낮잠을 즐기고 있는 것이로소이다!"

—교내 안뜰의 벤치 위에 아주 당당하게 누워 있는 그를…….

요컨대 현재진행형으로 농땡이를 피우는 중이었다.

"참 나…… 뭐~가 긴급 전교 집회라는 거야? 어차피 학원장이나 이사회의 높으신 분이 학생들을 모아놓고 지겨운 훈시나 주절주절 늘어놓으려는 것뿐이겠지. 그딴 데 일일이 어울려줄까 보냐!"

투덜거리면서 하품을 하고 상체를 일으킨 글렌은 한산해진 주위를 둘러보았다.

역시 가장 먼저 눈에 띄는 건 저번 격전의 흔적들이었다.

원래는 아름다운 꽃들이 흐드러지게 폈을 화단이나, 파릇파릇한 잔디로 뒤덮였어야 할 정원은 도처가 불에 그슬린 무참한 모습이었다.

　동서남북의 네 건물도 순조롭게 수복이 진행 중이었으나, 아직 곳곳에 생생한 파괴의 흔적이 남아있었다.

　보기 딱한 광경이기는 했지만 그래도 비장감이나 적막감은 없었다.

　전투의 여파로 반쯤 파괴된 화단에는 나비가 날아다녔고, 불에 그슬린 잔디와 나무에는 벌써 새싹이 돋는 등 도처에서 생명의 숨결이 느껴지고 있는 데다, 건물을 고치는 망치질 소리가 단 하루도 끊일 날이 없었기 때문이다.

　현재 알자노 제국 마술학원은 재생을 향해 힘차게 맥동하는 중이었다.

　"참 나, 그냥 건물이 고쳐질 때까지 휴교나 해버리면 좋을 텐데 말이지…… 흐아아아암~. 이제 곧 올해 1학기 과정도 끝나고 방학인데 말야. ……참 성실하기도 하셔라."

　문득 글렌은 이 학교에 강사로 부임한 뒤부터 일어난 일들— 올해 1학기 과정을 멍하니 돌이켜 보았다.

　까놓고 말해 뭐 하나 제대로 되는 일이 없었다.

　매달 묘한 사건에 말려들다 보니 숨 돌릴 틈조차 없었다. 게다가 얹혀살던 세리카의 저택이 저번 사건에서 소멸하는 바람에 현재 글렌은 노숙자나 다름없는 상태였다.

"젠장, 세리카 녀석…… 뭐가 개인적인 일로 잠시 자리를 비울 테니 저택이 재건될 때까지 호텔에서 지내든 맘대로 하라는 거야?! 나한테 호텔 생활을 할 돈이 있을 리 없잖아! 이 학교에 온 뒤로 진~짜 제대로 되는 일이 없다니까!"

글렌은 지긋지긋하다는 듯 이를 갈 수밖에 없었다.

"그래도 뭐, 2학기부터는 꿈 같은 생활이 펼쳐지겠지만 말이지…… 큭큭큭."

하지만 곧 자신만만하게 웃고 품속에서 석판형 마도 연산기를 꺼냈다.

"실은…… 내가 예전부터 계획했던 『Project : G』를 마침내 발동했으니까 말야! 이 계획만 성취되면 나는…… 나는……!"

그리고 감격한 얼굴로 벌떡 일어나더니 하늘을 향해 이렇게 소리쳤다.

"일하지 않아도 월급을 받을 수 있다고오오오오오오오오!"

그런 무시무시한 계획의 이름은 『Project : G』.

글렌이 전에 어떤 마도공방에서 세리카의 돈으로 몰래 구입한 『복제 인형』이라 불리는 마도인형을 자신의 모습으로 바꾸고, 자신의 행동 패턴을 입력해서 모든 수업을 떠넘긴 채 놀고먹는—『Project : G』는 그야말로 꿈만 같은 계획이었다.

역경을 뛰어넘고 성장한 학생들과는 반대로 눈곱만큼도 성장하지 못한 글렌이었다.

"큭큭큭…… 내 행동 패턴을 꾸준히 마도 프로그램화해서 그 『카피 돌』에 입력해온 보람이 있었군!"

하지만 바로 『카피 돌』에 수업을 맡기는 건 여러모로 불안했다.

그래서 지금은 시험 기동 삼아, 마술학원의 경기장에서 열린 긴급 전교 집회에 본인 대신 내보내고 동작 상황을 확인하는 중이었다.

이 테스트가 성공적으로 끝난다면, 글렌은 「일하지 않아도 월급을 받는」 꿈을 향해 크게 한 걸음 더 나아가리라.

"난 저번 사건에서 학생들에게 배웠어. ……험난한 미래에 도전하는 강함을. 그러니 나도 포기하지 않고 계속해서 「꿈」을 좇을 거다. ……눈부신 미래를 위해!"

역경을 뛰어넘고 성장한 학생들과는 반대로 눈곱만큼도 성장하지 못한 글렌이었다.

"좋아. 슬슬 어떻게 됐는지 경기장의 상황 좀 살펴볼까……?"

글렌은 손에 든 마도 연산기를 능숙한 손놀림으로 조작했다.

표면에 몇 개의 룬을 그리자 빛나는 문자들이 나열되었다.

지금 대강당에서 대기 중인, 글렌으로 변신한 『카피 돌』의 마도 센서가 포착한 영상과 음성을 이쪽에서 확인하는 기능을 켠 것이다.

영주(슈呪)가 기동하는 동시에 석판 위쪽에 달린 결정이 흐릿하게 빛나더니 그 위의 공간에 창문 같은 사각형 영상이 투사되었다.

그러자 곧 영상 속에서 현재 긴급 전교 집회가 열린 경기장 안의 광경이 보이기 시작했다.

넓은 경기장 안에는 전교생이 빼곡하게 모여 있었고 안쪽 단상에는 한 남자가 서 있었다.

"호오? 이게 내 대리인 글렌 인형이 지금 보고 있는 광경인가…… 음?"

글렌의 눈이 그 영상에 나온 단상의 남자에게 못 박혔다.

"……어라? 이 녀석은 누구지? 이 학교에 이런 녀석이 있었나?"

낯선 인물의 모습에 글렌이 고개를 갸웃거리자, 남자는 갑자기 전교생 앞에서 터무니없는 말을 꺼내기 시작했다.

『갑작스럽지만…… 제군들의 학원장 릭 워켄은 어제부로 경질되었다.』

"……뭐?"

『오늘부터 이 맥심 티라노가 이 마술학원의 학원장이다. 다들 명심하도록.』

잠시 무슨 뜻인지 몰라 멍하니 있던 글렌이 비로소 말뜻을 이해한 순간—

"뭐어어어어어어어어어어어어어어어어어어어어어어?!"

얼빠진 절규가 허공에 메아리쳤다.

영상 속에서도 이 너무나도 갑작스러운 인사 변경에 혼란에 빠진 학생들의 모습이 비쳤다.

다시 새로운 폭풍의 파란이 마술학원을 무대로 막을 연 것이다.

제1장 뒤얽히는 의도

글렌이 경악에 빠지기 조금 전―.

"그런데 이 타이밍에 집회라니…… 정말 갑작스럽지 않아?"

지루함을 견디다 못한 시스티나가 오른쪽 옆의 루미아에게 작은 목소리로 속삭였다.

이곳은 마술학원의 경기장.

본관에서 남동쪽으로 멀리 떨어진 덕분에 전화를 피한 그 건물 안에는 현재 마술학원의 전교생이 학년별, 반별로 줄을 서 있었다.

오늘 아침 갑작스러운 통보로 열린 긴급 전교 집회 자리였다.

"맞아. 지금은 1학기 기말 시험 기간 중인데…… 대체 뭘 하려는 걸까?"

마찬가지로 지루함을 견디고 있던 루미아가 맞장구를 쳤다.

"저기, 루미아. 시스티나. ……얼마나 더 가만히 있어야 해?"

리엘도 평소와 다름없는 무표정으로 살짝 불만스럽게 투덜거렸다.

"여기, 심심해. 나…… 그만 돌아가고 싶어."

"아, 아하하…… 힘내, 리엘. 나중에 딸기 타르트 사줄 테니까."

루미아는 뾰로통해진 리엘을 달래면서 쓴웃음을 지었다.

어느 시대건, 어느 세대건 집회가 시작되기 전에 지루함을 느끼는 건 마찬가지인가 보다.

시스티나가 문득 주위를 둘러보자—.

"진짜 오늘은 또 무슨 이유로 불러낸 걸까?"

"으, 응……. 뭔가 중대 발표가 있다던데…… 좀 신경 쓰이는걸."

"혹시 기말 시험 중지 발표?! 하긴 그런 사건이 벌어진 지 얼마 안 됐으니까!"

"흥, 그럴 리가 없잖아."

"정말이지…… 카슈 씨도 참. 한심하기 짝이 없네요."

반 친구들…… 카슈, 린, 테레사, 세실, 웬디, 기블 등도 주위를 아랑곳하지 않고 저마다 억측을 세우며 시끄럽게 떠들고 있었다.

시스티나가 슬슬 주의를 주려고 생각한 순간.

갑자기 루미아가 시스티나의 옆구리를 쿡쿡 찔렀다.

"왜? 루미아. 무슨 신경 쓰이는 일이라도 있어?"

"음~ 내가 너무 민감한 걸지도 모르겠지만…… 저기 좀 볼래?"

루미아는 난처한 얼굴로 먼곳을 가리켰다.

그곳에는 다른 강사들과 함께 벽 근처에 서 있는 글렌의 모습이 있었다.

"글렌 선생님 말인데…… 분위기가 좀…… 이상하지 않아?"

"응?"

후줄근한 셔츠와 바지, 그리고 꽁지머리…… 글렌의 모습은 평소와 별다를 바가 없었다.

하지만 이상할 정도로 무표정인 데다 등을 꼿꼿이 세우고 손도 앞에 가지런히 모은 직립부동 자세인 건, 시스티나가 보기에도 조금 신경 쓰이긴 했다. ……**마치 인형 같아서.**

"선생님, 아침까지는 괜찮으셨는데 지금은 이상할 정도로 동작이랑 표정이 딱딱한 것 같지 않니?"

"음~? 뭐, 괜찮지 않을까? 가끔은 저렇게 얌전히 있는 것도 나쁘지 않고."

루미아와 시스티나가 그렇게 소곤소곤 대화를 나누는 도중, 갑자기 경기장 안이 술렁거리기 시작했다.

한 남자가 단상으로 올라와 천천히 중앙으로 걸어가는 모습이 보였다.

"아, 이제 시작하나 보네."

그 남자는 일동이 주목하는 가운데 단상 중앙에 있는 강단 앞에서 멈춰 섰다.

초로의 남성이었다. 공들여 손질한 턱수염과 콧수염, 왁스로 정리한 풍성한 머리카락이 인상적이었다. 목에는 품위

있는 스카프를 두르고 고급스러운 양복 위에 쥐스토코르#1
를 걸친 그 모습은 그야말로 상류계급의 신사라 부르기 모
자람이 없었다.

하지만 눈은 차갑고 날카로웠고 미간에 접힌 주름이 보는
사람에 따라 신경질적인 인상을 주기도 했다.

'어, 처음 보는 사람이네? 대체 누구지? ……학교 관계자
인가?'

시스티나는 그 남자를 물끄러미 관찰했다.

다른 학생들도 낯선 인물의 등장에 의문을 느낀 건지 술
렁거림이 마치 파도처럼 주위로 퍼져 나갔다.

'아니, 그보다…… 릭 학원장님은 어떻게 되신 거지? 일반
적으로 이런 집회에서 첫 인사를 하는 건 학원장일 텐
데…… 오늘 쉬시나?'

시스티나가 그렇게 생각한 순간—.

"제군, 정숙하도록."

단상에 선 남자가 입을 열고…… 터무니없는 말을 꺼내기
시작했다.

"갑작스럽지만…… 제군들의 학원장 릭 워켄은 어제부로
경질되었다."

그 순간, 희미한 술렁거림이 완전히 사라졌다.

#1 쥐스토코르 17~18세기에 서유럽의 남자가 착용한 몸에 꼭 끼며 옷 아래가 약간 벌어지는 남
성용 긴 의복.

"오늘부터 이 맥심 티라노가 이 마술학원의 학원장이다. 다들 명심하도록."

정적, 정적, 정적……

경기장 안을 압도적인 정적이 지배한…… 다음 순간.

"뭐어어어어어어어어어어어?! 그게 뭐야! 금시초문이거든?!"

"거, 거짓말이지?! 왜 릭 학원장님이 갑자기?!"

폭발적인 혼란과 동요가 전파되었다.

새 학원장 맥심은 그런 소란스러운 학생들을 짜증스러운 눈으로 응시했다.

"조용히!"

그리고 곧 맹렬하게 일갈했다.

맥심은 다시 조용해진 경기장 안을 둘러보면서 입을 열었다.

"제군들에게 한 마디 하지. 잘 들도록. 저번 소동으로 알리시아 3세 여왕 폐하께서 창립한 이 자랑스러운 학교가 이 정도까지 훼손된 건…… 전적으로 제군들이 무능했기 때문이다. 지금 이 꼬락서니는 제군들의 나태함과 나약함이 불러온 결과인즉."

그런 맥심의 재수 없는 말투에 학생들은 서서히 분노가 치밀었다.

"내가 학원장이었으면 그런 비천한 테러리스트 놈들이 마음껏 활개 치게 내버려두지 않았을 것을……. 뭐, 이미 지나간 일을 언급해봤자 어쩔 수 없겠지만."

맥심은 화가 난 눈으로 자신을 바라보는 학생을 모멸하듯 흘겨보며 선언했다.

"자, 다시 한 번 말하겠지만, 이번에 내가 새로운 학원장으로 취임하게 됐다. 까놓고 말해 이 학교의 구태의연한 체제는 요즘 시대의 요구를 전혀 충족시키지 못하고 있더군. 내가 학원장으로 취임한 이상, 이 화석 같은 교육체제를 철저하게 개혁할 생각이다."

맥심은 웅성거리는 학생들을 완전히 무시하고 뜨겁게 열변을 토하기 시작했다.

마치 자신이 절대적으로 옳다고 확신하는 듯한 표정으로……

"제군들 같은 미숙한 인간에게 자주성과 마술사로서의 지혜 같은 건 필요 없다. 제군들에게 필요한 것은 유사시에 국가에 공헌할 수 있는 확고한 「전투력」…… 마술사의 본질뿐이다. 고작해야 학생 주제에 그 외의 학문을 추구하는 건 시간낭비이고 무의미해. 그러므로 효율적이고 확실하게 전투력을 육성하는…… 그런 이상적인 학교로 개혁할 것을 제군들에게 약속하지. 먼저—."

그리고 맥심의 입에서 나온 개혁 내용은…… 그야말로 터무니없는 내용뿐이었다.

종합하자면, 마술학원의 현 교육 방침을 완전히 무력 지상주의로 전환하고 마술사로서의 무력이라는 관점에서 도움이 되지 않는 마술, 수업, 연구를 전부 잘라 버리겠다는 것이었다.

당연히 자연과학, 마술사학, 마도 지질학, 점성술학, 수비술, 마술법학, 마도 고고학 같은 마술사의 무력에 직결되지 않는 많은 수업과 연구가 『처분 대상』으로 언급되었고, 그 분야가 전공인 강사와 교수와 학생들은 머리를 감싸 쥘 수밖에 없었다.

반대로 무력과 직결되는 마도 전술론과 마술 전투 교련 등은 커리큘럼을 대폭 강화.

더구나 제국군에서 파견된 전투 훈련 교관을 강사로 초빙해서 유사시를 대비한 전투 훈련을 앞으로의 수업 과정에 도입하겠다는 것이 아닌가.

그리고 결정타로 맥심의 사설 학원에서 교육받은 제자들을 『모범 클래스』라는 특권 계급으로 학교에 편입시킨 후, 기존 학생들은 이 『모범 클래스』를 목표이자 규범으로 삼고 전면적으로 복종할 것을 강요했다.

그야말로 개혁은 이름뿐인, 마술학원의 이념을 근본부터 파괴하는 끔찍한 폭거였다.

"—이상이다. 나는 이 학원 개혁이 우리 제국을 한층 더 높은 곳으로 비상시켜 주리란 것을 믿어 의심치 않는다. 본격적인 시행은 다음 학기부터다만, 제군들은 이 개혁을 신중히 받아들이도록—"

그리고 갑작스럽지만 당연한 반응이 터져 나왔다.

"뭐야 그게?! 웃기지 말라고!"

"헛소리도 정도껏 해! 이 망할 자식아아아아아아아아!"

지옥의 불가마를 뒤집어엎은 듯한 소란이 경기장 안에 퍼져나갔다.

그제야 제정신을 차린 학생들과 교사진이 분노에 몸을 맡기고 고함을 질러대는 것도 무리는 아니리라.

그리고 혼란의 극치에 휩싸인 채로 이 중대 발표에 관한 질의응답 시간이 시작되었다.

"납득할 수 없습니다."

학생회장인 리제 필마가 일어서서 발언했다. 평소의 차분하고 이지적인 얼굴에는 감출 수 없는 분노가 곳곳에 드러나 있었다.

"……맥심 학원장님. 대체 당신이 무슨 권리가 있어서 마술학원의 이념을 근본부터 파괴하는 그런 만행을 저지르시겠다는 거죠? 그런 횡포가 정말로 용납될 것 같나요?"

"자네가 소문의 그 학생회장 리제 필마로군? 흥, 미리 말해두지만 현 이사회는 만장일치로 날 지지하고 있다. 수완가인 척하는 자네의 규탄 따윈 아프지도 가렵지도 않아."

"……!"

"각오하도록. 학생의 자주성을 육성하기 위해 발족됐다는 학생회 집행부……라고 했던가? 이 몸이 학원장이 된 이상 그런 건 이제 필요 없다. 당장 폐지해주지."

리제는 안경 너머에서 번뜩이는 날카로운 눈으로 맥심을 노려보았지만, 당사자는 자신의 압도적인 우위성을 확신했기 때문인지 태연하게 흘려 넘겼다.

"자, 잠깐만요! 맥심 학원장님!"

이어서 마술학원의 법의사(法醫師)인 세실리아도 비장한 표정으로 거수하고 발언을 시작했다.

"방금 학원장님께서 언급하신 처분 대상에 『법의술(法醫術)』 관련 연구도 다수 포함됐는데…… 제발 재고해주세요! 법의술과 그 관련 법률의 연구는 장래에 일반 시민이 누구나 법의 치료를 받을 수 있는 법의원 제도를 만들기 위해 무척 중요한……."

"그럴 수는 없다. 현대 법의술은 군사 활동을 지원하기 위해 필요한 기술이 충분히 확립되어 있다. 그렇다면 이 이상 예산을 쓰는 건 그야말로 시간 낭비에 무의미한 짓이 아닌가?"

맥심은 세실리아의 필사적인 부탁도 무자비하게 거절했다.

"그, 그런……."

세실리아는 큰 충격을 받은 듯 그 자리에 힘없이 주저앉을 수밖에 없었다.

그 뒤에도 학생과 교사를 불문하고 많은 반론이 있었지만 맥심은 전혀 귀를 기울이지 않았다. 그는 무슨 일이 있어도 자신이 구상한 개혁을 이뤄낼 생각인 모양이었다.

애초에 반발하는 학생과 교사들도 하나같이 자신의 입장과 권리를 지키는데 필사적이라 의견이 전혀 통일되지 않은 오합지졸이었다.

"잠깐, 칼리오스 선생! 당신은 자기 연구실만 지키면 된다는 건가!"

"뭐라고?! 네놈의 전공 분야는 이미 우대가 확정됐을 텐데! 나서지 말고 빠져!"

"아니, 난 그저—."

오히려 서로의 발목을 잡아대는 꼬락서니가 아닌가.

맥심 같은 수완가에게는 바람직한 상황이었다.

'흠. 역시 이 학교를 장악하는 건 별것 아니군. 내 적수가 못 돼.'

그런 혼돈에 빠진 경기장 앞에서 맥심은 씨익 웃었다.

"……시, 시스티……. 저기, 괜찮아?"

그리고 경기장 한 구석에서는 루미아가 옆에서 새파랗게 질린 얼굴로 입을 다문 시스티나를 걱정했다.

"……말도 안 돼……."

시스티나의 단정한 얼굴은 당장이라도 눈물을 쏟을 것처럼 일그러져 있었다.

조금 전에 맥심이 발표한 처분 대상에 시스티나가 장래에 뜻을 둔 마도 고고학도 당연히 포함되었기 때문이다. 시간 낭비에 무의미한 분야라는 낙인까지 찍혀서…….

즉, 지금 그녀는 꿈을 이룰 방법을 완전히 잃어버리게 된 셈이었다.

"앞으로…… 우린, 대체 어쩌면 좋지……?"

시스티나가 눈을 꾹 감고 떨리는 손으로 주먹을 쥔, 바로 그 순간—.

『잠깐 기다려어어어어어어어어어어어어어어어어!』

혼란과 잡음으로 술렁이는 경기장의 암운을 단숨에 날려 버리는 산바람 같은 외침이 울려 퍼졌다.

그리고 그 목소리의 주인이 (왠지 어색하고 기묘한 움직임 으로) 용맹스럽게 단상으로 도약하자, 경기장 안의 모두가 일제히 그쪽을 주목했다.

그 인물의 정체는…… 모두가 예상했던 대로였다.

이런 절망적인 상황이라도 그 사람이라면 분명 어떻게든 해결해줄 거라고 누구나 내심 기대하고 있던 인물.

저번 사건에서는 하늘 위의 《불꽃의 배》에 잠입해서 최강 최악의 마인(魔人)을 물리친 이 마술학원 최고의 영웅. 그 자의 이름은 바로—.

""""그, 글렌 선생님?!""""

『홋! 어디서 굴러먹다 온 말 뼈다귀인지 모르겠다만! 우리 학교에서 그런 횡포를 부리는 건 용납할 수 없다! 이 대머리

자식아아아아아아아아아아!』

"엥? 자, 잠까아아아아안! 갑자기 뭔 짓거리야, 저 망할 인형!"

한편, 안뜰에서는 글렌이 눈을 부릅뜨고 당황하면서 투사 영상을 움켜잡고 있었다.

"아니, 확실히 무지하게 열 받는 놈이니까 공개 석상에서 당당히 부딪쳐보고 싶긴 했다만! 실제로 저지르는 건 아웃이잖아! 그 인간은 권력자라고오오오오오!"

그런 글렌의 절규도 아랑곳없이 글렌(복제 인형)은 묘하게 부자연스러운 움직임으로 맥심에게 다가가더니 한 발을 강단 위에 척 올려놓고 무표정한 얼굴을 들이밀며 위협했다.

『하아~? 더 효율적으로 우수한 인재를 배출하기 위한 개혁? 그걸 위한 처분? 풋, 웃기고 앉았네. 네 멍청한 개혁으로 머저리 같은 인재들이 양산될 게 눈에 뻔히 보인다고! 넌 제국에 크나큰 손실을 입힌 국가 반역죄로 사형이다! 으하하하하하하하하하하하하하!』

무표정인 탓에 세 배는 더 짜증스럽게 느껴지는 웃음이 조용해진 경기장 안에 울려 퍼졌다.

"뭐…… 이, 이 자식이……?!"

『애초에 모범 클래스라고라? 제정신으로 하는 소리야? 너 같은 교육이 뭔지도 모르는 얼간이에게 배운 불쌍한 애들보다 이 슈퍼 갓 티처 글렌 레이더스 님에게 배운 애들이 수억 만 배는 더 유능한 게 당연하다고! Do you understand?』

이 정도까지 대놓고 부정당하리라곤 상상조차 못했던 맥심은 글렌의 매도에 정신 줄을 놓고 굳어버릴 수밖에 없었다.

『아무튼 난 너 같은 놈은 학원장으로 인정 못 해! 아니, 단언하지. 여기 있는 모두가 널 학원장이라고 인정 안 해! 집에 가서 엄마 젖이나 빨라고, 이 대머리야!』

“""""우오오오오오오오오오오오오오오오오오오오!"""""

그리고 그런 글렌(인형)의 용감한 도발을 본 학생들은 양손을 들고 크게 호응, 맹렬한 환호성을 보냈다.

“잘한다, 글렌 선생~! 더 말해버려어어어어어어!”

“역시 선생님! 우리가 못 하는 일을 태연하게 해!”

“그 점이 짜릿해! 동경하게 돼애애애애애애애애애애!”

조금 전까지의 무겁고 어두운 분위기를 쇄신하며 맥심이라는 단 하나의 적을 앞에 두고 지금만큼은 글렌 긍정파도 부정파도 만장일치로 단결해서 응원을 보냈다.

이권과 보신 때문이 아니었다.

글렌(인형)의 앞뒤 재지 않는 자폭을 각오한 비판이 모두의 영혼을 뒤흔든 것이다.

『자, 학원장(웃음) 씨! 이왕 이렇게 된 거 이 학교의 개혁을 걸고 마술사답게 나와 결투로 정해보는 건 어때!』

"""""선생님, 진짜 멋져어어어어어어어어!"""""

"야, 짜샤! 학원장! 혹시 도망치는 건 아니겠지?!"

"맞아! 마술사로서 글렌 선생님과 정정당당하게 승부하라고!"

"""""우오오오오오오오오오오오오오오오오오!"""""

"잠깐, 그만해! 부채질하지 마아아아아아! 그러다 나, 이 학교에 못 있게 된다고오오오오오오오!"

한편, 투사 영상에 매달린 글렌은 울상이 돼서 절규했다.

"젠자아아아앙! 어설프게 내 인격 데이터를 입력한 게 설마 이런 결과로 돌아올 줄이야! 하긴 나라면 결투를 신청하겠지! 전과도 있으니까! 기, 긴급 정지 커맨드가 뭐더라? 부, 부부, 분명 이거였던가?"

글렌은 마도 연산기 표면에 지저분한 글자를 엉망으로 휘갈겼다.

"큭…… 결투라고오?! 지, 지금 무슨 소릴 한 건지 알기나 해?! 아무리 자네가 혼자서 반발해봤자 소용없어!"

글렌(인형)이 만든 이 압도적인 분위기에 위축된 맥심이 이마에 비지땀을 철철 흘리면서 필사적으로 반박했다. 아무리 대담한 인간이라도 이렇게 많은 사람을 적으로 돌리면 겁을 먹는 건 당연했다.

"말해두지만, 내 뒷배는 이 학교의 이사회를 완전히 장악했다! 따라서 이 학교의 전권은 나에게 있는 셈이지! 아무리 자네가…… 응?"

글렌(인형)의 움직임이 뚝 멈췄다.

갑자기 무표정으로 굳어버린 얼굴이 더더욱 섬뜩하게 다가왔다.

"뭐, 뭐지……? 자네, 갑자기 왜……?"

그대로 몇 초 후—

글렌(인형)이 갑자기 무표정으로 움직이기 시작했다.

이상할 정도로 부자연스러운 동작으로 손을 내밀더니 맥심의 정수리에 난 머리카락을 움켜잡고 그대로 팔을 머리 위로, 수직으로 들어올렸다.

퐁!

그 순간, 맥심의 머리에서 뭔가가 뽑혔다.

""""……아.""""

이 자리에 모인 모두가 입을 떡 벌리고 아연실색했다.

"……어?"

맥심은 조심스럽게 머리를 손으로 쓰다듬었다.

만질만질하고 매끈매끈한 감촉이 느껴졌다.

무표정으로 팔을 들어 올린 글렌(인형)의 손에는…… 맥심의 가발이 무자비하게 들려 있었다.

"우째서 그렇게 되는 건데에에에에에에에에!"

쾅쾅쾅쾅!

글렌은 마도 연산기를 벤치에 마구 내리찍었다.

"아니, 그보다 무슨 이딴 커맨드가 다 있어?! 상대의 가발을 잡아 뽑는 커맨드라니, 대체 어디에 수요가 있는 거냐고! 이 제작자느으으으으으으은!"

창자가 끊어질 듯한 기세로 포복절도하는 경기장 안의 사람들과 반대로, 글렌은 이젠 그냥 울면서 실컷 고함을 지르고 싶은 심정이었다.

"에잇! 망할! 한시라도 빨리 멈춰야…… 어? 히익?! 금이 갔잖아! 킥! 이쪽의 커맨드 조작이 전혀 안 먹혀?! 으아아아 아앙! 젠자아아아아앙!"

망가진 연산기를 내던진 글렌은 울면서 맹렬하게 달리기 시작했다.

""""꺄하하하하하하하하하하하하하하하하하하하하하하하!""""

더는 수습할 방법이 없는 포복절도의 태풍이 경기장 안에서 질풍노도의 맹위를 떨치는 가운데—.

"네, 네 이노옴……. 문제 교사라는 말은 들었지만! 자, 잘도 이 몸에게 이런 수모를 줬구나, 글렌 레이더스으으으으으으으!"

맥심은 훌륭하게 빛나는 불모의 정수리를 필사적으로 가리면서(그래도 다 가려지지 않았다) 귀신도 때려죽일 표정으로 글렌(인형)을 노려보았다.

『훗! 그럼 뭐 어쩔 건데?』

"크윽……!"

맥심은 김이 모락모락 솟는 머리로 생각했다.

글렌을 기수로 세워 일치단결한 학생들을 둘러보았다.

이건…… 틀렸다. 도저히 통제할 수 있는 상태가 아니었다.

물론 학원을 개혁할 때 어느 정도 반발이 있을 건 예상했다.

하지만 이사회와 뒷배의 힘을 써서 취직처의 추천과 금전적인 원조 등의 수단으로 반발한 학생들을 서서히 회유해서 무너트릴 생각이었다.

자신이라면 가능하다고 생각했다.

진심으로 이 학교를 장악할 수 있으리라 믿었다.

하지만 상황이 이렇게 된 이상 완전히 장악하기 전에 학생들의 해직 청구가 빗발칠 것은 불 보듯 뻔한 사실이다.

이사회에 손을 써서 막을 수 있겠지만 그것도 한도가 있는 법.

학생들이 이렇게까지 일치단결해서 반발한다면 이사회도 언젠가는 뜻을 굽힐 수밖에 없으리라. 아무튼 학생들의 부모 중에는 유력귀족들도 다수 포함되어 있으니 보신을 위해 등을 돌릴 자들도 적지 않을 테니까.

이 상황을 대처하기 위해 각 방면을 회유하고 교섭하기에는 시간이 압도적으로 부족했다.

'이, 이 남자 때문에……!'

아마 반(反) 맥심파의 기수가 된 이 남자가^{글렌} 존재하는 한 학생들은 반발을 계속할 테니 학교를 완전히 장악하는 건 불가능하게 되리라.

먼저 이 남자를 배제하고 모두의 마음을 꺾어버리는 수밖에 없다.

하지만 해고하려면 그만큼 정당한 이유가 필요하기 마련.

섣불리 강압적인 방법을 썼다간 학교 전체가 반란을 일으킬지도 모른다.

죽은 영웅은 살아있는 영웅보다 질이 나쁜 법이니까.

따라서 모두가 인정하는 정당한 방법으로 글렌을 쫓아내야만 했다.

하지만 다행히도 그 방법은 글렌 본인이 제안했다.

이 상황을 이용하는 수밖에 없었다.

맥심은 글렌(인형)에게 얼굴을 바짝 들이밀고 악귀 같은 표정으로 말했다.

"좋다……. 그렇게까지 말한다면 이 학교의 장래를 걸고 결투로 정해보자!"

『호오? 구체적으로 어떻게 할 거지? 나와 1대 1로 붙어보겠다는 건가?』

"흥, 바보 같은 놈. 이러니까 머리가 근육으로 된 것들은 곤란해. 나와 자네가 이 학교의 장래를 결정하게 됐으니……

아무래도 교사로서의 지도력 대결이 타당하지 않겠나?"

맥심은 코웃음을 쳤다.

"자, 그럼 여기서 잠시 화제를 바꿔볼까. 뭐, 일단 들어보도록. 실은…… 난 이번 개혁의 일환으로 이 마술학원에 존재하는 『이면 학원』을 개방할 생각이다."

이면 학원.

그 단어가 언급된 순간, 학생과 교사들이 동요했다.

"이면 학원만 개방하면 이 학교의 부지는 막대하게 확장될 거다. 학생 수와 강사의 증원, 증강. 새로운 연구실과 실험 시설의 증설…… 이면 학원의 개방이 이 학교에 가져올 이익과 발전은 이루어 헤아릴 수가 없을 정도겠지."

"뭐……? 이면 학원……? 그 알리시아 3세의……?"

"하지만 그 이면 학원은 3세의 붕어로 『열쇠』가 소실됐다고 들었는데……."

교사와 학생들은 서로를 마주보고 아연실색한 얼굴로 대화를 나눴다.

이면 학원.

이 학교에 재적한 이라면 누구나 아는 단어이리라.

이 알자노 제국 마술학원에서 차원의 벽을 하나 뛰어넘은 이면 세계, 이계 공간에 세워진 또 다른 학교 시설.

그것이 바로 『이면 학원』이었다.

알자노 제국의 제13대 여왕이자 알자노 제국 마술학원의 창립자인 초대 학원장 알리시아 3세가 이 마술학원의 더 큰 발전을 바라며 만든 그 시설들은, 이 표면의 시설과는 비교도 안 될 정도로 광대한 구역을 갖추었다고 한다.

하지만 마침내 이면 학원이 완성된 순간, 알리시아 3세의 갑작스러운 승하와 동시에 그 이면 학원에 드나들기 위한 『열쇠』가 소실되는 예측불허의 사태가 벌어지고 말았다.

그 후 수많은 마술사가 다른 차원의 이계에 있는 이면 학원에 접속을 시도했지만, 전부 헛수고로 끝나고 계획은 동결, 파기되었다.

이제 와서는 거의 도시전설로 치부되는 환상의 시설인 것이다.

"홋. 하지만 그 『열쇠』를 발견한 거다."

맥심은 품속에서 한 권의 낡은 수기를 꺼내며 가슴을 폈다.

"이건 내가 얼마 전에 입수한 『알리시아 3세의 수기』…….

그렇다. 알리시아 3세의 잃어버린 스물네 번째 수기다! 이 수기야말로 이면 학원의 『열쇠』였던 거다!"

그 순간, 경기장 안의 모두가 경악했다.

알리시아 3세의 스물네 번째 수기라면 제국 대도서관에서 막대한 상금을 건 엄청난 희귀 서적이 아닌가.

웅성, 웅성, 웅성.

학생들은 이 농담 같은 이야기에 동요를 감추지 못했다.

"자, 그럼 다시 본론으로 돌아오지. 마술사의 힘을 빠르고 간단하게 증명하는 전투방식은 무엇인가였지? 결투전? 마도 병단전? 아니, 나는 『생존전』이라고 본다. 전투능력, 상황 판단력, 계전능력…… 생존전이야말로 마술사가 가진 모든 무력을 시험받는 자리이니까 말이다. 하지만 신뢰성이 있는 생존전을 치르려면 막대한 경기 공간이 필요하므로…… 생존전에 적합한 장소는 몹시 보기 드물지. 즉…… 내가 무슨 말을 하고 싶은지 알겠나?"

『하항~. ……이면 학원인가?』

맥심은 무표정으로 대답한 글렌(인형)에게 씨익 웃었다.

"그 말대로다. 모범 클래스…… 내가 지도한 학생들과 자네가 지도한 학생들이 이면 학원의 공개를 겸해 거기서 생존전으로 결판을 내는 건 어떤가?"

『…….』

"일시는, 흠……. 나중에 트집을 잡으면 성가시니 지금 진행 중인 이번 학기 기말 시험이 끝나고 2주 뒤로 하지. 만에 하나의 가능성도 없겠지만, 만약 그 생존전에서 자네의 학생들이 내 학생들에게 이긴다면 자네의 무례한 태도를 불문에 부치고 개혁도 취소하겠다."

그 순간, 글렌의 학생들이 환호성을 보냈다.

"좋았어! 바라던 바야! 선생님, 우리한테 맡겨만 주세요!"

"예! 저희가 반드시 이겨서 이 학교를 지킬 테니까요!"

"그래. 저런 대머리가 우리 학교를 제멋대로 농락하는 걸

참을 수 있을까 보냐아아아아!"

그러나―.

"하지만 자네의 학생들이 진다면…… 그건 내 교육 방침과 지도가 옳았다는 증거가 되겠지. 그때는 당연히 개혁을 추진할 거고…… 어리석게도 잘못된 지도를 한 자네는 책임지고 사표를 제출해줘야겠네."

맥심의 그 발언에 지금까지 한껏 고조됐던 분위기가 단숨에 얼어붙었다.

"이런 공식 석상에서 수모를 줬으니 그 정도는 하지 않으면 나도 납득할 수 없어. 물론 전교 직원과 학생들이 모인 지금 이 자리에서 나에게 고개 숙여 사과하고 결투 신청을 취소한다면 전부 없었던 일로 해주지 못할 것도 없지. …… 자, 어떤가?"

예상했던 것보다 일이 훨씬 커지자 모두가 숨을 삼키고 글렌의 동향을 지켜보았다. 그 순간―.

"우오오오오오오오오오오오오오오오오오오오!"

누군가가 기묘한 절규와 동시에 학생들 사이를 무시무시한 속도로 질주하면서 단상을 향해 뭔가를 집어던졌다.

펑!

글렌(인형)이 있는 단상에 갑자기 연기가 맹렬히 피어올랐다.

"뭐, 뭐지?! 연막?!"

"헉?! 대, 대체 누가! 콜록콜록!"

학생들과 맥심의 비명이 터지는 동시에 단상은 눈 깜짝할 사이에 연막에 휩싸였다.

"에에잇! 이 빌어처먹을 인형이 쓸데없는 짓을! 에잇! 에잇! 으라차아아아아아!"

쿵! 뿌득! 콰직! 콰아아아아아아아앙!

연막 너머에서 누군가가 울먹이는 목소리로 절규하며 뭔가를 때려 부수는 소리가 성대하게 울려 퍼졌다.

"하아…… 하아…… 하아……."

이윽고 연막이 걷히자, 묘하게 초췌해진 글렌과 발밑에 산산이 부서진 꼭두각시 인형의 잔해가 사방으로 흩어진 모습이 눈에 들어왔다.

따로 설명할 필요도 없겠지만 이 잔해의 정체는 글렌 인형이었다. 파괴한 시점에서 빛을 조작한 환영 변신 기능 마술이 풀리는 바람에 원래의 무기질적인 꼭두각시 인형의 모습으로 돌아온 것이다.

"글렌 군…… 자, 자네의 발밑에 있는 그 기묘한 잔해는 대체 뭐지? 어, 어째 별안간 그 자리에 나타난 것 같네만……?"

맥심은 의심스러운 눈으로 잔해를 힐끗 흘겨보았다.

"아앗~! 참 나, 청소 좀 제대로 할 것이지! 이렇게 쓰레기를 내버려두다니! 학생들의 이런 엉성한 부분은 역시 개혁이 필요한 거겠죠!"

글렌(진짜)는 시선을 피하며 한 발로 인형의 잔해를 툭툭

차서 단상 구석으로 밀어 넣었다.

"저, 저기요……. 저랑 댁의 학생들이 결투…… 생존전을 하자고 말씀하셨는데……."

그리고 알랑거리는 미소를 짓고 조심스럽게 맥심의 안색을 살폈다.

솔직히 말해 거절하고 싶었다.

졌을 때의 페널티도 싫지만 애초에 맥심의 「제자」들이라는 건…….

'내가 자존심을 버리고 고개를 숙여서 원만하게 수습된다면 좋겠지만…….'

자존심을 버리는 건 글렌의 특기였다, 그것 자체는 딱히 문제 될 게 없었다.

하지만 학생들을 힐끔 돌아본 순간―.

"서, 선생님……! 저, 저희는……!"

자신이 맡은 반의 학생들이 복잡한 표정으로 바라보고 있었다.

아무튼 이 대결에는 글렌의 직장이 걸려있으니 그들도 섣불리 나설 수 없는 모양이었다.

물론 학생들은 이 학교를, 자신들의 보금자리를 지키기 위해 맥심과 싸우고 싶은 것이리라.

굳이 말로 하지 않아도, 눈만 봐도 알 수 있었다.

하지만 글렌에게 그런 무거운 책임을 강요할 수는 없었기에 어쩔 줄 몰라 하는…… 그런 표정이었다.

"……."

글렌은 제자들의 얼굴을 차례대로 훑어보았다.

장래에는 조부의 꿈을 이어서 마도 고고학을 연구하고 싶다고 웃는 얼굴로 말했던 시스티나.

장래에는 마술을 진정한 의미에서 사람들을 위한 힘으로 바꾸고 싶다고 결의했던 루미아.

물론 그녀들뿐만이 아니었다.

고향에 금의환향하고 싶은 카슈. 실력으로 이 나라의 높은 자리에 오르고 싶은 기블. 한 사람 몫의 귀족이 되고 싶은 웬디. 마술로 장사에 공헌하고 싶은 테레사. 아무튼 지식욕이 강한 세실. 자신에게 가슴을 펼 수 있는 존재가 되고 싶은 린…….

이 마술학원에서 학생들이 마술에 건 꿈은 가지각색이다.

과거에 꿈을 잃은 글렌에게는 눈부실 정도로 빛나는 꿈들이었다.

이 학교가 맥심의 개혁을 받아들인다는 것은 곧 그 수많은 꿈의 대부분이 철저히 파괴된다는 뜻이다.

그뿐만이 아니다.

이러니저러니 해도 학생들에게 이 학교는 친구들과 함께 절차탁마하며 때로는 함께 즐거움과 슬픔을 나누는 그 무엇과도 바꿀 수 없는 장소였다.

맥심은 이기적인 교육 이념으로 그것을 짓밟으려 하고 있다.

아무튼 여기서 글렌이 고개를 숙인다면 자리는 보전할 수 있으리라.

하지만 그렇게 되면 자신이 정말로 지키려 했던 것은 과연 어떻게 될 것인가.

"…………"

전교생이 마른 침을 삼키며 지켜보는 가운데.

눈을 가늘게 뜬 글렌은 잠시 입을 다물고 자신을 응시하는 시선을 전부 받아들인 후, 다시 맥심을 돌아보고 분명히 단언했다.

"……좋아. 내 목은…… 너희들에게 맡기마!"

글렌은 자신 있게 웃으며 천천히 왼손의 장갑을 벗었다.

파앙!

그리고 손목의 스냅을 살려서 맥심의 얼굴에 전력으로 내던졌다.

"윽?!"

"훗, 후회할 거다(내가)! 각오해둬(주로 내가)! 넌 내가…… 아니, 우리가 박살 내줄 테니까(희망사항)!"

그 순간.

""""우오오오오오오오오오오오오오오오오오오오오오!""""

전교생이 양손을 들고 글렌에게 환호성을 보냈다.

글렌의 숭고한 각오에 저마다 감동의 눈물을 흘렸다.

그리고 그런 글렌의 이름을 외치는 소리가 경기장 안에 끝없이 울려 퍼졌다.

"서, 선생님…… 진심이에요? 정말로 괜찮겠어요? 우리에게 맡겨주는 거예요?"

"저희를 위해서……?"

카슈도, 세실도—.

"예, 왠지…… 이렇게 될 듯한 예감이 들었어요."

"맞아요. 저희가 만류해도 저 분이라면 분명 저희를 위해……."

"제길! ……저 바보 강사가 또 혼자서 폼이나 잡아대긴!"

웬디도, 테레사도, 기블도—.

마술학원을 지키기 위해 자신의 몸을 바친 글렌의 등을 그저 진지한 눈으로 바라볼 수밖에 없었다.

"서, 선생님……. 또 저희를 위해 자기 몸을 희생하려고…… 진짜 바보라니까. ……어째서? 왜 선생님은 늘……."

"그만, 시스티. ……선생님은 우리를 위해 일어서 주신 거야. ……이제 우리가 할 일은 선생님을 믿고 이 싸움에서 이기는 것밖에 없어."

"응, 우린……지지 않아. 난 잘 모르겠지만."

시스티나도, 루미아도, 리엘도 그런 글렌의 등을 지그시 응시하면서 결의를 새로 다질 수밖에 없었다.

'……왜 이렇게 된 걸까? 어라? 그러고 보니 다음 학기부

터 일하지 않고 월급만 챙기는 꿈의 생활은……?'

벅찬 감동의 환호성 속에서 묘하게 멋진 포즈를 취한 글렌은 마음속으로 하염없이 눈물을 흘렸다.

"……흥. 여전히 바보 같은 남자."

그리고 한껏 들뜬 경기장의 한 구석. 단상 반대쪽에서 팔짱을 낀 채 벽에 등을 댄 한 여성이 조용히 혼잣말을 중얼거렸다.

마술학원의 여성용 강사복을 입은 스무 살 전후의 여성이었다. 타오르는 홍염 같은 머리카락과 냉철한 미모를 겸비한 그녀는 어이가 없는 차가운 눈으로 멀리 있는 글렌을 바라보았다.

"자…… 당신은 이 학교에서 나에게 뭘 보여줄 거지? 글렌."

그 말을 남긴 여성은 등을 돌리고 열기가 식지 않는 경기장을 뒤로했다.

그리고 기이하게도 같은 시각.

경기장에서 멀리 떨어진 마술학원 부속 도서관― 그 지하의 심처.

과다하게 많은 장서량 때문에 학교 측도 어디에 무슨 책이 있는지 파악하지 못한 봉인 구역.

한 줄기 빛도 들지 않는 어둠과 고서 특유의 냄새가 지배하는 그 장소에는, 고개를 들어야 간신히 전모가 눈에 들어오는 거대한 책장이 마치 거대 미궁처럼 어지럽게 늘어서 있었다.

그런 아무도 들어온 적이 없어야 할 장소의 한켠에는 소녀가 있었다.

"그렇군. ……드디어 **그녀**가 움직이기 시작했다는 거군요."

칠흑 같은 어둠 속에서 책장에 등을 기대고 선 소녀가 조용히 눈을 떴다.

그리고 소녀는 자신의 두 손바닥을 바라보더니 쥐었다 폈다 하면서 조용히 중얼거렸다.

"역시 내 힘과 행동에는 제한이 있네. ……그래도 하는 수밖에 없어."

그렇게 혼잣말을 한 소녀는 어둠 속을 그저 홀로 조용히 걷기 시작했다.

지금 수많은 의도가 이 마술학원에서 움직이기 시작한 것이다.

제2장 몰락한 《마술사》

학구 도시 페지테의 북쪽. 역마차로 사흘, 파발마로 이틀 정도 걸리는 곳에는 성벽으로 에워싸인 제국 최대의 도시인 제도(帝都) 오를란도— 알자노 제국의 수도가 있다.

그 제도의 중앙에는 여왕의 성이자, 제국 정무의 중심지인 펠도라도 궁전이 존재했다.

지금 그 궁전의 일실에서 사실상 제국의 최고 결정 기관인 『원탁회』의 회의가 열리고 있었다.

방 한가운데에 비치된 원탁에는 현 여왕인 알리시아 7세와 왕실에 충성을 맹세한 열두 명의 회원들이 자리에 앉아 금후의 국정에 관한 의논을 뜨겁게 나누는 중이었다.

회원들은 너나 할 것 없이 모두가 제국을 지탱하는 군과 정치계의 중요인물들이며, 세월을 통해 얻은 경험이 뒷받침된 위엄과 품격을 갖춘 역전의 용사들뿐이었다.

"—이상이 엘미아나 전 왕녀 전하에 관한 정보 통제와 대처의 결과입니다."

"수고하셨습니다."

보고를 받은 알리시아 7세가 냉담하게 말했다.

"이능력자라는 사실은 들키지 않은 것 같지만…… 왕족이었다는 정보가 신뢰할 만한 자들에게만 알려진 건 그나마 다행이네요."

"……그렇다는 말씀은?"

"예. 정보 규제를 강화하면서 엘미아나를 이대로 계속 마술학원에 봉인해주시길. 그녀에게는 아직 그 조직을 낚기 위한 미끼로서 이용 가치가 있으니까요. 처분하는 것보단 그쪽이 더 국익에 보탬이 되겠죠. 하지만 만약 정체가 들켰을 때는…… **아시겠죠?**"

알리시아 7세의 냉철한 시선과 발언에 산전수전을 다 겪은 회원들조차 등골이 서늘해지는 것을 느꼈다.

'폐하……'

단안경의 노신사— 여왕부 관방장관 그라츠 에드와르도 후작은 겉으로는 그렇게 말할 수밖에 없는 알리시아 7세의 심중을 헤아리며 안타깝게 표정을 일그러트렸다.

"그럼 다음 의제를."

"……예."

그러자 군복을 입은 붉은 머리 남자가 자리에서 일어났다.

이 자리에 모인 역전의 용사들 중에서도 두드러지게 큰 존재감과 위압감과 위엄을 내뿜는 남자였다.

빈틈없는 바위 같은 표정, 얼굴에 새겨진 상처, 가슴 언저리에 달린 수많은 훈장이 그가 지금까지 얼마나 많은 수라장을 헤쳐 왔는지를 증명하고 있었다.

"제가 말씀드릴 의제는 각자 손에 든 자료에 나와 있듯 전부터 제안했던……."

"이그나이트 경…… 귀경은 또 군비확장을 주장하는 겐가!"

그 순간, 에드와르도 경이 지긋지긋한 얼굴로 서류다발을 원탁 위에 내던졌다.

"지금 군사비가 얼마나 국고를 압박하는지 귀공이라면 당연히 알고 있을 터!"

하지만 붉은 머리의 남자— 여왕부 국군대신 겸 국군청 통합 참모본부장 아젤 르 이그나이트 공작은 느긋하게 응수했다.

"뭘 모르는 건 그대다, 에드와르도 경. 한때 《와르도의 금사자》라 불린 귀공도 이젠 많이 늙은 것 같군."

"뭐, 뭐라고?! 이 애송이가! 다시 한 번 말해 봐라!"

"작금의 세계정세를 돌이켜 보도록. 특히 우리 알자노 제국과 그 지긋지긋한 레자리아 왕국 사이에서 예부터 이어내려 온 갈등을."

알자노 제국과 그 이웃나라인 레자리아 왕국.

이 두 나라야말로 북 셀포드 대륙의 패권을 다투는 양대 국가였다.

영토는 그다지 넓지 않지만 진보된 문명과 우수한 마도기술, 공업기술을 국가의 기간으로 삼고 나라 전체가 왕실을 중심으로 일치단결한 알자노 제국.

광대한 영토를 이용한 1차 산업을 국가의 기간으로 삼고, 종교 전쟁으로 병합한 수많은 인종을 성(聖) 엘리사레스교(教)로 통일했을 뿐만 아니라 모든 것이 성 엘리사레스 교회를 중심으로 움직이는 레자리아 왕국.

이 두 나라의 국력은 현재 완전히 비등한 상태였다.

"설마 잊은 건가? 알자노 제국 왕실의 시조는 이웃나라 레자리아 왕실의 계보와 이어져 있다. 그래서 제국과 왕국은 서로의 통치권을 가지고 늘 대립해왔지. 더욱이 레자리아 왕국을 사실상 지배하고 있는 성 엘리사레스 교회 교황청은 제국 왕실의 통치 정통성을 보장하는 우리 제국 국교회를 이단으로 인정했기에 종교적인 관계도 매우 험악하다."

제국 국교회와 성 엘리사레스 교회.

원래는 같은 『엘리사레스교』에서 두 개로 갈라진 종교 조직이다. 복음주의의 발디아파(신교)와 의식과 예배(전례 행위)에 중점을 둔 카논파(구교).

전자를 따르는 것이 제국 국교회, 후자를 따르는 것이 성 엘리사레스 교회였다.

까놓고 말해 신과 성서만 숭상한다면 그걸로 충분하다는 입장이라 규율도 느슨한 편이고 타종파와도 공존할 수 있는 것이 전자. 무슨 일이 있어도 신과 성서에 복종해야 한다는 입장이라 규율도 엄격하고 타종파는 죽여서라도 배제하려드는 것이 후자였다.

"레자리아 왕국은 수많은 나라와 민족을 종교 전쟁으로 병합해서 영토를 넓혀온 역사를 가졌다. 그 다종다양한 인종을 신앙으로 간신히 제어하고 있지. 그놈들은 왕국이라는 건 이름뿐이고 사실상 성 엘리사레스 교회가 지배하는 거대 종교 국가다."

"그런 건 이 자리의 모두가 알고 있다! 그것과 군비확장이 대체 무슨 관계가⋯⋯."

"⋯⋯교회의 지배에 한계가 왔다고 말씀하시고 싶은 거군요?"

담담히 사실만 확인하는 알리시아 7세의 말을 들은 이그나이트 경이 다시 입을 열었다.

"그 말씀대로이옵니다. 이미 신앙심으로 백성을 지배하는 시대는 끝났습니다. 최근 그 나라에서는 제각기 다른 기원을 가진 국민들이 결국 불만을 드러내기 시작했다더군요. 그 나라의 왕실은 이미 권위를 잃었기에 레자리아 왕국은 현재 내부 분열의 위기에 빠졌습니다. 하지만 그 교회는 40년 전 봉신 전쟁 시대의 정세를 아직도 잊지 못한 것으로 보이더군요."

그리고 이그나이트 경은 원탁회의 회원들을 둘러보며 과장스럽게 말했다.

"⋯⋯이 정도까지 말했으면 그대들도 이해했겠지?"

"옳거니. 분열된 국론을 하나로 통합하려면 적의 존재⋯⋯

그것도 명확한 대의명분이 존재할 뿐만 아니라 검사검사 적당히 강하고, 적당히 이길 수 있을 것 같은 적을 만드는 게 가장 좋은 방법이겠지. ……교회 놈들이 또 우리나라에 눈독을 들이기 시작했다는 겐가?"

화려한 복장의 노인— 제국의 유서 깊은 마피아 조직인 『서 마하드 회사』를 장악한 루치아노가(家) 당주 에이브럼 루치아노 기사작이 능청스럽게 말했다.

"그 말대로다, 루치아노 경. 놈들은 우리나라에 대한 통치권과 이단 인증 등…… 대의명분이라면 얼마든지 내걸 수 있지. 막대한 이익을 낳는 서 마하드 대륙과의 무역 해로를 확보하는 의미에서도 우리나라를 병합하는 건 경제적으로 의미가 커. 왕국민에 대한 반제국 교육도 철저하니 전쟁을 걸어서 국민의 불만을 돌리기에는 안성맞춤인 상대지. 현재그 나라의 제국에 대한 정치적 압력의 배경은 바로 그거다. ……제 말이 틀립니까? 여왕 폐하."

"……예, 이그나이트 경의 말씀대로입니다."

알리시아 7세는 진지한 얼굴로 말했다.

"최근 레자리아 왕국은 노골적으로 우리나라에 무력을 배경으로 삼은 외교 전략을 펼치고 있습니다. 지금은 왕국의 온건파 유력자와 비밀리에 손을 잡아서 막고 있지만…… 유감스럽게도 제2차 봉신 전쟁 발발의 위기는 해마다 고조되는 중이라고 판단할 수밖에 없군요."

총명하기로 유명한 여왕의 판단에 회원들 사이에 희미한 동요가 생겼다.

"훗, 들었나? 여왕 폐하의 말씀을. 그러므로 우리는 그 비상시를 대비할 필요가 있는 거다."

"하, 하지만! 귀공들 무단파가 요즘 지나친 행보를 보이는 것도 사실이 아닌가!"

에드와르도 경은 계속 이그나이트 경의 말을 물고 늘어졌다.

"이그나이트 경…… 귀공을 필두로 최근 무단파의 횡포는 차마 눈뜨고 볼 수 없는 지경이오! 얼마 전에 교도청에 소속된 그대의 동조자가 막무가내로 부국강병책과 교육 개혁을 단행! 맥심 티라노라는 극단적인 무력 지상 주의자를 알자노 제국 마술학원의 학원장으로 취임시키는 터무니없는 짓을 벌이지 않았나! 그것도 전부 귀공이……."

그러나—.

"나는 이그나이트 경의 판단을 지지하오."

"동의합니다. 이그나이트 경의 말씀대로 이웃나라에 대한 대책은 필수겠지요."

"그리고 다소 막무가내이긴 했어도 그 교육 개혁은 우리나라에 필요한 일이 아닌가?"

그러자 얼마 전에 원탁회에 입회한 회원들이 즉시 이그나이트 경을 지지하는 목소리를 높이기 시작했다. 그 수는 딱 절반.

제국 정부에는 다양한 파벌이 있지만 크게 나누면 국군청과 강경파 의원을 필두로 내세운 『무단파』와, 마도청과 온건파 의원을 필두로 내세운 『문치파』라는 두 파벌이 존재했다.

그들 무단파의 목적은 명백했다.

한층 더 강력한 부국강병책의 추진 — 그리고 가능하다면 레자리아 왕국과의 개전과 병합 — 마술학원의 방침 전환은 그 계획의 첫 단계라 볼 수 있으리라.

"귀, 귀공들, 지금 무슨 말을 한 건지 아는 건가?! 이 이상의 군비확장은 경제 파탄을 초래할지도 모르거늘! 그리고 알자노 제국 마술학원은 그 위대한 제13대 여왕 알리시아 3세께서 창립하신, 우리나라가 세계에 자랑하는 전통의⋯⋯."

에드와르도 경은 끈질기게 반대했다.

"⋯⋯어쩔 수 없군요. 이 건은 이그나이트 경의 의향을 받아들이겠습니다."

하지만 알리시아 7세는 체념한 듯 한숨을 내쉬었다.

"폐, 폐하⋯⋯?! 하오나 그건⋯⋯."

"지금은 정말로 중요한 시기입니다. 무단파와 문치파가 다투고 있을 때가 아니에요. 그리고⋯⋯ 역대 여왕 중 가장 총명했다고 칭송받는 알리시아 3세라면 이 국난 앞에서 마술학원의 방침을 전환한 것을 틀림없이 용서해주실 겁니다."

"큭⋯⋯."

알리시아 7세의 판단과 결정에 에드와르도 경은 안타깝게 입을 다물었다.

아마 평시였다면 여왕은 이그나이트 경을 필두로 내세운 무단파를 그 탁월한 조정 수완으로 억누를 수 있었으리라.

하지만 현재 여왕은 레자리아 왕국과의 외교 조정과 교섭으로 눈코 뜰 새 없이 바빴다. 국내의 파벌 다툼에까지 손을 댈 겨를이 없었다.

이그나이트 경도 그 사실을 잘 알고 있기에 이 타이밍을 노리고 자신에게 유리한 방침을 제시한 것이리라.

하지만 그 누가 이 상황을 여왕의 무능과 태만이 초래한 결과라고 비웃을 수 있겠는가.

여왕의 탁월한 외교 수완이 없었다면 제국은 이미 벌써 레자리아 왕국와 교전 중이었을 테니까.

'그건 그렇고 왜지……? 요즘은 왜 이토록 이그나이트 경의…… 무단파의 꿍꿍이대로 상황이 흘러가는 거지? 아무리 그래도 이건…….'

에드와르도 경이 무력감에 빠진 순간—

"아하하하하! 이거 참, 역시 대단하군. 이그나이트 경! 훌륭한 수완일세. 하긴 이런 상황이라면 알리시아 양도 당연히 자네의 제안을 무시할 수 없었겠지."

루치아노가 즐거운 얼굴로 웃으며 대화에 끼어들었다.

"루치아노 경. 폐하의 어전이다. 말을 삼가라."

"아차, 이거 참 실례했군. 아무튼 난 일단 귀족 작위를 받긴 했네만, 기본적으론 음지의 인간이라 아무래도 교양이 좀 부족하거든. 다소의 무례는 용서해주게, 에드와르도 경.”

능청스럽게 받아친 루치아노 경은 한순간 알리시아 7세를 흘겨보았다.

“……”

알리시아 7세가 말없이 눈짓을 보내자, 루치아노 경은 씨익 웃으며 이그나이트 경에게 시선을 돌렸다.

“자, 그건 그렇고 이그나이트 경. 자네, 요즘 꽤 공적을 많이 올렸다더군? 저번 페지테 최악의 사흘간…… 당시에 자네는 페지테를 무시하고 직접 군을 움직여서 하늘의 지혜연구회『급진파』와 연결되어 있던 원탁회 멤버…… 삼대 공작가의 일각인 앤드류 르 바틀리 공작의 증거를 확보하는 동시에 체포했다지?”

루치아노 경은 입을 다문 이그나이트 경에게 빠른 목소리로 말했다.

“의욕이 지나쳐서 바틀리 경을 죽여 버리긴 했지만, 과연 전 《홍염공》이자, 제국군의 현직 대원수…… 이제 자네는 제국의 대영웅이 됐지.”

“……”

“그리고『문치파』의 최고 유력자였던 바틀리 경…… 소문에 의하면 그자는『창천 십자단』이라는 뒷조직을 운영했다는 모양인데…… 뭐, 죽은 사람은 말이 없는 법. 이제 그 진상은 전부 미궁 속에 빠지게 됐지. 아무튼 중요한 건 바틀리 경이 실각하고, 그의 지지자들이 줄줄이 체포당한 탓에 정부 내에서 『문치파』의 입장과 발언력이 약해지고 『무단파』가 완전히 활개를 치게 됐다는 점일세. 그들의 후임으로 원탁회에 들어온 자들도 마치 계산한 것처럼 전부 『무단파』…… 요컨대, 자네의 똘마니들이었지."

"……무슨 말이 하고 싶은 거지? 루치아노 경."

"아무래도 상황이 너무 유리하게 돌아간 게 아닌가? 이 노인네는 그렇게 봤네만?"

루치아노 경과 이그나이트 경은 험악한 표정으로 서로를 노려보았다.

"대체 어떻게? 어떻게 자네는 바틀리 경과 하늘의 지혜 연구회의 관계를 간파한 거지? 게다가 페지테 최악의 사흘간…… 제국 정부도 그 사건 때문에 불안해진 국민의 사기 증진을 위해, 자네의 영웅적인 공적을 대대적으로 공표할 수밖에 없는 너무나도 완벽한 최고의 타이밍에 바틀리 경을 체포할 수 있었던 게야?"

루치아노 경의 추궁에 회의장이 조용해졌다.

"이보게, 이그나이트 경."

그리고 그는 조용한 목소리로 재차 물었다.

"내가 말일세. 거의 노망이 온 모자란 머리로 필사적으로 생각해봤는데 말이지? ……만약, 만에 하나라도 우리나라와 놈들이 전쟁을 한다고 치면…… 과연 누가 가장 이득을 볼까?"

"……."

"어허, 이것 참 언뜻 보기에는 아무도 이득이 없는 것 같네만…… 그러고 보니 이그나이트 공작가는 제국 왕실의 먼 혈연…… 이를 테면 분가인 셈이 아닌가?"

루치아노 경의 발언에 원탁 회의실의 공기가 얼어붙었다. 동요와 당혹스러움이 퍼져 나갔다.

하지만 당사자인 이그나이트 경은 전혀 동요하지 않고 침묵을 일관할 뿐이었다.

"이보게, 이그나이트 경. ……자네, 뭔가 이상한 야심을 품은 건……."

루치아노 경의 눈이 믿을 수 없을 정도로 차갑고 날카로워지려 한 순간―

"그만하세요, 루치아노 경."

알리시아 7세가 일갈했다.

"이그나이트 경은 제국에 반기를 든 역신 바틀리 공을 체포하고 우리의 숙적인 하늘의 지혜 연구회에 크나 큰 손해를 준 것으로 우리 제국에 큰 공헌을 했습니다. 억측만으로 그의 전공을 폄훼하는 건 저, 알자노 제국 여왕이 용서할 수 없습니다."

"아차차, 미안하이. 알리시아 양. 허허, 늙을수록 의심만 늘어나니 못 쓰겠구만. 반성하겠네, 반성해."

알리시아 7세는 능청스러운 루치아노 경을 흘겨본 후 원탁회의 일동을 훑어보며 진지하게 말했다.

"여러분. 앞으로의 제국은 이웃나라의 대응도 포함해 무척 어려운 시기를 겪게 될 겁니다. 이런 때야말로 우리는 일치단결해서 이 국난에 맞서야만 해요. ……제국에 거주하는 모든 국민의 미래를 위해. 지금까지 제국에 헌신해온 바틀리 경의 배신은 무척 가슴 아픈 일이었지만, 그래도 우리는 걸음을 멈추면 안 됩니다. 앞으로도 이 제국을 위해 이 미숙한 저에게 여러분의 힘을 빌려주시길 바랍니다."

그렇게 말한 알리시아 7세는 일부러 고개를 숙여서 불온한 분위기를 전부 씻어냈다.

그리고 오로지 제국의 미래를 걱정하는 여왕의 진심어린 모습에 문치파도 무단파도 파벌을 잊고 여왕에 대한 충성심을 한층 더 확고히 했다.

'흥…… 역시 만만치 않군.'

이번 원탁회의도 무사히 마친 후, 이그나이트 경은 제도에 마련한 저택으로 향하는 마차 안에서 생각에 잠겼다.

'루치아노 경의 그 발언은…… 아마 알리시아 7세의 지시였겠지. 여왕에 대한 원탁회의 인상을 나쁘게 만들지 않고 나에게 경고하기 위해서.'

여왕이 직접 이그나이트 경에게 경고를 했다면 무단파 사이에 여왕에 대한 반발심이 생겨났을 것이다.

그래서 일부러 방계 가신인 루치아노 경을 이용한 것이리라. 정말 터무니없는 암여우였다.

'그리고 루치아노 경…… 그자도 결코 여왕의 손바닥 위에서 그저 춤만 출 뿐인 위인이 아니지. 전부 알고 있으면서도 일부러 모른 체하고 이용당해주는 타입…… 참으로 골치 아픈 남자로군.'

최대의 정적이었던 바틀리 경은 처리했지만 역시 제국의 기관부를 뒤에서 지탱해온 역전의 용사들다웠다. 방심하면 그 자리에서 잡아먹혀서 힘을 잃고 말리라.

'……그래도 난 이길 거다. 반드시 여왕을…… 원탁회를 뛰어넘고 말겠다.'

슬슬 뭔가를 눈치채는 건 처음부터 예상한 바였다.

앞으로는 더 신중하게 움직여야겠지만…… 문제없다. 전부 계획대로니까.

'나에게는 이그나이트로서 이뤄야만 할 『대의』가 있다. 파멸로 치닫는 이 나라는 지금의 온건한 여왕과 원탁회로는 도저히 구해낼 수 없어. 이 제국을 구할 수 있는 건 강한 의지로 피를 흘리고, 흘리게 할 각오를 지닌 자…… 우리 이그나이트뿐이다.'

이그나이트 경은 품속에 손을 넣고 살며시 **그것**을 꺼냈다.

'지금은 인내해야 할 때…… 힘을 비축할 때. 그래서 바틀리 경의《헤븐스 크로이츠》도 내가 접수했다. 군의 내 파벌도 반석을 다지고 있지. 빈틈은 없다. 그 누구도 나를 방해할 수 없다. 모든 것은 이그나이트의…… 그리고 이 제국의 미래를 위해……!'

—혼돈의 도가니였던 임시 집회가 끝난 후 마술학원의 뒤뜰.

"아아, 빌어먹을……. 대체 왜 이렇게 된 거지……?"

건물에 등을 기대고 하늘을 올려다보던 글렌은 홀로 탄식했다.

그늘이 진 어두운 곳이라 햇볕이 잘 들지 않다 보니 흙이 드러난 지면 위에 듬성듬성 자란 나무에도 이끼가 자라고 축축했다.

마치 글렌의 마음을 대변하는 듯한 울적한 장소였다.

"이거 진짜냐. 진짜 그 맥심 티라노의 제자들과 내 제자들을 싸우게 해야 하는 거야? 거짓말이지……?"

이미 결정된 일인 데도 사내답지 못하게 계속 투덜거렸다.

"흥……. 이런 곳에 있었구나, 글렌."

문득 귀에 익은 목소리가 들렸다.

"……?!"

그 순간, 글렌은 퍼뜩 고개를 들고 목소리가 들린 쪽으로 시선을 돌렸다.

건물 벽 모퉁이 근처에 한 여성이 서 있었다.

마술학원의 여성용 강사복을 입은 자신과 비슷한 나이대의 여성이었다.

"바보 같은 짓을 하더라? 자업자득이야. 참 나."

역광 때문에 얼굴은 잘 안 보였지만, 마치 상대를 밀쳐내려는 듯한 차가운 목소리를 잘못 들었을 리가 없었다.

그 여성은 천천히 글렌의 곁으로 다가왔다.

"하지만 당신답지 않네. 이미 지나간 일이잖아. 이렇게 된 이상 곁눈질도 하지 않고 우직하게 돌진하는 게 당신 방식 아니었어? 내 말이 틀려?"

역광이 서서히 개이고 드러난 날카로운 용모.

그 여성의 정체는—.

"이브……? 이브냐……?!"

글렌의 제국군 시절의 상사였던 제국 궁정 마도사단 특무분실의 실장이자 집행관 넘버 1《마술사》이브 이그나이트였다.

"너…… 네가 왜 이런 데 있는 건데!"

그러자 글렌은 부모의 원수를 보는 듯한 얼굴로 이브를 노려보며 험악하게 외쳤다.

"설마 너, 또 골치 아픈 일을 가져온 건 아니겠지?!"

"……."

침묵을 긍정으로 받아들인 글렌은 바로 눈꼬리를 치켜세

왔다.

"야…… 너, 적당히 좀 해라? 난 이제 군인도 아니고 네 부하도 아니라고. ……늘 이상한 사건에 말려들게 하고…… 슬슬 화 좀 내도 되냐? 아앙?"

두 사람은 잠시 그대로 말없이 불구대천의 원수처럼 서로를 쏘아보았다.

"흥……."

하지만 이윽고 이브가 힘없이 시선을 피했다.

"……오?"

의외였다.

아무튼 상대는 이브. 한 마디 쏘아붙였으니 그 몇 배나 되는 빈정거림과 매도가 날아오리라 예상했었다.

하지만 지금의 이브는 패기가 없었다. 어딘지 모르게 지친 분위기였다.

글렌은 왠지 맥 빠진 기분이 들었다.

"둔하기는. 내가 왜 이런 옷을 입고 있는지…… 조금도 생각 안 해봤어?"

몇 번을 다시 봐도 마술학원의 여성 강사복 차림이었다.

"너…… 특무분실의 예복은 어따 팔아먹었냐? 왜 그런 옷을 입은 거지?"

그러자 이브는 힘없이 한숨을 내쉬고 어깨를 살짝 늘어트렸다.

"……아직도 눈치 못 챈 거야? 해임됐어."

"뭐?"

"몇 번이나 똑같은 말 하게 하지 마. 난 특무분실 실장직에서 해임되고 넘버를 박탈당했어. 저번 사건에서 제멋대로 행동한 책임을 지고."

"……뭐어?"

"덤으로 이그나이트가에서도 절연당했어. 지금의 난……그냥 이브야."

"뭐어어어어어어어어어어?! 지, 진짜?!"

놀라서 눈을 부릅뜬 글렌과 반대로 이브는 기운 없이 하늘을 올려다보았다.

'……바보 같아.'

그리고 지난주에 겪은 일을 떠올렸다.

———.

짜악!

살을 후려치는 소리가 집무실 안에 서늘하게 울려 퍼졌다.

이브는 자신에게 휘둘린 손바닥을 그저 묵묵히 받아들일 수밖에 없었다.

"윽……."

저릿할 정도로 뜨거운 뺨의 통증, 가벼운 뇌진탕으로 어질어질한 의식을 필사적으로 붙들면서 앞을 바라보았다.

"저번 페지테 소란의 실패…… 너에게는 진심으로 실망했다. 이브."

그녀의 친아버지인 아젤 르 이그나이트— 이그나이트 경이 한없이 냉혹하고 경멸어린 눈으로 자신을 응시하고 있었다.

"천한 붉은 피가 섞인 모자란 계집이지만, 일단은 내 푸른 피도 물려받았으니 이제껏 최대한 배려해줬거늘. 그런데 이렇게까지 기대를 배신당할 줄이야."

"죄, 죄송……해요……. 아버지……."

사죄하는 이브에게 다가온 이그나이트 경은 그녀의 멱살을 잡고 끌어당겼다.

"으……윽 ……아……."

저항할 수 없는 이브는 얼굴을 괴롭게 찡그리며 그대로 몸을 맡겼다.

"내가 손수 너에게 필요한 정보를 주고 우리 이그나이트가의 비술인 《불꽃의 눈》의 사용허가까지 내줬거늘, 대체 이 추태는 뭐지?"

"하……하지만…… 저, 저는 아버지의 명령대로…… 부하들에게도…… 정보를…… 감춰서…… 그래서…… 초동이…… 늦어졌……."

"뭐라고?"

바위 같은 표정을 한 이그나이트 경의 눈썹이 살짝 위로 올라갔다.

"특무분실은…… 전원…… 우수…… 그래서 저는…… 그들과 연계를 취해야…… 한다고!"

"사리분별도 못하는 어린애 주제에 아는 척 하지 마라."

이그나이트 경은 이브의 멱살을 비틀어 올렸다.

반쯤 공중에 매달린 이브의 몸이 조금씩 경련했다.

기도가 막혀서 완전히 질식 상태에 빠진 것이다.

"……커, 억?!"

"넌 이그나이트가 이그나이트인 이유를 전혀 이해하지 못하고 있군. 이그나이트가는 제국이 세워진 이래로 왕실을 섬겨온 마도무문의 기둥. 지위도, 명예도, 영광도, 강함도 항상 제국에 존재하는 모든 마도사의 정점에 서야만 하는…… 그런 가문이다. 우수한 부하를 쓰는 편이 임무가 더 수월하다? 그런 건 지극히 당연한 일. 그 정도는 이그나이트가 아니라도 충분히 가능한 일이다. 마도무문의 기둥인 이그나이트의 입지를 제국 내에서 유지하려면 그런 당연함에 만족해선 안 돼. 이그나이트는 항상 영웅이어야만 한다. 때문에 넌 그런 큰 무대에서 시끄러운 떨거지들이 입을 다물게 할 압도적인 위업을 세워야만 했다."

이그나이트 경이 갑자기 이브를 밀쳐냈다.

바닥에 엎드린 이브는 그저 산소를 탐하며 숨을 헐떡일 수밖에 없었다.

"콜록! ……콜록콜록!"

"그런데 뭐? 민간인 소녀를 구하느라 호기를 놓쳤다? 또 그 지긋지긋한 《정의》에게 졌다고? ……넌 이그나이트의 수치다."

이그나이트 경은 진심으로 실망한 눈으로 이브를 내려다보았다.

이브는 말도 안 되는 소리라고 생각했다. 이상하다. 불합리해.

이런 건 아무리 생각해도 평민의 피가 섞인 자신에 대한 화풀이나 학대가 아닌가. 하지만 그 사실을 지적하면 그 자리에서 두들겨 맞으리라.

가령 실장이 이브가 아니라 언니 리디아였다면, 서자인 자신이 아니라 이그나이트가의 정당한 후계자인 그녀였다면 이런 지독한 취급을 받았을까?

"죄송……합니……다……. 아, 아버지……."

하지만 이런 불합리하고 부당한 취급을 받아도 **어째선지 이브는 아버지를 거스를 수가 없었다.**

이럴 때부터 무슨 일이 있어도 그것만은 불가능했다.

이브에게 아버지는 절대적인 존재이자 공포의 대상이었다. 어릴 때부터 아버지의 의향과 반대되는 생각만 해도 이상하게 가슴이 뛰거나 숨도 제대로 쉴 수 없게 되곤 했다.

하지만 다정했던 친어머니는 이미 한참 전에 돌아가셨기에 자신이 의지할 수 있는 곳은 이 이그나이트 가문밖에 없었다. 이그나이트가 아니게 된다면 자신은 그 시점부터 아무것도 아니게 된다.

아버지에 대한 공포와 복종. 이그나이트가에 대한 집착.

그것은 이미 저주나 다름없었다.

아버지가 두려웠다. 그래도 이브는 아버지가 자신을 이그나이트가의 일원으로 인정해주길 바랐다.

"다, 다음……에는……!"

그래서 비틀거리며 몸을 일으키고 무릎을 꿇으면서 필사적으로 애원했다.

"다음에는 이그나이트가의 영광을 위해…… 이그나이트를 위해……! 이 목숨과 바꿔서라도……! 그, 그러니 아버지……!"

그렇다. 이제 자신은 이그나이트로 살아갈 수밖에 없었다. 다른 삶의 방식 같은 건 몰랐다.

"흥, 다음 같은 건 없다."

"……예?"

하지만 이그나이트 경은 친딸에게 무자비한 선고를 내렸다.

"넌 모가지다. 오늘부로 네 특무분실 실장 자리와 마술사의 넘버는 돌려받겠다. 이그나이트의 가명도 박탈한다. 이번 실패는 아무리 나라도 묵과할 수 없다. 모처럼 세운 내 전공에 찬물을 끼얹는 것도 곤란해. 따라서 널 버리기로 했다.

"……"

"더러운 평민의 피가 섞였다고는 하지만, 너도 이그나이트의 피를 잇는 자. 언젠가는 쓸만해질 거라고 생각해서 오늘까지 지켜봤다만…… 결국 예상이 빗나간 모양이군. 이제 됐다. 이 이그나이트가를 나가라. 어디든 자유롭게 떠나도록."

"……."

"이 일에 관한 여러 가지 공작은 이미 마쳐뒀다. 아, 네 후임은 걱정하지 않아도 된다. 그리고 너 같은 무능력한 인간에게 어울리는 임무도 마련해뒀다. 뭐, 교도청의 부하가 마침 인재를 원하더군. 한 번 열심히 해보도록."

"……."

"슬슬 눈에 거슬리는군. 사라져라, 이브. ……이제 두 번다시 만날 일도 없겠지."

마지막으로 한없이 차가운 말을 남긴 이그나이트 경은 이브를 단 한 번도 돌아보지 않고 떠났다.

"…………."

이브는 그저 멍하니 서 있을 수밖에 없었다.

그저 멍하니…… 창백한 얼굴로 그 자리에 계속 서 있을수밖에 없었다.

——.

"……정말…… 바보 같아……."

"……이브?"

"……각오는…… 하고 있었어……. 그래도…… 그래도 있지?

……이렇게 허무하게……."

이브는 글렌 앞에서 한없이 공허하고 메마른 미소를 짓고 있었다.

"……난…… 아버지의 인정을 받고 싶어서…… 일족의 인정을 받고 싶어서…… 그래서…… 줄곧…… 줄곧…… 이그나이트를 위해……."

갑자기 글렌은 불안한 기분이 들었다.

마치 이브가 당장 이 세계에서 사라질 것 같은…… 그런 불길한 예감을 받았다.

"그래서…… 세라도…… 단 하나뿐인 친구조차…… 희생했는데…… 그랬는데…… 그런데도……! 그런……데……도……!"

얼굴을 손으로 덮고 고개를 숙인 이브의 몸이 마치 학질에 걸린 것처럼 부들부들 떨렸다.

"나, 난…… 지금까지 정말, 대체…… 뭘…… 위해……!"

"야, 너…… 괜찮아……?"

아무래도 보다 못한 글렌이 이브에게 다가왔다.

"다가오지 마!"

하지만 이브는 별안간 히스테릭한 고함을 지르며 거절했다.

글렌은 움찔거린 뒤 손을 거두고 그 자리에 멈춰섰다.

"하, 하지만……."

"시끄러! 말대답하지 마!"

"……."

"그보다, 명령이야! 글렌! 뒤로 돌아!"

"아니, 그건 또 무슨……."

"이건 명령이야! 명령이라구! 당신은 내 부하잖아?! 어서! 뒤로 돌라고 했잖아! 내 말을 못 듣겠다는 거야?! 돌아!"

평상시의 글렌이었다면 이게 어디서 시비냐며 맹렬하게 쏘아붙였겠지만, 이브의 격정과 기세에 위축됐을 뿐만 아니라 그녀의 눈가에서 반짝이는 어떤 것을 발견한 순간―.

"……알았어……."

성가신 듯 한숨을 내쉬고 이브에게서 등을 돌렸다.

그 순간, 빠른 발소리가 뒤에서 들려왔고―.

퉁!

글렌의 등에 충격이 퍼져나갔다.

"~~~~~~!"

이브가 몸을 내던지며 그의 등에 매달렸기 때문이다.

글렌이 조금 전에 본 것은 이브의 눈물이었다.

이 냉혹하기 짝이 없는 강철의 여자라면 절대로 흘리지 않을 것이라 생각했던 그것을 본 건 이것으로 두 번째였다.

아마…… 누구든 상관없었던 것이리라.

이브는 그저 그 오갈 데 없는 감정을 부딪칠 상대가 필요했다. 혼자서 남몰래 우는 것만으로는 감정을 완전히 처리할 수가 없었던 것이리라.

하지만 이브는 남에게 빈틈을 보이지 않는 삶의 방식에

지나치게 익숙해진 탓에 남에게 의지하는 것이 굉장히 서툴렀다.

그러다 보니 그 감정을 발산할 상대는 — 약한 모습을 보여줄 상대는 — 옛날부터 감정을 정면으로 부딪치곤 했던 글렌밖에 없었던 것뿐.

그뿐이었던 것이리라.

"~~~~~~~~~~~~~~~~~~!"

글렌의 등에 얼굴을 파묻은 이브는 마치 등뼈가 부러질 것처럼 꽉 끌어안은 상태로 가끔 주먹으로 치기도 하고 몸을 떨면서 하염없이 눈물을 흘렸다.

"……진짜 성가신 여자라니까."

한숨을 내쉬면서 게슴츠레한 눈으로 하늘을 올려다본 글렌은 이브가 마음을 가라앉힐 때까지 그대로 가만히 서 있었다.

"요컨대 좌천이라는 건가……. 것 참 안타깝게 됐네."

"시끄러, 냅둬."

겨우 안정을 찾은 이브에게 저번 사건의 독단행동으로 페지테를 미증유의 위기로 몰고 간 책임을 지고 강등 처분을 받는 동시에 특무분실 실장직을 내려놓게 됐다는 이야기를 들은 글렌은 한숨을 내쉬었다.

이브는 건물에 등을 기댄 채 무릎을 양팔로 끌어안은 자세로 앉아 있었고, 글렌은 약간 떨어진 곳에서 힘없이 벽에 등을 기대고 서 있었다.

　두 사람 사이에 잠시 매우 어색한 침묵이 감돌았다.

　"참 나…… 실수로 해임되고 울 정도라면 시시한 공적에 집착하지 말고 솔직하게 알베르트나 다른 부하들을 의지했으면 됐을 텐데."

　"시끄러……."

　"아니, 그보다 부하의 공적은 상사의 공적이잖아? 실제로 평소에는 우리를 장기말처럼 효율적으로 부려 먹으면서 잘 처리했었잖아. 그런데 왜 너란 녀석은 가장 중요한 타이밍에 가끔 혼자서 이상한 폭주를 하는 건데?"

　"시끄럽댔지. 나한테도 이런 저런 사정이 있단 말야. …… 그리고 난 운 적 없어."

　이브는 토라진 얼굴로 떨떠름하게 쏘아붙였다.

　'내 등은 아직도 축축한 데다 네 눈은 지금 토끼처럼 새빨갛거든?'

　하지만 그 말은 목구멍으로 삼켰다.

　글렌은 이브에게 사정을 전부 들은 건 아니었다.

　임무 실수로 실장에서 해임되고 가문과 특무분실에서 쫓겨났다는 말밖에 듣지 못했다. 결국 자신이 처한 상황밖에 말하지 않았다.

　분명 그밖에도 여러모로 복잡한 사정이 있겠지만 아무리

찔러봤자 이 고집쟁이는 절대로 입을 열지 않으리라.

"뭐, 됐어. 특무분실에서 쫓겨난 건 그렇다 치고…… 대체 왜 여기로 온 건데? 그 강사복은 또 뭐고."

"아직도 모르겠어? 새 학원장인 맥심이 다음 학기부터 유사시를 대비한 군사 교련을 학생들의 교육 커리큘럼에 도입하겠다고 말했잖아? 그 수업을 지도하기 위해 군에서 전술 훈련 교관으로 파견된 게 바로 나야."

"……?!"

군사 교련. 그 단어를 들은 순간 글렌의 눈이 날카로워졌다.

"……날 노려보지 마. 이건 국가의 방침이야. ……개인적으로 맥심의 개혁은 좀 지나치다고 생각하지만."

"……최근 알자노 제국과 레자리아 왕국의 긴장 상태가 계속 고조되고 있다는 건 역시 사실이야?"

짚이는 곳이 있었던 글렌이 딱딱한 목소리로 묻자 이브는 고개를 살짝 끄덕였다.

"응……. 뭐, 사실 당장 무슨 일이 일어나는 건 아니야. 제국 정책 입안 연구소에서 앞으로 10년간은 제2차 봉신 전쟁이 일어날 일은 없을 거라고 결론을 냈고, 여왕 폐하께서도 확실히 대책을 고려하고 계셔. ……폐하가 계시는 한 제국은 안전해."

"그럼 왜……?"

"레자리아 왕국의 무력을 배경으로 삼은 압박 외교 정책에 무단파가 과잉 반응을 하고 있는 거야. ……지금 제국 정부에선 무단파가 더 득세하고 있으니까. 국내 전력의 증강 노선은 무단파의 필두인 아젤 르 이그나이트…… 이그나이트 경의 의향이었거든."

"……이그나이트 경? 이그나이트? 야, 그건……."

이브는 그 질문에 대답하지 않았다.

왠지 복잡한 표정이 언뜻 드러나 보였기에 글렌으로선 어깨를 으쓱거릴 수밖에 없었다.

"그런 사정으로 나도 오늘부터 한동한 이곳의 마술강사야. 전술 훈련 교관이라는 명목이지만. 흥……. 잘 부탁해, 선배."

전혀 마음이 담기지 않는 뻔뻔한 인사였다.

"야…… 너한테 말해봤자 소용없다는 건 알지만, 난……."

"군사 교련에는 반대한다는 거지?"

"?!"

"당신이 할 말이야 뻔하지. 뭐, 어수룩한 당신이라면 그렇게 생각하는 건 무리도 아니겠지만."

이브는 바보 취급하듯 코웃음을 쳤다.

"말해두지만, 군사 교련 자체는 그저 기술의 전수에 불과해. 거기에 선악은 없고, 아직은 학생들을 실제로 징용하려는 움직임도 없어. 하지만 정말로 만에 하나의 상황이 닥쳤을 때…… 힘이 있으면 할 수 있는 일도 많아질 테고 살아남

을 가능성도 커지겠지. 아무리 과보호에 이상주의자인 당신
이라도 그 점만큼은 통감하고 있지 않아?"

"……."

"그리고 진짜 유사시에는 군사 교련을 받았건 받지 못했건
봐주지 않고 전장에 차출될걸? 40년 전에도 그랬다잖아?"

"그래, 그랬다지. 봉신 전쟁…… 《은둔자》 영감이 그러더군."

그리고 글렌은 얼마 전에 겪은 대사건을 떠올렸다.

한 사람의 희생자도 내지 않고 해결한 건 그야말로 기적이
었다.

그런 기적이 일어날 확률이 조금이라도 높아진 건, 글렌
이 마지못해 가르친 마술이 지닌 무력의 일면…… 힘이 있었
기 때문이라는 것은 의심할 여지가 없었다.

"아니면 당신의 제자들은 좀 강한 힘을 전수했다고 힘에
취해서 길을 잘못 들 정도로 약한 애들이야?"

"아니…… 그럴 리는 없어."

"……그럼 조금은 믿어주는 게 어때?"

"……."

"뭐, 결코 나쁘게 하진 않을게. 그 점에 관해선 나도 주의
할 테니까. 이 학교의 학생들이 적당한 자신감을 가질 수 있
을 정도로만 가르칠 거야. 어디까지나 수업의 일환으로서."

"……이브?"

"흥……. 당신에게 먼저 말해두지 않으면 나중에 대판 싸

움이 날 게 뻔하니까. 그래서 이렇게 일부러 찾아온 거였어."

이브는 여전히 토라진 태도였다.

"······넌 누구지? 혹시 가짜냐?"

하지만 글렌은 눈을 깜빡거리면서 어안이 벙벙한 얼굴로 바라보았다.

"······그게 무슨 뜻?"

"아니, 말 그대로인데. 내가 아는 너라면「흥, 이 나약하고 평화 불감증에 걸린 학교는 내가 철저하게 바로잡아주겠어. 아, 맞아. 글렌. 날 방해하지는 마. 이건 명령이야」라고 거만하게 지껄이면서 학생들을 터무니없는 지옥 훈련으로 괴롭힐 줄 알고 긴장했다만······."

"······당신, 날 대체 뭐라고 생각하는 거야?"

"피도 눈물도 없는 진성 S에 냉혈 히스테리 노처녀."

"이, 이게······!"

이브는 한순간 화를 낼 뻔했다.

하지만 다음 순간, 분노의 불길은 마치 촛불처럼 사라졌고 이브는 패기 없이 한숨을 내쉬었다.

"······일은 제대로 할 거야. 그야 난······ 지금은 그것 말고······ 할 게 없으니까······."

예전의 눈부실 정도로 오만불손한 자신감은 이미 어디론가 사라져 있었다.

마치 눈 깜짝할 사이에 무기력하게 늙어버린 것 같은 모습이었다.

"……아무것도 없어. 나한테는…… 이제…… 아무것도……."

'이거 원, 어지간히 뿌리가 깊은 문제인 모양인데.'

완전히 마음이 약해진 이브를 본 글렌도 따라서 한숨이 나왔다.

그녀답지 않은 모습에 대체 어떻게 반응해야 좋을지 알 수 없었다.

"……그보다, 들었어."

그러자 이브가 먼저 말을 걸었다.

"당신의 제자들…… 맥심의 제자들이랑 생존전으로 붙는 다며?"

"……!"

"알고 있는 거야? **그 맥심**이잖아? 당신 제자들은 맥심이 어떤 인간인지 알기는 해?"

"……아니, 아마 모르겠지."

글렌은 한숨을 내쉬며 작은 목소리로 말했다.

"맥심 티라노. 알자노 제국 마술학원의 제366기 졸업생. 우수하지만, 자존심이 굉장히 세고 재학 중에도 동기와의 다툼이 늘 끊이지 않은 문제아. 졸업 후에도 인간관계로 늘 문제를 일으키면서 제국 각지의 마술 관련 기관을 전전함. 그러던 어느 날 누군가의 연줄로 염원하던 마술학원의 학원 장에 취임했지만, 역시 인간관계 문제로 실각……. 외부인인 릭 학원장에게 자리를 빼앗긴 후에는 『맥심 마도 교실』이라는 사설 학원을 열어서, 먹고 살 길이 막막한 귀족의 삼남들을 중심으로 학생을 모은 뒤 독자적인 교육 이념을 기반으로 삼아 마술사를 육성하고 있음. 그 이념의 정체는 무력일변도의 무력 지상주의. 아무튼 마술사의 「강함」에만 집착하고 마술을 전쟁 도구로밖에 보지 않는 삐뚤어진 이상가. 그 인간의 제자들은 죄다 아마추어 군인 같은 놈들뿐이지. 귀족가의 삼남이라는 태생 때문에 삐뚤어져서 품위도 없고 행실도 나빠. 그런데도 맥심은 무단파 상층부에 일정한 연줄을 가지고 있어서 자기 학원의 졸업생을 각 정부 기관에 꽂아 넣는 것에 성공했어. 이쪽 업계에선 제법 유명인이지."

"즉, 그가 데려온 『모범 클래스』는 전부 그의 제자…… 당신 반 학생들은 그런 아마추어 군인들과 싸우게 된 셈이야. 당신, 대체 어쩔 셈이야?"

이브의 비난 섞인 지적에 글렌은 눈을 가늘게 뜨고 생각에 잠겼다.

한편, 그 무렵—.

"에잇, 정말 화가 나 참을 수가 없군! 글렌 레이더스 놈!"

맥심은 마침내 자신의 것이 된 학원장실에서 이를 갈고 있었다.

"사전 조사로 이 학교에 글렌 레이더스라는 문제 교사가 있다는 건 알고 있었지만…… 설마 이 정도로 막 나가는 인간이었을 줄이야!"

자신의 개혁에 설마 이런 걸림돌이 나타날 줄은 예상도 못 했기 때문이다.

"큭……. 이 학교를 얕보지 말라고 했던가……."

맥심은 짜증스럽게 혀를 찼다.

마침 그의 머릿속에 지난달에 여기서 있었던 일이 떠올랐다.

———.

"크크크…… 유감스럽게 됐군. 릭."

"맥심……. 그렇군. 이번 긴급 인사이동은…… 자네 짓이었나?"

학원장실에서 책상 앞에 앉아 마도청의 인사이동 통지를 본 릭은 감정이 드러나지 않는 눈으로 맥심의 얼굴을 올려다보았다.

"예전에 내가 자네에게서 학원장 자리를 **뺏은** 것을…… 아직도 원망하고 있었나?"

"아니. 진정으로 안목이 있는 자가 마침내 날 올바르게 평가하고 정당한 지위에 복권해준 것뿐. 네놈은 시대에 뒤쳐진 거다. ……이번 학원장 취임을 계기로 난 내 방식이 옳다는 것을 증명해주지. 자, 얼른 이 방에서 꺼져! **전** 학원장!"

한숨을 내쉰 릭은 어쩔 수 없이 자리에서 일어났다.

"참 나, 자네에게 어떤 뒷배가 있는지는 모르겠네만……이 학교를 너무 얕보지는 말게. 하나 같이 개성이 강한 인물들뿐이라…… 분명 자네 생각대로는 되지 않을 테니."

그 말을 마지막으로 조촐하게 짐을 정리한 릭은 조용히 학원장실을 나갔다.

"망할! 끝까지 짜증스럽게 하는 남자로군!"

릭이 떠난 후, 맥심은 책상을 세차게 내리쳤다.

"내 수완이 있으면 이딴 구태의연한 학교쯤은……! 릭 자식, 네놈은 외야에서 손가락이나 빨면서 지켜보시지! 난 네놈보다 이 학교를 훨씬 더 발전시킬 거다! 내 방식으로 마술학원의 규모를, 총 학생 수를 지금의 두 배 이상으로 늘려주지! 내가 릭보다 더 우수한 교육자라는 것을 증명해주마……!"

그리고 창가로 다가간 맥심은 학교 부지 안을 둘러보았다.

건물과 안뜰에는 저번 사건의 상흔이 남아 있었다.

"먼저 내 영지에 어울리지 않는 경관을 치워야겠군. 이 곰 팡내 나는 낡은 건물은 전부 철거해주지. 역사와 전통은 무슨 얼어 죽을. 그리고 최신 건축 양식으로 전보다 거대한 건물을 짓고 내 안목에 든 학생과 교사를 늘려……."

맥심이 앞으로의 개혁 전망을 떠올린 순간―.

―후후…… 이 건물을 파괴하는 건…… 추천하지 못하겠네요.

어디선가 그런 여자 목소리가 들린 것 같은 기분이 들었다.

"응? ……방금 뭐지? 기분 탓인가……?"

그리고 자신이 손을 댄 창살에 한 권의 수첩이 놓여 있는 것을 눈치챘다.

"……이건 뭐지? 조금 전까지는 없었던 것 같은데……."

여우에게 홀린 듯한 기분으로 수첩을 손에 들고 안을 대충 훑었다.

"이, 이건……?!"

거기 적힌 문장을 본 맥심은 눈을 부릅 뜰 수밖에 없었다.

———.

"그래. 틀림없어. 이건 그 『알리시아 3세의 수기』. ……소실된 스물네 번째 수기다."

과거를 헤매던 맥심의 의식이 현재로 돌아왔다.

"이 수기에는 『이면 학원』 구축 계획의 모든 것이 적혀 있었다. 이면 학원에 드나들기 위한 『열쇠』의 술식도. 그래, 이 수기는 『이면 학원』을 제어하는 일종의 마도서였던 거다. 잃어버린 『열쇠』는 바로 여기에 있었던 거다!"

맥심은 자신이 발견한 『알리시아 3세의 수기』를 웃으면서 바라보았다.

"설마 릭 녀석이 이런 걸 숨기고 있었을 줄이야. 어디서 입수한 건지는 모르겠다만, 사양하지 않고 써주지."

"실례하겠습니다."

맥심이 그런 생각을 하고 있자 마침 교복 차림의 한 소녀가 학원장실로 들어왔다.

긴 머리카락을 위로 묶어 올리고 약간 촌스러운 검은 테 안경을 쓴 소녀였다. 차분한 태도, 총명한 눈빛이 보는 사람에게 이지적인 인상을 주었다. 하지만 동시에 지나치게 차분한 탓에 자칫 차갑게 느껴지는 인상이 소녀를 나이에 어울리지 않는 어른스러운 모습으로 보이게 했다.

그런 소녀가 맥심의 눈을 정면으로 물끄러미 바라보며 조용히 입을 열었다.

"『메이벨 크로이첼』입니다. 맥심 선생님께 드릴 말씀이 있어서 왔어요."

"······흥. 뭐야, 메이벨이었나······. 대체 무슨 용건이지?"

맥심은 잠시 간격을 두고 불쾌한 태도로 대답했다.

"맥심 선생님은 자신의 교육 개혁을 위해 이 학교의 『이면 학원』을 개방하실 생각인 거죠?"

"그래, 맞다. 그게 왜?"

"아뇨······ 그게, 저는······ 『이면 학원』의 개방에는 반대입니다."

메이벨은 난색을 보이며 담담하게 발언했다.

"흠. 대체 뭐가 불만이지?"

"『이면 학원』은 그 알리시아 3세가 만든 거라고 들었습니다."

알리시아 3세.

이 알자노 제국에서 그 이름을 모르는 사람은 없을 것이다.

4백 년 전의 알자노 제국을 통치한 제13대 여왕.

제국의 영광과 발전은 마술에 존재한다는 탁월한 선견지 명으로 당시의 각 마술 길드와 마술 결사에 흩어져 있던 마술 지식과 기능을 국가가 통괄하겠다는, 당시에는 누구나 제정신이 맞는지 의심했던 방책을 내세운 명군.

그 방책의 집대성이 바로 거액의 국비를 투입해서 설립한 국영 마술사 육성 전문기관— 알자노 제국 마술학원이었던 것이다.

제국에서 알리시아 3세는 오늘날 제국이 마도대국으로 이름을 떨칠 기반을 만든, 유능한 역대 여왕 중에서도 가장 우수한 인물로 유명했다.

"그래. 알리시아 3세는 역대 여왕 중에서도 특히 우수한 정치가이자…… 마술사였지."

맥심은 메이벨의 말을 보충했다.

"게다가 그녀는 알제노 제국 마술학원의 창설자이자 초대 학원장…… 여왕의 직위를 마리아벨 2세에게 넘긴 후에는 본인도 적극적으로 마술 연구에 종사한 교육자로서 후진 양성에도 힘을 썼다고 하지. 다재다능한 그녀가 제국의 마술 역사에 남긴 공적은 누가 봐도 의심할 여지가 없는 진짜였다."

"하지만…… 동시에 그녀는 어떤 **의혹들**로 유명한 인물이 기도 했습니다."

메이벨의 지적에 맥심은 입을 다물었다.

그녀의 말대로 알리시아 3세에게는 기묘한 소문과 일화가 끊이지 않았기 때문이다.

예를 들면─ 아득히 먼 훗날 성스러운 왕의 피에서 태어 난 악마의 화신이 나라에 재앙을 몰고 오리라.

알리시아 3세가 원인불명의 병으로 죽기 직전에 남긴 이 예언은 항간에 널리 퍼진 소문 중에서도 특히 유명했다.

일설에 의하면 알리시아 3세야말로『이능력자』박해를 시 작한 최초의 인물이라고도 한다.

그밖에도 말년에는 뭔가 이루어 말할 수 없는 위협이 하 늘에서 내려온다는 과대망상에 사로잡혀서 미쳤고, 그 결과 이중인격 증상을 앓았다고도 한다.

도시전설에 불과한『헤븐스 크로이츠』의 창설자가 알리시 아 3세라는 설도 있었다.『Project : Flame of megido』와 『Project : Revive Life』의 개념을 세운 최초의 인물이라는 설도 있었다. 사인 또한 공적으로는 병사라고 발표됐지만 실은 사고사, 암살, 자살이라는 소문도 항간에 무성했다.

물론 전부 소문이나 도시전설에 불과한 이야기였다.

하지만 제국의 발전에 크나큰 기여를 한 총명하고 위대한 알리시아 3세에게는 그 위업만큼이나 수상한 일화도 많은 것이 사실이었다.

"『이면 학원』은…… 그런 알리시아 3세가 만든 것이라 들었습니다. 마술학원의 발전을 위해 정식 국가 정책을 통해 만들었다고 알려졌지만…… 사실은 뭔가 터무니없이 위험한 것을 숨기기 위해서라는 소문도 있어요."

"그건 학교에 전해 내려오는 7대 불가사의 수준의 이야기일 텐데? ……시시하군."

"아무튼 그런 의혹이 많은 인물입니다. 그녀의 손이 닿은 건 피하는 편이 좋아요. 위험한 일을 사서 하실 필요는 없다고 생각합니다."

하지만 맥심은 메이벨의 진언을 웃어 넘겼다.

"훗. 자네가 그러고도 내 『맥심 마도 교실』의 학원생인가? 그런 증거도 없는 모호한 소문 때문에 이런 기회를 놓치라고? 바보 같은 소리는 그만하도록."

"하지만 소문은……."

"소문만 가지곤 상부를 움직일 수 없다."

"상부요……?"

"이 일은 교도청의 상부…… 내 뒷배에 이미 전했다. 높으신 분들은 하나 같이 이 『이면 학원』을 이용한 내 개혁에 호의적이지. 아무튼 거의 공짜나 다름없이 막대한 확장이 가능하고, 학생 수 증가로 인한 수익 증가가 예상되니까 말이다. 이런 먹음직스러운 이야기가 또 어딨겠나."

"……!"

"홋…… 『이면 학원』의 존재는 내 성공을 위한 담보인 거다. 상부도 즉시 내 개혁에 막대한 예산을 투입해주기로 했지. ……이제 와서 물러설 수는 없다."

메이벨은 뭔가 생각에 잠기며 입을 다물었다.

"맞아, 메이벨. 넌 대체 무슨 소릴 하는 거야?"

그러자 학원장실 문이 열리고 몇 명의 학생이 안으로 들어왔다.

그들은 맥심 마도 교실의 학원생들, 이 마술학원에 새로 들어온 『모범 클래스』의 학생들이었다.

"잭? ……오늘은 자주 만나네."

"맥심 선생의 개혁이 잘 되면 우린 그 공로자…… 장래에 출세가 약속되는 거잖아? 안 그래? 선생."

잭이라 불린 남학생이 실실 웃으면서 말했다.

"그 말대로다. 개혁이 성공하면 나는 너희를 내 뒷배인 각 정부 고관들에게 추천해줄 수 있지. 너희 같은 가난뱅이 귀족의 삼남들이 엘리트 출세가도에 오르게 되는 거다."

"그럼 무슨 수를 써서라도 성공시켜야겠네."

잭을 중심으로 모범 클래스 학생들이 흥분하기 시작했다.

"응, 먼저 태어났다는 이유만으로 가문을 잇고 장래가 보장되는 무능한 망할 형들과 우리는 달라……."

"맞아. 이제 그런 가난한 영지 따윈 필요없어!"

"그건 그렇고 이렇게 편하게 장래가 약속되다니 우린 운이 좋네!"

"맥심 선생, 만세! 역시 세상은 연줄이 최고라니까! 아하하하하하!"

그들 대부분은 가문과 영지를 상속받을 가능성이 없는 가난한 귀족의 삼남이나 서자, 혹은 부모가 강제로 혼처를 정해서 집을 뛰쳐나온 귀족 영애들이었다.

귀족 특유의 특권 계급 의식을 완전히 버리지 못했고, 그렇다고 해서 세상의 많은 삼남들처럼 노력으로 미래를 개척하려는 기개도 없이 그저 자신을 따라오면 장래를 보장해주겠다는 맥심의 달콤한 유혹에 매달릴 뿐인 응석꾸러기 집단이었다.

"홋. 너희들…… 2주 후에 글렌 레이더스의 반과 『이면 학원』을 전장으로 생존전을 하게 됐다만…… 잘 알고 있겠지?"

"응. 끽소리도 못 하게 박살내 줄게, 맥심 선생."

"애초에 그 글뭐시기는 한 소절 영창도 못 쓰는 삼류라면서요?"

"그런 쓰레기한테 배운 어중간한 놈들보다 맥심 선생에게 배운 우리가 압도적으로 강한 게 당연하잖아."

모범 클래스의 학생들은 저마다 그런 대화를 나눴다.

하지만 결코 입만 산 건 아니었다. 자기 머리로는 아무 생각도 하지 않고 그저 가만히 맥심의 말만 잘 들으면 장래에 편히 살 수 있다는 생각만으로 극단적인 교육을 견뎌온 그들은 무력에 관해서만은 무척 높은 실력을 가지고 있었다.

"뭐, 이 학교 놈들을 실컷 귀여워해주죠."

"아, 귀엽다고 하니까 생각 난 건데! 잭, 이 학교엔 왠지 귀여운 애들이 많지 않아?"

"그치? 헤헷……. 적당히 몇 명 정도 끌고 가서 먹어버릴까?"

"꺄하하하하하하하! 그거 좋네! 누가 더 많이 해치울지 승부해보자고!"

"흥. 불장난은 귀족의 소양이라지만, 정도껏 해둬."

그런 상스러운 학생들의 대화에 맥심은 기가 막힌 목소리로 말했다.

"뭐, 됐다. 기대하마, 제군. 애당초…… 내 「올바른」 교육 방침으로 단련된 제군들에게 기대한다는 것도 좀 묘한 말이다만."

"그야 이기는 게 당연하니까!"

자신들의 승리와 영광을 한사코 의심치 않는 맥심과 모범 클래스의 학생들.

그리고—.

"그건 그렇고 『이면 학원』이라……. 크크크, 정말 좋은 걸 주었군."

—예, 당신 같은 진정한 교육자가 써주길 바란답니다.

맥심은 『알리시아 3세의 수기』를 손에 들고 불길한 미소를 지었다.

"…………."

그리고 메이벨은 그런 맥심의 모습을 그저 가만히 지켜보고 있었다.

"저기, 글렌. 당신…… 정말로 이해하긴 한 거야?"

뒤뜰에서는 이브가 조금 전부터 입을 다문 글렌에게 담담히 따지고 있었다.

"나도 저번 사건에서 당신 제자들의 힘을 봤어. 분명 당신이 평소에 가르쳐온 덕분이겠지. 확실히 그들은 뛰어난 힘을 지니고 있었어. **……어디까지나 학생 수준에서는.**"

"……."

"하지만 지금 그 아이들의 힘으론 아마추어 군인인 맥심의 학생들에겐 못 이겨. 그 아이들은 평범하게 질 거고…… 당신은 해고돼서 이 학교를 떠나게 될 거야."

글렌은 험악한 표정으로 침묵을 고수했다.

"이제 고집은 그만 부리는 게 어때? 현명하게 살아. 여긴 지금의 당신이 마침내 발견한 보금자리잖아? 아무튼…… **날 버리면서까지** 지키러 갔을 정도니까."

이브는 코웃음을 치고 신랄하게 빈정거렸다.

그래도 글렌은 계속 입을 다물었다.

"선생님~!"

"아, 진짜! 이런 곳에 계셨던 거예요?! 찾았다구요!"

그러자 건물 벽 모퉁이에서 루미아와 시스티나와 리엘이 불쑥 나타났다.

그녀들은 글렌의 모습을 보자마자 동시에 달려왔다.

"우리 반 전원이 그 모범 클래스랑 싸우는 거잖아요?! 선생님은 얼른 특훈에 참가해주셔야죠!"

"다들 선생님을 기다리고 있어요."

"책임이 중대하다구요! 이 학교의 미래가 걸린 데다…… 무엇보다 선생님의 목도 걸렸잖아요! 좀 더 진지해지시라구요!"

"후후, 시스티는 선생님이 잘릴지도 모른다면서 울려고 하던걸요?"

"잠깐, 루미아! 그건 말하지 않기로……."

"그건 저도 마찬가지예요. 이 학교를 지키고 싶고…… 무엇보다 선생님을 지켜드리고 싶어요. 그러니까……."

"응. 다 같이 이 학교랑 글렌을 지킬 거야. ……난 잘 모르겠지만."

"어, 어라~? 너, 너희들! 왠지 좀 치사하지 않아?!"

이런 상황에서도 세 소녀는 여전히 시끄러웠다.

그 모습을 본 글렌은 갑자기 씨익 웃으며 이브에게 말했다.

"……그래. 해볼 거다."

이미 망설임은 전부 사라진 시원스러운 표정으로…….

"기가 막혀서 진짜. 승산이 없는데도? 당신 직장이 걸렸는데도?"

"하! ……내 직장 따원 아무래도 상관없어."

이브의 매몰찬 대답에 글렌은 단언했다.

"뭐, 자업자득인 면도 크지만……."

글렌은 자신에게 달려오는 학생들을 눈부신 표정으로 흘겨보았다.

"하지만 이 녀석들의 꿈이 여기서 짓밟히게 내버려둘 수는 없어. ……교사로서."

"……!"

"여기서 물러나면 난 그 시점에서 교사가 아니야. 까놓고 말해 어쩌다 보니 일이 이렇게 된 거지만…… 이 녀석들을 지키기 위해서라면 뭐든지 할 거다."

그 말을 끝으로 이브에게 등을 돌린 글렌은 소녀들을 향해 걸어갔다.

"그래……. 당신은…… 정말 변했구나."

이브도 묘한 말을 중얼거리면서 갑자기 일어났다.

"아니, 변하지 않은 건가. ……당신은 이 학교에서 대체 뭘 발견한 거지?"

"응? 뭐라고?"

글렌은 당혹스러운 얼굴로 이브를 돌아보았다.

"좋아. 나도 당신에게 힘을 빌려줄게."

"……뭐?"

"지금부터 저 애들을 이길 수 있을 정도로 단련시키는 건 당신 혼자서는 도저히 무리잖아? 그러니 내가 협력해줄게."

그 순간, 글렌은 굳어버렸다. 굳을 수밖에 없었다.

이브가 자신에게 힘을 빌려주겠다는 너무나도 비현실적인 제안에 눈을 깜빡거리며 아연실색할 수밖에 없었다.

"네가? 나에게? 협력하겠다고? 대, 대체 무슨 바람이 분 거야?!"

"……딱히."

이브는 고개를 홱 돌렸다.

"그저…… 난 알고 싶은 것뿐이야. 지금의 나처럼 모든 것을 잃었던 당신. ……그런 당신이…… 이 학교에서 무엇을 발견한 건지…… 나도 알고 싶은 것뿐이야."

"……?"

이브의 영문을 알 수 없는 대답에 글렌이 고개를 갸웃거린 순간―.

"아앗~! 이브 씨?! 오셨던 거예요?! 왜 우리 학교에?!"

이브를 인식한 시스티나가 기쁜 얼굴로 그녀에게 달려왔다.

제3장 · 이브 교관

"그런 고로, 짜식들아."

반 학생이 전부 모인 2반 교실에서 글렌은 이브를 소개했다.

"다음 학기부터 이 학교에서 개강할 『군사 교련』의 전술 교관 강사로 제국군에서 파견을 나온 이브다."

"제국군, 제국 궁정 마도사단 제8 마도병단 소속 이브 디스트레 종기사장이라고 해. 다음 학기부터 『군사 교련』 지도를 맡을 예정이야. 잘 부탁—."

이브가 담담한 목소리로 기계적인 자기소개를 시작한 순간.

"""""우오오오오오오오오오오오오오오오오오오오오오오!"""""

반 전체가, 특히 남학생들이 환호성을 질렀다.

"대, 대체 뭐야?! 이건!"

왜 이렇게까지 난리법석을 피우는 건지 이해하지 못한 이브는 눈을 깜빡거리면서 놀랐다.

"우효오오오! 전술 교관이라길래 고릴라 같은 호랑이 교관이 올 줄 알았는데 엄청난 미인이잖아아아아아아아아!"

"왠지 저 우울하고 권태로운 분위기와 표정이 좋지 않아?!"

"응, 인생의 쓴맛 단맛을 다 겪어본 성인 여성이라는 느낌이야……."

"아니, 잠깐! 얘들아! 미인이지만, 군인인 데다 교관이잖아! 엄청 엄격한 사람일지도……."

"훈련 중에 실컷 매도당하거나 피를 토할 때까지 굴려댈지도……."

""""그건 그것대로 흥분되니까 OK!"""""

카슈를 필두로 한 남학생들은 이브의 등장에 미칠 듯이 기뻐했다.

"……글렌…… 이 반……."

"포기해. ……늘 이 모양이니까."

글렌은 게슴츠레한 눈으로 무표정해진 이브에게 한숨을 내쉬며 투덜댔다.

"남자들, 잠깐만요! 이브 씨를 이상한 눈으로 보는 건 그만두세요!"

"맞아요! 이브 씨는 저희의 은인이니까요!"

그러자 소란스러운 남학생들을 나무라듯 웬디와 테레사가 자리에서 일어났다.

"저번 싸움의 마지막 공방전 때 출현한 골렘 거인의 공격 앞에서 저희 학생들을 지키기 위해, 마지막까지 위험한 최전선에 남아서 자기 몸도 돌보지 않고 싸운 용감한 분이시라구요!"

"예, 저희가 이렇게 오체만족으로 무사한 것도 이브 씨 덕

분이에요. 저분이야말로 제국 군인의 귀감이에요."

"맞아! 어디서 본 기억이 있다 싶더니 그때 그 사람이었어!"

"그, 그러고 보니 나도 그때 이브 씨 덕분에······."

"부대는 달랐지만······ 그러고 보니, 이브 씨는 눈에 띄는 활약은 못 했어도 너덜너덜해질 때까지 싸우고 계셨어. ······우리를 위해."

그러자 학생들은 서서히 이브를 존경하는 눈으로 바라보기 시작했다.

"뭐, 뭐뭐뭐······뭐야? 그 눈은."

그 시선이 불편했는지 이브의 표정이 굳었다.

"흐, 흥! 내가 구해줬다고? 착각도 정도껏 해."

그리고 팔짱을 끼더니 시선을 피하며 빈정거렸다.

"당시의 무능한 나로선 그것밖에 할 수 있는 일이 없었던 것뿐이야. 어차피 나 같은 건······."

하지만─.

"오오······ 뻐기지도 않고 생색도 내지 않다니, 이렇게 겸허할 데가······!"

"젠장, 반할 것 같아······."

"이, 이게 바로 진정한 제국 군인······!"

학생들의 눈에 씐 콩깍지는 벗겨지지 않았다.

'아아아아, 진짜! 얘들은 대체 뭐냐구~~!'

기본적으로 이브에게 타인은 전부 적이었다.

그러다 보니 이렇게 대놓고 찬사를 받는 것에 익숙하지 않았다.

"……보, 본론으로 들어갈게."

이브는 쑥스러움과 몸이 근질거리는 것을 얼버무리며, 빨갛게 익으려는 얼굴을 한손으로 가린 채 부들부들 떨면서 화제를 바꾸려 했다.

"사정은 들었어. 당신들, 이 학교의 개혁과 글렌의 목을 걸고 모범 클래스와 생존전으로 붙는다며? ……솔직히 말할게. 지금의 당신들은 절대로 못 이겨."

"""""……?!"""""

이브의 솔직하고 가차없는 지적에 학생들은 숨을 삼켰다.

"이렇게 당신들의 얼굴을 보면 알아. 명백히 승산이 없는 싸움을 앞에 두고 있는데도 지금의 당신들에게는 그다지 긴장감이 없어. 큰일에 말려들었지만 속으로는 내심 어떻게든 될 거라고 낙관하고 있어. ……내 말이 틀려?"

이브는 그런 학생들의 반응을 완전히 무시하고 담담하게 말했다.

"저번 싸움에서 살아남았다는 자부심 때문에? 아니면 자신들에게는 믿음직한 글렌 선생님이 붙어있다는 안심감 때문에? 단언할게. 당신들은 자만하고 있어."

조용…….

조금 전의 소란이 거짓말이었던 것 같은 침묵이 교실을 지배했다.

"그래서 내가 여기 있는 거야."

조용해진 학생들 앞에서 이브는 머리카락을 쓸어 넘기며 역시 담담하게 말했다.

"생존전은 이번 학기 기말 시험이 전부 끝나고 2주 뒤. 글렌은 그 사이에 당신들을 철저하게 단련시킬 생각이었어. 하지만 글렌 혼자 힘으로는 당신들 전원을 봐주는 건 무리야. 그래서…… 내가 교관으로서 힘을 빌려주기로 했어. 실컷 고마워하렴."

"""""……"""""

"당신들은 오늘부터 이 학교에서 먹고 자는 강화 합숙에 참가해줘야겠어. 앞으로 잘 시간도 아껴가면서 죽을 각오로 내 훈련을 받는다면 뭐, 가능성이 있을지도……."

—아, 하지만 싫으면 안 해도 돼.

이브가 그렇게 대충 마무리를 지으려 한 순간—.

"자, 잘 부탁드립니다! 이브 씨!"

카슈가 벌떡 일어나서 고개를 숙였다.

"화, 확실히 우리는 이 대결을 좀 쉽게 본 것 같아요. 하, 하지만…… 맥심 자식이 우리 학교를 마음대로 가지고 노는 건 참을 수가 없다고요……!"

"그리고 저희는 아직 글렌 선생님께 더 많은 걸 배우고 싶어요!"

"무슨 일이라도 다 할 테니까…… 이브 씨, 부디 저희를 이끌어주세요!"

그리고 카슈를 시작으로 학생들이 저마다 일어나 이브에게 고개를 숙였다.

"……진짜 뭐야? 얘네들은……."

조금 전부터 학생들이 예상을 벗어난 반응만 보이자 이브는 아연실색했다.

"이기게 해주고 싶어지지?"

글렌은 씨익 웃으면서 중얼거렸다.

"……몰라. 뭐, 꽤 별난 애들인 것 같긴 하네."

이브는 불쾌한 얼굴로 등을 홱 돌렸다.

"그건 그렇고…… 뭐, 고맙다."

글렌도 시선을 슬쩍 피하고 뺨을 긁적거리면서 작은 목소리로 말했다.

"……웬일이야? 당신이 나에게 고맙다는 말을 다 하다니."

"아니…… 나 혼자 힘으로 무리인 건 사실이었거든."

"……."

"무슨 바람이 분 건지 모르겠다만, 네가 훈련에 협력해준다면 이길 가능성이 조금이라도 늘어나겠지. ……그러니까 뭐, 일단…… 고맙다."

"흥, 착각하지 마."

그러자 다시 글렌을 돌아본 이브가 코웃음을 치며 거만하게 말했다.

"난 딱히 당신을 위해 이 훈련에 동참해주는 게 아니야. 난 내 목적을 위해 움직이는 것뿐이라구. 지금도 난 당신이 정말 싫어."

"뭐……?! 그런 건 나도 알아! 나도 네가 진짜 싫은 건 마찬가지라고! 말해두겠지만, 난 아직 널 용서하지 않았어!"

"그래. 그걸로 됐어. 친해졌다는 생각이 드는 건 싫으니까 서로의 입장을 재확인하게 한 것뿐이야."

"뭐라고?!"

어안이 벙벙한 학생들 앞에서 글렌과 이브의 말다툼이 시작되었다.

"참 나, 군에 있을 때부터 생각한 거지만 변함없이 귀여운 구석이 없는 여자라니까! 그래서 넌 노처녀인 거라고!"

"하아?! 쓸데없는 참견이거든?! 아니, 그보다 난 아직 열아홉이거든?!"

"아니, 단언하지. 넌 틀림없이 노처녀가 될 거다! 얼굴은 괜찮아도 성격이 추녀니까!"

"뭐…… 그, 그러는 당신이야말로 시집 와줄 기특한 사람은 절대로 없을걸! 얼굴은 그럭저럭 나쁘지 않지만, 근성이 나태한 글러먹은 인간이니까!"

"아앙? 뭐? 지금 해보자는 거냐? 짜샤!"

"흥! 뭐라구?"

그리고 그대로 불구대천의 원수를 쳐다보는 것처럼 서로를 노려보았다.

그런 어린애 같은 교사들의 모습에 학생들은 그저 입을 떡 벌릴 수밖에 없었다.

'어, 어라……?'

그 순간, 시스티나는 왠지 모를 불길한 예감이 들었다.

기본적으로 누구에게나 표표한 태도를 취하는 글렌이 이브에게는 꾸밈없는 솔직한 태도로 부딪치는 뜻밖의 모습을 보여줬기 때문이다.

게다가 그 쿨하고 딱딱한 이브도 어째선지 글렌에게만은 전혀 사양하는 기색이 없었다.

언뜻 보기에 두 사람은 사이가 나빠 보였다.

어딜 어떻게 봐도 상성은 틀림없이 최악이었다.

하지만—.

'뭐, 뭐지……? 왠지 엄청 불길한 예감이 들어. 지금은 잠들어 있는 용이…… 뭔가를 계기로 반전될 것 같은…… 그런 불길한 예감이……. 그 뭔가가 뭔지는 잘 모르겠지만! 잘 모르겠지만!'

"……아, 아하하…… 왠지…… 우리에게 강력한 라이벌이 나타난 걸지도……."

시스티나가 그런 식으로 전전긍긍하자 루미아가 옆에서 쓴웃음을 지었다.

"라라라, 라이벌은 또 뭐야! 라이벌은! 나, 난 전혀 관계없거든?! 애초에 왜 라이벌이란 말이 나온 건지도 모르겠고!"

시스티나는 묘하게 쩔쩔매면서 당황하기 시작했다.

"……시스티나랑 루미아가…… 왠지 이상해."

그저 리엘만 혼자 의아하게 고개를 갸웃거릴 뿐이었다.

이 날은 일단 거기서 해산했다.

글렌은 강화 합숙을 위해 학생회관의 숙박 시설을 쓰게 해달라고 신청했다.

이 학생회관은 각 부활동의 합숙과 스터디 모임에도 자주 쓰이는 종합 시설이다.

특훈에 전념하기에 안성맞춤인 곳이기도 했다.

숙박을 위해 짐을 챙겨온 학생들은 이 날 안에 숙박 시설에 체크인을 마쳤다.

당연히 남자들과 여자들은 제각기 다른 층을 썼다.

합숙 준비가 끝나자 글렌과 이브는 2반 학생들을 마술 경기장에 집합시켰다.

때는 서쪽 지평선으로 해가 기울 무렵.

하늘의 색이 미묘하게 변하자 넓은 경기장이 붉게 물들기 시작했다.

"일단 지금부터 당신들의 무력이 어느 정도인지 다시 확인할게."

줄을 맞춰 선 2반 학생들 앞에서 이브가 선언했다.

"규칙은…… 응. 1대 1 모의전으로 하자. 승패는 딱히 신경 쓰지 않아도 되니까 자유롭게 싸워보렴."

그렇게 해서 이브가 지명한 학생들이 1대 1로 마술 전투를 시작했다.

"《뇌정의 자전이여》!"

"《위대한 바람이여》!

손가락 끝에서 발사된 뇌격, 손바닥에서 방출된 돌풍이 학생들 사이를 교차했다.

한동안 경기장 안에서 다양한 주문이 오고갔다.

역시 이브에게 지금 상태로는 절대로 이기지 못한다는 말을 듣고 분했던 학생도 있었던 것이리라.

그런 학생들은 필사적으로 마술을 펼치면서 가끔 이브에게 자신만만한 시선을 보냈다.

"……흐응?"

이브는 팔짱을 낀 채로 그런 학생들을 태연하게 훑어보았다.

"어때?"

옆에서 글렌이 물어보았다.

"쟤들…… 저 전투 방식은 당신이 가르친 거야?"

"……응. 마도 전술론과 마술 전투 교련…… 어디까지나 수업의 범주 내에서만."

"그래. **왠지 약하다** 했어."

이브가 어슴푸레하게 웃자 글렌은 굳은 얼굴로 입을 다물었다.

"어라? 기분 상했어? 미안, 그런 뜻은 아니었어."

"나도 알아. **마술사로서의 기량치고는** 약하다는 거잖아?"

글렌은 코웃음을 치고 시선을 피했다.

이브는 개의치 않고 학생들의 전투를 관찰하면서 뒷말을 이었다.

"뭐, 그래도 쟤들은 제법 괜찮네."

이브가 가리킨 건 기블, 카슈, 웬디.

조금 전부터 특히 많은 승점을 거둔 학생들이었다.

"그리고 전 왕녀…… 루미아. 배짱이 상당한걸. 진짜 일반인이야?"

다음으로 주목한 건 루미아였다.

앞서 세 사람에 비하면 승점이 적지만, 주문이 얼굴을 스치거나 몸에 닿아도 전혀 두려워하지 않고 동요하지도 않는 무시무시한 근성을 발휘하고 있었다.

"1대 1 전투에는 맞지 않지만, 저 정도로 배짱이 두둑하면…… 응. 3인 1조의 전술 단위_{스리 맨 셀}라면 지원 후위_{원 유닛}로 개화할 타입이야. ……군에서도 탐낼 만한 인재네."

"그렇겠지."

다음으로 이브가 주목한 건 1대 1 마술 전투임에도 계속 상대의 주문을 피하기만 하는 리엘이었다.

그녀는 상대를 쓰러트리기 위한 공격 주문을 전혀 쓸 줄 모르기 때문이다.

격투전에서는 무적이지만 그 전투 방식을 봉인하면 이렇게 되는 건 당연한 일이었다.

"……슬슬 어떻게 해줘야 하는 거 아니야? 군에 있을 때부터 그렇게 생각하긴 했지만."

"……그렇겠지. 내가 군에 있었을 땐 나랑 알베르트가 마술 공격을 보조해서 전혀 쓸 필요가 없었으니까. 그런데도 전과는 톱클래스였고."

"그리고 섣불리 가르쳤다간 왠지 지금보다 약해질 것 같아서 불안하기도 했고……."

그리고 이브는 마지막으로 그 소녀를 주목했다.

2반 학생 중에서 가장 많은 승점을 거둔 소녀였다.

"《위대한 바람이여》!"

"우와아아아아아아아아아아앗!"

그 소녀가 한순간의 빈틈을 노리고 날린 돌풍이 대전 상대를 장외로 날려 버렸다.

"우오오오오! 역시 시스티나!"

열 번 이상 싸웠는데도 아직 진 적이 없었고 질 낌새조차 보이지 않았다.

그 소녀는 혼자만 압도적인 강함을 과시하고 있었다.

"시스티나 피벨. 군인인 리엘을 제외하면 진짜 격이 달라.

타고난 재능에 노력도 겸비했어. 실전 경험도 풍부…… 더는 학생 수준이 아니네."

"…………."

"쟤…… 혹시 당신이 맨투맨으로 가르친 거야? ……아, 안심해. 쓸데없는 의심을 하는 건 아니니까."

"그래, 내가 붙어서 가르쳤지."

"……그렇겠지. 전투 방식이 당신과 굉장히 닮았는걸."

이브는 입가를 일그러트리며 웃었다.

"하지만 당신이라면 분명 알고 있겠지? 쟤는…… 슬슬 한계야."

"……!"

"당신에게 배우는 한, 더는 발전을 기대할 수 없어. 잔혹하게 들리겠지만."

"칫……. 그딴 건 나도 알아."

글렌은 짜증스럽게 머리를 헤집으며 말했다.

"뭐, 당신 제자들은…… 대체적으로 잘 가르쳤네. 제법인걸. 당신도."

"그래서? 어때? 모범 클래스 녀석들에게…… 이길 수 있을 것 같아?"

그러자 이브는 어이가 없는 얼굴로 말했다.

"뭐? 물어보지 않아도 알잖아? 그야……."

이브가 당연한 걸 왜 묻느냐는 듯 뭔가를 말하려는 순간―.

"안녕하심까~."

누가 들어도 경박한 인사가 주위에 울려 퍼졌다.

시선을 돌리자 마술학원 교복을 입은 학생들이 들어오고 있었다.

하지만 글렌에게는 처음 보는 얼굴들이었다.

'……모범 클래스 녀석들인가.'

글렌이 눈을 가늘게 뜨자 그 집단은 느긋한 걸음걸이로 다가왔다.

"아하, 글렌 선생……이라고 했던가요? 아무래도 선생네 반은 2주 뒤의 생존전을 위해 벌써 훈련을 시작한 모양이네요?"

집단의 맨 앞에 선 소년, 잭이 능청스럽게 말했다.

잭을 필두로 한 모범 클래스 학생들은 2반 학생들의 1대 1 마술 전투를 보더니 저마다 쿡쿡거리며 웃음을 참았다.

지금은 마침 시스티나가 훈련을 마치고 쉬는 중이었지만 명백히 2반 학생들을 깔보고 있었다.

'이 자식들이…….'

어차피 상대는 애송이들.

글렌이 적당히 무시하려 하자 잭이 히죽거리며 입을 열었다.

"저기요, 선생. 제안이 있는데…… 우리가 좀 도와드릴까요?"

"……음? 그게 무슨 뜻이지?"

"말 그대로예요. 우리가 쟤들을 손 좀 봐주겠다는 거죠. 우린 모범 클래스잖아요? 그러니 선생네 반에 직접 모범을 보여줄까 싶어서요."

잭의 건방진 말투에 글렌의 눈이 약간 날카로워진 순간―.

"처음 뵙겠습니다, 글렌 선생님. 전 메이벨 크로이첼이라고 해요."

모범 클래스 집단의 가장 뒤에 있던 안경 소녀, 메이벨이 끼어들었다.

"그런데 선생님. 전 솔직히 생존전 같은 건 피차 시간 낭비라고 봐요."

"뭐라고?"

"저희와 실력 차가 명백해지면 저 아이들도 이면 학원에서 생존전으로 싸울 의욕이 사라지지 않을까요? 그럼 선생님도 결투를 취소하실 테니 제가 모두에게 제안해서 이렇게 데려온 거랍니다."

그리고 메이벨은 글렌의 앞까지 다가와 담담하게 말했다.

"지금 여기서 대결하면 안 될까요? 저희와 당신 제자들이요."

글렌은 잠시 게슴츠레한 눈으로 메이벨을 응시했다.

"……아니, 필요 없다. 거절……."

글렌이 쌀쌀맞게 등을 돌리려 한 순간이었다.

"좋아. 받아들일게."

이브가 그렇게 대답했다.

"당신들은…… 마침 딱 스무 명이네. 그럼 1대 1 개인적으로 스무 번 싸우는 단체전은 어때? 규칙은 격투전을 뺀 모의전…… 이거면 다칠 걱정도 없잖아?"

"왠지 미적지근한 규칙이네요? 뭐, 상관없나. 이런 미적지근한 학교라면 그 정도겠지."

"이봐~ 얘들아. 결투전으로 하잡신다! 싸우는 순서는 제비뽑기로 정하자고!"

이브가 그렇게 제안하자 잭을 비롯한 모범 클래스 학생들은 희희낙락한 얼굴로 준비를 시작했다.

메이벨만 이브를 말없이 바라보다가 등을 돌렸다.

"야, 이브. 너, 대체 무슨 속셈이야?"

대체 무슨 일이 시작되나 싶어 모여든 2반 학생들 앞에서 글렌은 희미하게 분노가 깃든 눈으로 이브를 노려보며 추궁했다.

"흥, 가만히 보기나 해."

팔짱을 낀 이브는 그런 글렌을 차갑게 흘겨보았다.

"실은 당신도 알고 있잖아? 지금 상태로는 안 된다는 것쯤은."

"……칫. 역시 난 네가 싫어."

시선을 홱 돌린 글렌은 그대로 이브에게서 등을 돌렸다.

'서, 선생님들…… 왜 저러시지?'

시스티나는 그런 두 사람의 험악한 분위기를 불안한 눈으로 바라볼 수밖에 없었다.

잠시 후, 2반과 모범 클래스의 결투전 준비가 끝났다.

이 단체 결투전에 참가하는 학생과 대전 순서도 정해졌다.

경기장에 흰 선으로 그린 코트 안에서 첫 번째 선수들이 서로를 마주보고 섰다.

"흥…… 잘 부탁하지."

"하암…….'

안경을 밀어 올리며 빈틈없이 대전 상대를 응시하는 기블과 하품을 하는 잭이었다.

잭은 의욕 없이 몸에서 힘을 축 빼고 있었다.

"기블! 힘내~!"

"너라면 할 수 있어! 이길 수 있다고!"

2반은 한 마음으로 마술 전투 시합에 나간 기블을 응원했다.

"야, 저기 저 트윈테일 엄청 귀엽지 않아? 진짜 끝내주지 않아?"

"아니, 난 저 은발이 괜찮네! 저건 분명 쉬운 타입이야! 좀 강하게 나가면 바로 자빠트릴 수 있을걸!"

"야, 저 금발 거유 아가씨가 눈에 안 들어와?! 남자로서 이상하잖아!"

"난 저 파란 머리일까? 그건 그렇고 저 반, 하나 같이 수준이 엄청 높네…….'

하지만 모범 클래스 학생들은 시합 따윈 관심도 주지 않고 천박한 잡담에만 몰두했다.

"……이봐, 너희들. 제대로 할 생각이 있는 거냐?"

자존심이 강한 기블은 그런 태도가 무척 신경에 거슬렸다.

"맥심 마도 교실의 학원생인지 뭔지 모르겠지만, 우리를 너무 얕보지 마시지?"

"하아? 얕본다고? 아, 뭐야. 너…… 설마 승부가 될 줄 아는 거냐?"

잭의 말에 기블은 미간을 찡그렸다.

"야, 우린 쓸데없이 눈물겨운 노력을 하는 너희들에게 조금이라도 힘이 되어주려고 하는 것뿐이라고. 뭐, 한 수 가르쳐 줄 테니 맘 편히 덤벼 봐."

'……봐 줄 필요는 없겠군. 진심으로 박살 내 주마.'

타고난 냉정함으로 분노를 다스린 기블은 집중력을 끌어올렸다.

"……시작."

그리고 이브의 선언과 동시에 시합이 시작되었다.

"《뇌정이여》!"

기블이 즉시 움직였다.

잭을 왼손으로 겨냥하고 빠른 목소리로 주문을 영창했다.

탄속과 영창 속도를 중시한 흑마 【쇼크 볼트】의 전격이 일직선으로 날아갔다.

"오오, 빨라!"

"기블 녀석, 실력이 또 늘었어!"

카슈 일행은 그렇게 환호성을 질렀다.

"엇차."

하지만 잭은 가볍게 피했다.

"《제2격》! 《제3격》!"

기블은 바로 몸을 돌리며 주문을 연창했다.

피할 것을 예상하고 빈틈을 찌르는 절묘한 수법이었다.

"?!"

의표를 찔린 잭은 한순간 눈을 크게 떴다.

"이런…… 《재앙이여 흩어져라》!"

하지만 곧 두 번째 뇌격을 굴러서 피하고 세 번째는 대항
주문으로 소멸시켰다.

"헉?!"

그것으로 시합이 끝났다고 확신했던 기블은 한순간 대응
을 망설였다.

"《뇌정이여》!"

그 고작 한순간의 빈틈을 노리고 잭이 날린 【쇼크 볼트】가
기블에게 명중했다.

"크으으으으윽?!"

파직!

전류가 온 몸을 거칠게 헤집은 결과, 기블은 단숨에 의식
을 잃고 바닥에 널브러졌다.

"……뭐, 저런 무능한 강사에게 배운 녀석들이라면 이 정도 수준밖에 안 되겠지."

잭은 심판을 맡은 이브의 판정을 듣지도 않고 등을 돌려서 장외로 나갔다.

모의전 규칙상 【쇼크 볼트】는 【라이트닝 피어스】와 동등한 취급을 받으므로 판정은 들을 필요도 없었다. 잭의 완전 승리였다.

"풋! ……약해애애애애애!"

"아하하하! 예상보다 둔해 빠진 녀석들이구만!"

"그런데 야, 잭. 너 방금 좀 쫄지 않았어?"

"뭐? 웃기지 마. 이딴 잔챙이를 상대로 쫄 리가 있겠냐?"

모범 클래스 학생들은 대전 상대에게는 눈곱만큼도 경의를 보이지 않고 왁자지껄 떠들어댔다.

"거, 거짓말이지……? 그 기블이……."

"속수무책으로 당하다니……. 이런 말도 안 되는 일이……."

그리고 2반 학생들은 완전히 장례식장에 온 것 같은 분위기가 되었다.

'역시 이렇게 됐나…….'

글렌은 분한 듯 이를 악물었다.

—뭐? 물어보지 않아도 알잖아? 그야…….

—당연히 참패할걸.

―지금의 당신 제자들이 이길 요소 같은 건 만에 하나라도 없어.

그리고 머릿속에는 조금 전에 이브와 나눈 대화가 떠올랐다.

'맥심 마도 교실…… 그곳 출신 학생은 마술은 그저 무기일 뿐이라 배우고, 그 무기를 다루는 법**만** 철저하게 주입받은 아마추어 군인 같은 놈들……. 성 릴리 마술여학원처럼 자기들이 강하다고 착각하는 아이들과는 질적으로 다른…… 진짜배기야. 나에게 마술이란 어디까지나 학문이라고, 살기 위한 지혜라고 배운 이 녀석들이 1대 1 전투에서 이길 수 있을 리가 없어!'

글렌은 온몸에 들끓는 분노를 다스리면서 이브를 날카롭게 노려보았다.

'망할……. 어쩔 셈이냐, 이브! 너도 이렇게 될 줄 뻔히 알고 있었을 텐데! 혹시 나에 대한 앙갚음이냐……!'

"……다음. 양 선수 앞으로."

이브는 그런 글렌의 분노를 전혀 눈치채지 못하고 무자비하게 다음 시합을 재촉했다.

"아, 예……. 으으……."

2반의 톱클래스 실력자인 기블이 속수무책으로 당하는 광경을 본 로드는 완전히 기가 죽은 상태로 필드에 나온 한편―

"아, 그건 그렇고 이 반에는 진짜 귀여운 애들이 많구만!

아차, 너무 멋있어서 나한테 반하면 어쩌지?! 누굴 골라야 할지 모르겠잖아!"

"꺄하하하하하하하! 이드 자식, 완전 여유만만이네!"

"야! 시합에 좀 더 집중하라고~!"

모범 클래스 멤버들은 계속 경박하고 까불거리는 태도를 고수했다.

다음 선수들이 다시 필드에 올라온 순간―.

"……시작."

이브는 이번에도 담담하게 시작 신호를 보냈다.

……결론을 말하자면, 그 후에는 무자비한 학살과 굴욕적인 공개 처형 시간이 시작되었다.

모범 클래스 학생들의 실력은 그야말로 압도적이었다.

2반 학생들은 매 시합마다 계속해서 순살당했다.

자신들과 저들 사이에는 이토록 큰 차이가 존재했던 것일까.

비슷한 또래의 학생인데 대체 어디서 이렇게 차이가 나는 것일까.

역시 마음 속 어딘가에 남아 있었던, 저번 격전에서 살아남았다는 자부심과 자신감이 단숨에 무너져 내리기 시작했다.

"제, 젠장! 《뇌정의 자전이여》! 《뇌정의 자전이여》어어어!"

"우왓?! 이, 이 녀석 강해! 빈틈이 거의 없어!"

가끔 모범 클래스를 상대로 버티면서 좋은 시합을 벌이는 것처럼 보인 학생도 있었지만, 실상은 접대 플레이였다. 원래는 단숨에 결판 낼 수 있으면서 장난으로 시간을 끈 것뿐이었다.

그렇게 분투하는 2반 학생들이 허무하게 참패할 때마다 모범 클래스 멤버들은 큰 소리로 비웃었다.

"……스무 번째 선수들, 앞으로.

그리고 오늘의 마지막 시합.

늠름하고 아름다운 얼굴을 분노로 일그러트린 시스티나와 왠지 의욕 없는 분위기의 메이벨이 필드 중앙에 대치했다.

"제길…… 부탁한다, 시스티나. ……너만이라도 이겨줘!"

"우리의 원수를 갚아줘……!"

2반 학생들은 기도하는 심정으로 시스티나를 응시했다.

"야~ 메이벨~. 걔, 미인이니까 너무 괴롭히진 말라고~."

하지만 잭을 필두로 한 모범 클래스 멤버들은 여전했다.

"어라? 그리고 보니, 메이벨은 우리 중에서 어느 정도였더라?"

"글쎄? 기억 안 나는데."

"아니…… 그건 이상하잖아. 우린 늘 맥심 선생한테 같은 수업을 받았잖아?"

"맞아. 어째선지 쟤만 이상하게 기억이 잘 안 나네……?"

"뭐, 아무렴 어때. 어차피 이길 텐데. 맥심 선생에게 배운 우리가 질 리 없잖아."

"……너희는 저질이야."

시스티나는 그 대화를 흘려들으면서 눈앞의 메이벨을 매섭게 쏘아붙였다.

"그래, 확실히 너희는 강할지도 몰라. 하지만 강한 힘을 가지게 되는 의미를 전혀 이해하지 못하고 있어. ……약자를 괴롭히면서 좋아하는 어린애들일 뿐이야. 마술사라는 이름을 쓸 자격도 없어."

메이벨은 침묵했다.

시스티나는 날카롭게 선언했다.

"……지지 않을 거야. 너희에게는 절대로 안 져. ……질 수 없다구."

"이 학교에서는 싸우기도 전에 그런 식으로 떠들라고 가르치나 보죠? 전투에 나선 마술사의 입에서 나와야 하는 건 주문뿐이랍니다."

메이벨은 시스티나의 분노를 가볍게 흘려 넘기며 안경을 고쳐 썼다.

그런 도발에 가까운 지적에 시스티나는 한층 더 눈썹을 치켜세웠다.

조마조마한 심정으로 지켜보는 2반 학생들.

실실 웃으면서 지켜보는 모범 클래스 학생들.

"……시작."

그리고 이브가 그렇게 선언한 순간—.

"《위대한 바람이여》!"

"《위대한 바람이여》!"

두 선수는 완전히 같은 타이밍에 흑마 【게일 블로】를 영창했다.

강렬한 돌풍과 돌풍이 정면에서 충돌하자 사방팔방에 세찬 바람이 휘몰아쳤다.

"우옷?!"

"꺄악?!"

학생들은 몸이 떠오르는 듯한 충격에 황급히 몸을 웅크렸다.

"《뇌정의 자전이여》! 《츠바이》! 《드라이》!"

시스티나는 이어서 바로 【쇼크 볼트】를 3연창했다.

메이벨은 조금도 동요하지 않고 【트라이 배니시】 3연창으로 대응했다.

'거짓말……! 이, 이 사람…… 강해!'

이 한 번의 응수로 시스티나는 메이벨의 실력을 통감했다.

지금까지 본 모범 클래스 학생들과 비교하면 혼자만 차원이 다른 실력자였다.

그리고 시스티나의 마나 바이오리듬에 빈틈이 생기자—.

"《허공에 외쳐라·소리를 남기는·풍령의 포효》."

메이벨은 그 치명적인 틈을 노리고 냉정하게 흑마 【스턴 볼】을 영창했다.

압축 공기단이 호선을 그리며 시스티나에게 날아갔다.

착탄과 동시에 작렬하는 음파와 진동의 충격이 그녀의 의식을 날려버리기보다 먼저—.

"《질서 있으라》!"

최근에 배운 백마 【리듬 캔슬】— 부담이 큰 탓에 하루에 쓸 수 있는 횟수가 정해져 있지만, 마나 바이오리듬을 단숨에 로우 상태로 되돌리는 비장의 수를 썼다.

"……《질풍이여》!"

다음 순간, 세찬 바람을 두른 시스티나는 뒤에서 작렬하는 폭음과 진동파를 두고 그 자리를 이탈했다.

그리고 메이벨을 중심으로 크게 호선을 그리며 그녀의 뒤를 단숨에 포착했다.

흑마 【래피드 스트림】에 의한 초고속 기동이었다.

"《홍련의 염진이여》!"

시스티나는 속도를 유지한 채 흑마 【파이어 월】을 영창했다.

방사형으로 퍼지는 불꽃 벽이 폭발적인 기세로 메이벨을 날려버리려 한 순간이었다.

"《빛의 장벽이여》."

하지만 메이벨은 그 공격도 예상했는지 뒤를 돌아보지도 않고 【포스 실드】를 발동.

빛의 장벽을 펼쳐서 시스티나의 주문을 막았다.

"큭?!"

"……."

그리고 시스티나와 메이벨은 끊임없이 주문을 주고받는 격렬한 공방전을 펼쳤다.

도저히 학생 수준이라 볼 수 없는 무시무시한 전투였다.

"우오오오오오오! 잘한다! 시스티나아아아아아!"

"힘내애애애애애애애애애애!"

2반 학생들은 시스티나의 분전에 필사적으로 성원을 보냈다.

"으, 음. 뭐…… 저쪽에도 제법 하는 녀석이 있나 보네."

"으, 으응…… 저, 전혀 대수로울 것 없지만……."

시스티나의 실력을 본 모범 클래스는 평정을 가장하면서도 아연실색했다.

"아니, 그보다…… 메이벨이 이렇게 강했던가?"

"어라? 음…… 어땠지? ……왠지 인상이 좀……."

"메이벨 양은 줄곧 우리랑 같은 학원을 다녔잖아요? 어? 그런데 왜 우린…… 그녀의 힘을 전혀 눈치채지 못한 거죠?"

그리고 뭔가 납득이 가지 않는 듯 고개를 갸웃거렸다.

'……큭! 이 사람…… 뭐 이리 강하지?!'

쉴 틈 없이 주문을 주고받는 시스티나는 이를 악물었다.

이젠 제대로 언어화된 사고를 할 수 없을 지경에 이르렀다.

그저 지금까지 쌓아온 직감과 호흡이 주문을 연달아 완성할 뿐.

뇌격을 소멸시키고, 열파를 장벽으로 막고, 때로는 체술로 피해가면서 돌풍으로 반격했다.

　실력이 비등한 마술사 간의 순수한 마술 전투라는 건 결국, 누가 먼저 상대의 마나 바이오리듬을 무너트리느냐이다.

　급박한 전투의 흐름 속에서 망설임과 두려움 없이 그것을 먼저 실천할 수 있는 자야말로 승자가 되리라.

　그러나—.

　'무너지질 않아……. 이 사람, 마나 바이오리듬이…… 무너질 낌새가 전혀 보이지 않아……!'

　쉴 틈 없이 날아오는 메이벨의 압축 공기 진동탄을 시스티나는 【래피드 스트림】의 고속 기동으로 피하고, 피하고, 또 피했다.

　격렬한 마력 소비에 어느 샌가 숨이 차기 시작했다.

　'……질 수 없어. ……질 수 없단 말야! ……저딴 인간들에게는!'

　견제용으로 흑마 【매직 불릿】을 난사해서 메이벨을 떨어트렸다.

　조바심이 시스티나를 점점 궁지에 몰아넣었다.

　정신적인 여유가 없어지기 시작했다.

　'저 인간들은 우리를…… 선생님을 바보 취급했어! 선생님의 가르침은 의미가 없다고…… 선생님은 무능하다고…… 그러니 질 수 없어……!'

메이벨이 날린 작은 【파이어 애로우】 몇 발이 시스티나를 향해 날아왔다.

그것을 반사적으로 【에어 스크린】을 전개해서 흘려냈다.

'만약 나까지 진다면…… 저 인간들이 한 말이 사실이 돼 버려……!'

흑마 【화이트 아웃】을 영창.

새하얀 눈보라가 메이벨을 직격하며 한순간 두 사람의 시야를 뒤덮었다.

끝났나?

—아니, 끝나지 않았다.

냉기에 휩싸인 순간 【트라이 레지스트】로 방어한 것이 보였다.

'난 그런 건 인정 못 해……. 선생님의 가르침을 폄훼하는 건 참을 수 없어……. 그러니 질 수 없어……! 난 질 수 없단 말야……!'

그런 강박관념에 떠밀린 시스티나는 필사적으로 주문을 계속 유지했다.

그리고 아직 개이지 않은 시야 속에서—.

"《거절하고 가로 막아라·폭풍의 벽이여·그 다리에 안식을》!"

시스티나가 먼저 흑마 개량형 【스톰 월】을 완성했다.

이것은 그녀가 가장 처음으로 만든 즉흥 개변 주문.

다시 말해, 글렌의 가르침을 상징하는 주문이기도 했다.

"······?!"

맹렬한 바람의 벽이 메이벨을 휘감고 움직임을 봉쇄했다.

"《질서 있으라》!"

그것을 기회라 본 시스티나는 오늘의 마지막 【리듬 캔슬】을 쓴 후—

"이걸로 끝······《위대한 바람이여》!"

메이벨이 카운터 스펠을 영창할 틈도 없이 최후의 【게일 블로】를 날렸다.

'이겼어! 메이벨도 이번에는 못 막아!'

시스티나가 승리를 확신한······ 순간이었다.

메이벨을 직격해야 할 바람의 파성추가 그녀의 몸을 뚫고 지나갔다.

"······어?"

아연실색하는 시스티나 앞에서 메이벨의 모습이 일렁이더니 환상처럼 사라졌다.

"흑마 【일루전 이미지】?!"

방금 시스티나가 공격한 메이벨은 빛을 조작해서 만든 허상이었던 것이다.

'설마······ 【화이트 아웃】으로 시야가 가로막혔을 때······?!'

황급히 메이벨의 모습을 찾으려 했지만······.

톡.

갑자기 등에 누군가가 손을 댄 감촉이 느껴졌다.

"……?!"

메이벨이었다. 등에 닿은 건 그녀의 왼손이었다.

시스티나는 굳어서 움직이지 못했다.

2반 학생들도 충격을 받고 표정을 일그러트렸다.

"……아까웠네요."

메이벨은 자랑스러워하는 기색도 없이 아연실색한 시스티나에게 담담하게 말했다.

"그런데 당신…… 시합 중에 딴 생각이 너무 많은 거 아닌가요?"

"……"

"당신은 눈앞의 적을 보지 않았어요. 그래서 이런 수법에 걸린 거죠."

메이벨은 아무런 주문도 쓰지 않았다.

그저 뒤에서 등에 손을 대고 있을 뿐.

하지만 그건…… 아무도 이의를 제기할 수 없는 완벽한 「패배」를 의미했다.

"……졌습니다."

잠시 말없이 고개를 숙이고 있던 시스티나가 애써 말을 쥐어짜낸 순간—.

"거기까지."

이브가 작업처럼 담담하게 시합 종료를 선언했다.

손을 내리고 등을 돌린 메이벨은 천박한 환호성을 보내는 모범 클래스를 내버려두고 혼자 경기장을 떠났다.

그리고 패배한 2반 학생들은 납덩이처럼 무거운 공기가 어깨를 짓누르는 것을 느꼈다.

'이브 녀석, 진짜, 뭘 어쩔 셈이야!'

완전히 의기소침해진 제자들의 모습을 본 글렌은 이브에 대한 불만과 짜증을 억누를 수 없었다.

자세히 보니 너무나도 심한 굴욕과 패배감에 울먹거리는 학생까지 있었다.

당사자인 이브는 평소와 다름없는 차가운 표정으로 손에 든 보드에 뭔가를 담담하게 적고 있었다.

'후우…… 저 녀석들…… 충격이었겠지…….'

시스티나를 힐끔 쳐다보았다.

망연자실한 얼굴로 무릎을 안은 채 쪼그려 앉은 그녀를 루미아와 리엘이 위로하는 모습이 눈에 들어왔다.

결국, 다들 내심 자신이 있었던 것이리라.

아무리 지적해도 본인조차 인식하지 못한 「과신」이 있었던 것이다.

아무튼 그들은 페지테라는 대도시가 멸망의 기로까지 몰린 대사건에서 싸워 살아남았다는 경험이 있었으므로…….

하지만 이제는 그런 자그마한 자신감조차 완전히 사라지

고 말았다.

글렌은 그런 제자들에게 뭔가 위로를 해주고 싶었지만, 무슨 말을 해야 좋을지 알 수 없었다. 도저히 입이 떨어지지 않았다.

'……아, 요컨대 뭐냐. 나도 충격이었던 거구만……'

마술은 살인 도구.

늘 그렇게 주장했던 한편으로는 글렌 역시 운명을 개척하는 지혜로서의 마술을, 살인 도구가 아닌 마술의 일면을 믿었던 것이리라.

그래서 마술을 살인 도구라 폄훼하면서도 학생들에게는 그 지혜를 가르쳐왔다고…… 그렇게 생각했었다.

하지만 졌다.

철저하게 마술은 살인 도구에 불과하다는 인식으로 배우고 단련해온 자들에게…….

물론 이유는 알고 있었다. 지혜로서의 마술을 완성하기에는…… 학생들이 아직 너무 어렸기 때문이다.

이런 나이에 진정한 마술사가 완성될 정도로 마술의 바닥은 얕지 않다.

하지만—.

'……역시 분해. 미안하다, 얘들아. 내 힘이 부족해서……'

앙금이 남았다.

글렌이 분한 얼굴로 주먹을 굳게 쥐고 고개를 숙인 순간이었다.

"그, 그만하세요!"

"뭐, 어때! 응? 응?"

여학생의 비명과 남학생의 경박한 목소리가 들렸다.

"무, 무례한 인간! 저에게 손대지 마시라구요!"

고개를 들자, 모범 클래스의 잭 패거리가 웬디에게 집적대
는 모습이 보였다.

"우리 딱딱하게 굴지 말자, 귀염둥이. 응? 응? 나, 어땠어?
멋있었지? 반했지? 지금부터 우리랑 차 한 잔 어때?"

잭이 웬디의 팔을 강제로 붙잡았다.

패거리들은 웬디의 몸을 음험한 눈으로 훑었다.

"이, 이거 놔요! 놔달라구요! 싫어!"

조금 전의 시합에서 속수무책으로 진 인간들에게 둘러싸
인 웬디는 완전히 겁에 질려 있었다.

"당신들! 웬디에게 무슨 짓이에요!"

그러자 테레사가 도우러 나섰다.

"그러고 보니 너도 엄청 미인이네?"

"몸매도 죽여줘! 야, 너도 우리랑 어때?"

하지만 단숨에 팔을 붙잡히고 에워싸인 채 옴짝달싹도
못 하게 되었다.

조금 전에 압도적인 강함을 글자 그대로 뼈저리게 증명한
자들이었다.

2반 학생들은 겁을 먹고 멀리서 지켜볼 수밖에 없었다.

"이, 이봐! 무슨 짓이야, 너희들! 웬디랑 테레사를 놔줘!"

"……적당히 해."

그래도 카슈와 기블이 용기 있게 끼어들었지만 표정은 좋지 못했다. 만약 난투가 벌어지면 질 게 뻔했기 때문이다.

"아앙? 뭐야…… 약한 주제에 어딜 나서?"

"한 번 더 「시합」해줄까? 또 지고 싶은 거냐? 응?"

그래봤자 자신들보다 약한 상대라고 완전히 깔본 잭 패거리가 음험하게 웃었다.

"큭……."

카슈와 기블의 이마에 비지땀이 맺혔다.

두 사람이 할 수 있는 건 기껏해야 이 자리에서 물러서지 않는 것뿐이었다.

"흥, 겁쟁이 자식들."

잭은 그런 카슈와 기블을 도발했다.

"뭐, 너희 같은 미적지근한 놈들이 우리한테 이길 리가 없는데 말이지?"

"참 나, 잔챙이들은 좀 꺼지라고. 난 지금부터 이 여자애를 꼬시느라 바쁠 테니까 말야. 헤헷…… 반드시 내 여자로 만들어 줄 테다……."

"자, 얼른 꺼져. 쉿쉿."

기껏해야 교육을 잘못 받은 어린애들.

그렇게 생각해서 지금까지의 불쾌한 언동을 눈 감아줬던 글렌도 더는 가만히 있을 수가 없었다.

'에잇, 어른스럽지 못하다는 소릴 들어도 상관없어! 마술 전투(물리) 대련으로 본때를……'

관자놀이에 힘줄을 세운 글렌은 감봉을 각오하고 품속의 광대 아르카나를 움켜잡았다.

그리고 이 소동에 개입하려는 순간—.

"거기까지."

그보다 먼저 이브가 끼어들었다.

"당신들. 지금은 내가 관할하는 교련 시간이야. 시합에 협력해준 건 고맙지만, 그렇게 계속 제멋대로 구는 건 용납 못 해."

"?!"

"해산해, 해산. 쓸데없는 짓은 그만하고 냉큼 나가."

그러자 잭은 다른 학생들과 시선을 교환한 후 음험하게 웃었다.

"저기, 분명 이브 선생이라고 했죠?"

"……그런데 왜."

"아하하, 아니. 뭐…… 혹시 선생, 지금 우릴 물로 본 거요?"

그 순간, 이브의 서늘한 눈이 살짝 가늘어졌다.

잭의 폭언에 2반 학생들도 동시에 얼어붙었다.

"누가 모를 줄 아슈? 맥심 선생한테 들은 거지만, 당신…… 제국군의 이브 이그나이트…… 아니, 지금은 어머니쪽 디스트레라는 성을 쓴다던가?"

"아무튼 저번 사건의 부상 때문에 왼손의 마술 능력을 상실했다면서요?"

"그래서 이그나이트가에서 절연당하고, 백기장에서 종기사장까지 강등이라니…… 풋!"

비웃는 시선들이 인정사정없이 이브를 난도질했다.

"예……? 이브 씨가 왼손을……?"

"마술 능력을…… 상실……하셨다구요……?"

한편, 카슈와 웬디는 눈을 부릅뜨고 이브를 쳐다보았다.

심장에 가까운 왼손은 마술사가 가장 강한 마술을 쓸 수 있는 손이다.

그 왼손의 마술 능력을 잃었다는 건 마술사로서는 이미 죽은 것이나 다름없다는 뜻이었다.

"아무리 교관이라지만, 너무 그렇게 나대지 않는 편이 좋을걸?"

"맞아, 맞아. 강자 앞에선 꼬리를 내리라는 말도 있잖아?"

왼손의 마술 능력을 잃었다는 것은 즉, 저 괴물처럼 강한 모범 클래스를 상대로 이기는 건 무리라는 뜻이 아닐까.

2반 학생들의 표정이 불안과 절망으로 흔들렸다.

그리고 이브를 구해달라며 글렌에게 시선을 보냈다.

"하아~."

하지만 글렌은 화낼 기운도 없는지 아주 크게 한숨을 내쉬었다.

"저기, 글렌. 저 사람들…… 바보야?"

"……이해해줘라."

그리고 자신을 멍하니 올려다보는 리엘에게 그렇게 대답해주었다.

글렌과 리엘의 그런 미적지근한 반응에 학생들이 의문을 느꼈을 때였다.

"……흐응? 아, 그래?"

이브가 게슴츠레한 눈으로 머리카락을 쓸어 넘기며 말했다.

"당신들…… **그런 뜻**이구나?"

등을 돌리고 필드 중앙으로 터벅터벅 걸어간 이브는 모범 클래스를 돌아보며 선언했다.

"난 일단 교관이니까…… 얕보일 수도 없는 노릇이겠지. 알았어. 「시합」해줄게. 아, 돌려 말하는 것도 성가시네. 지금 부터 내가 당신들을 「박살」내줄게."

"어, 뭐라고?"

"아무래도 어른스럽지 못한가? 그럼 일단 핸디캡도 줄게. 【쇼크 볼트】만 쓰면 될까? 자, 사양하지 말고 덤벼보렴."

"……뭐어?"

─이 여자가 지금 대체 무슨 소리를 하는 거지? 왼손으로는 마술도 못 쓰는 주제에…….

모범 클래스 학생 전원의 얼굴에 그런 속내가 고스란히

드러났다.

"야, 잭. 어쩔래? 저 노처녀가 저렇게 까부는데."

"뭐, 괜찮지 않을까? 여기서 교관을 이겨두면 앞으로 일이 수월해질 테니까."

"좋았어! 그럼 누구부터 갈까?"

"가위바위보로 정하자! 가위바위……."

잭 패거리가 여느 때처럼 소란을 피워대기 시작한 순간.

"……?!"

몇 줄기의 전격이 공기를 가르며 그들의 머리를 정확하게 스치고 지나갔다.

"건방떨기는."

시선을 돌리자 이브가 천천히 오른손을 이쪽으로 들고 있었다.

"다 같이 덤벼. 어차피 결과는 똑같을 테니까."

이브의 분위기는 변함이 없었다.

어딘지 모르게 나른하고, 무기력하게 토라진 듯한 패기 없는 표정이었다.

하지만 어째선지 뭔가가 이상했다.

갑자기 이브의 키가 엄청나게 커진 것 같은 착각이 들었다.

스승인 맥심을 상대로도 느껴 본 적 없는 압박감과 존재감이었다.

"흥! ……후, 후회하지나 마시지!"

그럴 리가 없다. 기분 탓이다. 우리는 강하다.

저런 패기 없는 좌천 군인 나부랭이에게 질 리가 없다. ……우리는 강하니까!

그렇게 자신을 타이르면서 산개해 이브를 포위했다.

"……시작."

그리고 이브가 조용히 눈을 감으며 그렇게 선언한 순간—

"뒈져어어어어어어어어어어!"

잭 일행이 일제히 주문 영창을 개시했다.

"《뇌정의—》."

"《홍련의—》."

하지만 이브는 그 누구보다 먼저 움직였다.

"《뇌정이여》,《춤춰라》."

싱크로노스 부트
동시 발동한 다섯 발의 흑마 【쇼크 볼트】가 다섯 학생의 몸에 일제히 명중했다.

"아, 아닛?!"

동시에 이브는 뒤로 도약했다.

그 자리에 모범 클래스 중 누군가가 날린 【스턴 볼】이 착탄했다.

곧 흙바닥이 드러나더니 모래먼지가 맹렬하게 피어올랐다.

대량의 모래먼지가 그 자리에 있는 전원의 시야를 완전히 차단했다.

"이, 이봐! 무슨 짓…… 으아아악!"

"어, 어디로 간 거야! 안 보우어억!"

갑자기 나빠진 시야에 당황하는 학생들을 저 너머에서 날아온 전격이 차례차례 제압했다.

"제, 제기랄! 어째서?! 저쪽도 이쪽이 안 보일 텐데. 어떻게 이렇게 정화아아아아아아악!"

"사, 사람 살려…… 끄아아아아아악!"

이브는 선언했던 대로 【쇼크 볼트】만 썼다.

그런데도 너무나도 일방적인 전개에 2반 학생들은 놀라서 눈을 깜빡거릴 수밖에 없었다.

"망할! 누가 이 짜증나는 먼지 좀 날려버려 봐!"

"위, 《위대한 바람이여》!"

모래먼지 사이로 언뜻 보인 붉은 머리카락을 목표로 모범 클래스 중 누군가가 【게일 블로】를 날렸지만, 당연히 이브의 모습이 이미 사라진 후였다.

"잠깐, 너, 이쪽을 향해 쏘며어어어어어어어어언!"

바람의 파성추는 모래먼지와 함께 그쪽에 있던 학생 세 명을 동시에 날려 버렸다.

덕분에 시야가 트이긴 했으나—.

"어, 어디로 간 거야?! 그 노처녀!"

"아, 아무 데도 없어! 말도 안 돼!"

"누가 노처녀야?"

짜증스러운 목소리는, 머리 위에서 들렸다.

"《뇌정이여》……《춤춰라》."

아득히 먼 하늘 위로 도약한 이브가 인정사정없이 주문을 영창했다.

다음 순간, 모범 클래스의 머리 위로 전격이 빗발쳤다.

"……후."

그리고 이브는 중력을 따라 가볍게 착지했다.

마음을 가다듬고 조용히 눈을 뜨자 주위는 이미 시체의 산.

두 다리로 멀쩡히 서 있는 자는 아무도 없었다.

"어라, 미안하게 됐네. 난 알베르트 만큼은 아니지만, 속사에는 제법 자신이 있는 편이거든."

당연히 대답하는 자도 없었다.

이브는 이제 그들에게 완전히 관심을 잃은 듯 등을 돌리고 2반 학생들에게 다가왔다.

학생들은 어안이 벙벙한 얼굴로 그녀의 나른한 얼굴을 응시했다.

그들은 저티스에게 처참하게 당한 탓에 정신적으로 한계에 몰린 상태였던 이브밖에 몰랐다. 잔챙이에 불과한 골렘을 상대로 고전했던 이브밖에 몰랐다.

그러다 보니 갑자기 사람이 바뀐 듯한 이브의 굉장한 모습에 그저 놀랄 수밖에 없었다.

"그래서? ……어땠어?"

이브는 작은 목소리로 질문했다.

"그, 그게…… 이브 씨가 굉장했습니다……."

"겨, 격이 달라도 너무 다르잖아……."

"이게 진짜 제국 군인의 힘인가요……?"

카슈도, 기블도, 웬디도 그저 찬사를 보낼 수밖에 없었다.

"……저기 말이지. 나 말고."

하지만 이브는 눈살을 찌푸리고 어이가 없는 목소리로 말했다.

"당신들 말야, 당신들. 쟤들이랑 싸워본 감상이 어땠냐고 물어본 거라구."

그러자 2반 학생들은 잠시 시선을 교환했다.

"……솔직히…… 이길 생각이 전혀 안 들었습다……."

이윽고 카슈가 분한 얼굴로 모두의 심정을 대변했다.

"기량이 달라도 너무 달라……. 이게 맥심 마도 교실의 실력인가……."

"아, 젠장…… 무모했던 걸까? 이런 녀석들과 대결이라니……."

"저희는…… 이 학교는 대체 어떻게 되는 거죠?"

"글렌 선생님…… 죄송해요. 저희의 기량으로는 도저히……."

저마다 원통함과 불안을 입에 담았다.

"어라, 그래? 이상하네."

분위기가 점점 무거워지자 이브가 머리카락을 쓸어올리며 퉁명스럽게 말했다.

"내 눈에는 저 녀석들과 당신들의 기량에 큰 차이가 있는 것처럼 보이지는 않았는데?"

"⋯⋯예?!"

이브의 영문을 알 수 없는 지적에 학생들은 일제히 그녀를 주목했다.

"기량에 그다지 차이가 없다니⋯⋯ 대체 눈이 어디에 달린 겁니까?"

그 말이 위로로 들렸는지 기블이 짜증스럽게 반응했다.

"아무리 생각해도 참패였잖아요?"

"하아⋯⋯ 아무래도 충격을 너무 크게 받았나 보네."

이브는 기블을 흘겨보았다.

"다시 생각해보렴. 왜 진 건지. 당신들은 마술 그 자체의 기량이 부족해서 진 거야? 정말로 그래?"

"그야 당연⋯⋯ 아니, 잠깐만⋯⋯."

반사적으로 반박하려던 기블은 문득 뭔가를 눈치챈 표정으로 입을 다물었다.

그러자 다른 학생들도 서서히 비슷한 얼굴로 입을 다물기 시작했다.

그러고 보니 그랬다. 자신들과 모범 클래스가 쓴 주문에 차이는 없었다. 한 소절 영창과 래피드 파이어⋯⋯ 기교적인 부분에서도 큰 차이가 없었다.

오히려 글렌의 가르침 덕분에 즉흥 개변을 쓸 수 있는 만큼 기량으로만 따지고 보면 자신들이 더 위라고 볼 수도 있으리라.

그렇다면 이토록 처참하게 진 이유는 대체 무엇일까.

"눈치챈 모양이네."

학생들이 어느 정도 답에 도달한 타이밍에 이브가 입을 열었다.

"맞아. 당신들과 저들의 마술 기량…… 즉, 쓸 수 있는 카드의 강함과 종류에는 거의 차이가 없었어."

"지, 진짜요……?!"

"그럼 대체 어디서 차이가 생긴 걸까? 그건…… 카드를 내는 속도. 즉, 당신들은 다음 행동으로 전환하는 속도와 판단력에서 진 거야."

그 지적을 들은 기블이 눈을 가늘게 떴다.

"그러고 보니…… 전 그때 한순간 판단을 망설였습니다. 그래서……."

"나, 나도…… 중간부터 이젠 어떻게 해야 좋을지 몰라서……."

공감한 학생들이 저마다 동의했다.

"잘 들어. 맥심 마도 교실의 학원생들은 무력 중시의 실전파를 강조하고 있어. 하지만 그건 어느 정도 카드가 갖춰지면 그 후에는 카드를 쓰는 연습만 중시한다는 뜻이기도 해. 손에 익은 카드를 쓰는 훈련만 하니 판단력이 빨라지는 건 당연한 거지.”

“……?!”

“한편, 글렌에게 배운 당신들은 뭘 했지? 수중에 있는 카드를 계속 늘리는 작업만 했어. 이해하겠어? 수중에 있는 카드를 쓰는 것에 익숙할 **뿐**인 녀석들과 카드를 많이 가지고 있을 **뿐**인 당신들. 차이는 바로 그거야.”

웅성 웅성 웅성……

너무나도 명확한 지적에 학생들도 납득하기 시작했다.

“……그래서 그게 어쨌다는 거죠?”

하지만 기블은 계속 물고 늘어졌다.

“놈들이 저희보다 압도적으로 강하다는 사실은 변하지 않잖아요? 그런 위로를 들어봤자…….”

“……위로가 아니야. 아직도 모르겠니? 안경군.”

“아, 안경…….”

이상한 별명으로 불린 기블이 눈을 휘둥그레 떴다.

하지만 이브는 무시하고 계속 말했다.

“내 눈으로 보고 확신했어. 솔직하게 말할게. 저들의 강함은 이미 **한계**야. 맥심에게 배우는 이상 더는 성장을 기대할 수 없어. 아무래도 과대평가였던 것 같아.”

“예?”

“반대로 당신들은 성장할 거야. 저런 녀석들은 상대도 안 될 정도로.”

지금 대체 무슨 소리지?

농담이겠지?

우리가 저들보다?

동요와 당혹스러움이 학생들을 지배했다.

"일단 메이벨…… 그 아이는 왠지 격이 다른 것 같으니까 제쳐둬. 정말로 맥심에게 배운 건지 수상할 정도의 상급자였으니까. 그나마 상대가 되는 건 시스티나뿐이겠지. 그리고 다른 애들은…… 정말로 **전투 훈련밖에** 안 한 것 같더라. 토대가 몹시 취약했어. 그 토대 위에 쌓을 수 있는 건 지금 상태가 한계야. 하지만 당신들은 달라."

이브는 품속에서 서류를 꺼냈다.

어디서 입수한 건지 모를 글렌의 수업 계획표와 성적표였다.

"당신들은 저들과 달리 이미 굉장히 튼튼한 토대를 갖추고 있어. 글렌이 만들어준, 매우 견고하고 커다란 토대가. 폭넓은 마술 교양, 지력, 기초…… 이만한 토대가 있으면 얼마든지 위에 쌓아올릴 수 있겠지."

"……"

"……당신들, 글렌에게 감사해. 마술사로서 토대 위에 뭔가를 쌓는 작업은 비교적 쉽지만, 토대를 만드는 건 정말 시간이 많이 걸리는 일이거든. 게다가 토대를 만드는 도중에는 전혀 성장하는 기분이 들지 않으니까 꾸준히 하는 건 큰 고통을 동반하는 어려운 작업이야. 뭐, 지금까지는 교사가 글렌 혼자뿐이었으니 당신들에게 마술사로서의 토대를 만들어주는 게 한계라 다른 부분에는 거의 손을 못 댄 모양이지만."

"……."

"그래. 앞으로 생존전에서 저들과 겨루게 될 것을 염두에 두고…… 철저하게 토대 위를 쌓아나가는 훈련을 시켜줄게. 글렌 혼자서는 손을 못 댔던 부분을 내가 해주겠어. 이미 토대는 완성됐는걸. 2주 안에 몰라 볼 정도로 성장할 수 있을 거야."

"……."

"뭐, 외부인인 데다 믿음직스럽지 못한 좌천 군인에게 배우기 싫다면 딱히……."

이브는 여전히 토라진 것처럼 시선을 피하며 그렇게 말을 마치려 했다.

하지만 학생들은 서로 시선을 나눈 후—.

""""자, 잘 부탁드립니다!""""

일제히 고개를 숙였다.

"어……?!"

갑작스러운 큰 소리에 놀란 이브가 눈을 휘둥그레 떴다.

"이브 씨! 아니, 이브 선생님! 우리를 단련시켜 주세요!"

"글렌 선생님에 이브 선생님까지 가세한다면 무적이에요!"

"저희는 이대로 계속 질 수는 없다구요!"

"아, 진짜! 알았어! 알았으니까! 흥분하지 마, 성가셔!"

학생들이 계속 애원하자 이브는 짜증 어린 얼굴로 밀쳐냈다.

시스티나는 그런 이브와 학생들의 모습을 멀리서 멍하니 바라보았다.

이브의 언동과 학생들의 부활에 힘을 얻은 것처럼 패배의 충격에 빠져있던 그녀의 눈에 서서히 힘이 돌아왔다.

"이브 씨는…… 역시 굉장한 분이셨구나……."

"시스티? 이제 괜찮아?"

"……미안, 걱정 끼쳐서."

시스티나는 걱정하는 루미아에게 살짝 웃어주고 일어났다.

"맞아, 난 아직 멀었어. ……아직 선생님들의 실력에는 한참 미치지 못해. ……훨씬 더 노력해야 해! 고작 한 번 진 것 정도로 좌절할 수는 없어!"

"후훗…… 시스티는 역시 이래야지."

"응. 왠지 시스티나다워졌어."

루미아와 리엘은 충격을 극복한 시스티나를 안도한 얼굴로 쳐다보았다.

이렇게 해서 파란과 충격의 첫 훈련이 끝나고, 이브는 의기양양하게 합숙소로 돌아가는 학생들의 뒷모습을 멍하니 지켜보았다.

"여."

글렌이 뒤에서 말을 걸었다.

"왜? 귀여운 제자들에게 쓸데없는 짓 하지 말라고 한 마디 하러 온 거야?"

"……바보. 그런 거 아니야."

글렌은 일일이 시비를 거는 이브에게 혀를 차며 대답했다.

"교육방침에 관해서는…… 완전히 네 말대로야. 저 녀석들이 내가 예상했던 것보다 우수하다 보니 슬슬 혼자 힘으로는 한계였어. 요즘은 내 역량 부족을 절감하면서 오히려 애들한테 미안한 기분이 들 정도였지."

"……그래."

"그러니까 뭐시냐…… 네가 힘을 빌려준다는 건…… 저기…… 엄청 도움이 돼. 그러니 뭐…… 일단, 어디까지나 일단 이 말은 해둘게. ……고맙다."

"흥……."

그러자 이브는 퉁명스럽게 고개를 돌리고 코웃음을 쳤다.

하지만 그녀의 뺨은 아주 살짝 붉게 물들어 있었다.

"그건 그렇고, 뭐랄까……."

그런 어색한 분위기를 견디다 못한 글렌의 입에서 별안간 쓸데없는 말이 튀어 나오고 말았다.

"……너, 진짜 이브 맞지?"

"뭐? 그게 무슨 뜻이야?"

"아니…… 조금 전부터 내가 아는 이브랑 네가 전혀 동일 인물로 보이지 않아서."

"······응? 뭐야 그게?"

빠직!

이브의 관자놀이에 시퍼런 힘줄이 돋았다.

"아니, 그야 이상하잖아! 내가 아는 이브 이그나이트라는 여자는 훨씬 더 냉혈한 데다 싫은 녀석이었고, 아니꼬운 데다 싫은 녀석이었고, 노처녀인 데다 싫은 녀석이었고, 사람을 장기말처럼 부리는 싫은 녀석이었고, 얼굴을 마주칠 때마다 빈정거리는 싫은 녀석에······ 아무튼 무지막지하게 싫은 녀석이었을 텐데!"

글렌은 이브의 콧잔등에 손가락을 척 들이댔다.

"그런데 어째서?! 왜 갑자기 친절한 「모두의 누님」처럼 구는 건데?! 이상하잖아! 게다가 날 인정해?! 말도 안 돼! 있을 수 없어!"

"어······어······뭐어······?!"

이브의 어깨가 부들부들 떨리고 얼굴은 분노로 새빨갛게 물들기 시작했다.

"혹시?! 너, 가짜지! 바꿔치기 당한 건가?! 아니면 인형 옷이나 카피 돌?! 에잇, 지퍼는 어디냐! 스위치는 어디야! 정체를 드러내!"

그러자 글렌은 진심으로 뭔가를 찾아내려는 듯 이브의 어깨와 허리와 다리를 더듬기 시작했다.

그리고 양손으로 뺨을 쭈~욱 잡아당긴 순간.

"《죽어》!"

퍼어어어어어어어어엉!

"끄아아아아아아아아아아아아아아?!"

이브가 일으킨 성대한 폭염이 글렌을 하늘 높이 날려 버렸다.

"꾸엑?! 너, 너 인마! 이게 무슨 짓이야!"

"당신, 진짜 날 대체, 뭐라고 생각하는 거야?!"

"하아?! 너, 지금까지 네가 한 짓을 돌이켜 보시지! 완전 딴 사람이었다고!"

"뭐? 시끄러! 이 섬세함이라곤 눈곱만큼도 없는 남자!"

"뭐라고오?! 이 히스테리녀가!"

"제국군 시절부터 진~짜 마음에 안 드는 남자였어, 당신은!"

"그건 내가 할 소리라고!"

그리고 글렌과 이브는 지근거리에서 이마를 맞부딪치더니 서로를 잡아먹을 듯 노려보며 어린애 같은 말싸움을 시작했다.

그렇다. 싸움이었다.

누가 봐도 진심으로 마음이 맞지 않는, 사이가 아주 나~쁜 남녀의 싸움.

"뭐야, 조금이나마 인정해줬건만! 역시 당신은 최악의 남자야!"

"하! 좀 괜찮게 봐줬더니 바로 이렇게 나오기냐? 이 노처녀!"

'……위, 위험해……. 뭐, 뭔가…… 위험해!'

그런데도 시스티나는 터무니없이 불길한 예감을 받았다.

지금 당장 큰 변화가 있는 건 아니겠지만, 이브가 장래에 터무니없는 강적이 될 것만 같은 예감이 든 것이다.

'저, 적이라니…… 그게 무슨 뜻인지 난 잘 모르겠지만! 잘 모르겠지만!'

시스티나 가슴을 태우는 묘한 조바심을 느낀 순간—

"저기, 시스티……."

루미아가 모호하게 웃으면서 입을 열었다.

"우리…… 한동안 공동전선을 구축하지 않을래?"

"어어?! 가, 갑자기 얘가 무슨 소리래?! 난 무슨 뜻인지 모르겠거든?!"

"아마…… 나랑 시스티의 페이스라면 늦을지도……."

"그그그, 그러니까 대체 그그, 그게 대체 무슨 뜻이냐구!"

"딱히 이브 씨를 방해하려는 건 아니지만…… 우리도 좀 더 적극적으로 움직여보지 않을래? 응? 아마…… 우리한테는 꽤 큰 위기일지도 몰라."

"루~미~아~?! 저, 저번 사건 이후로 너, 뭔가 좀 변한 거 아니니?!"

"응. 나, 변했을지도. 그야 이젠…… 나중에 후회하고 싶지 않거든."

루미아는 온화하지만 조용한 결의가 담긴 미소를 지었다.

"에에에에에에엑?! 역시 난 영문을 모르겠어! 모르겠다구!

모르겠단 말야!"

계속 허둥지둥 당황하는 시스티나.

그런 두 사람은 아랑곳없이 글렌과 격렬한 말다툼을 벌이는 이브.

"……왠지…… 요즘 다들 이상해. 왜까?"

아무리 둔감한 리엘이라도 마침내 주위의 변화를 눈치챈 것일까.

"……글렌? 글렌이 왜?"

그녀는 떠들썩한 소녀들을 번갈아보면서 무표정으로 생각에 잠겼다.

제4장 강화 합숙

　현재 무일푼 노숙자 신세인 글렌은 이런저런 적당한 이유를 대고 학생회관에 있는 숙박 시설의 방 하나를 잠시 빌려서 사는 중이었다.

　뒤에서 여러모로 힘을 써준 학생회장 리제에게는 더더욱 고개를 들 수 없게 됐지만 배부른 소리는 할 수 없었다.

　그리고 오늘부터는 2반 학생들과 이 숙박 시설에서 숙식을 함께 하게 되었다.

　생존전을 대비한 강화 합숙이 시작된 것이다.

　"하암……."

　합숙 첫날의 이른 아침.

　어떤 개인적인 용건으로 평소보다 일찍 일어난 글렌은 아직 조금 이르지만 다시 자는 것도 미묘한 시간대였기에 그대로 학생회관을 나와 약속 장소로 이동했다.

　등교 시간 전의 어둑어둑한 이른 아침이라 그런지, 아무도 없이 한산한 교내의 낡은 건물과 앞뜰의 화단에서도 평소와 다른 풍취가 느껴졌다.

　글렌은 아침의 상쾌한 공기를 억지로 폐에 쑤셔 담으며

걷고 있었다.

"……응?"

그리고 문득 눈치챘다.

돌로 포장된 길 앞에 한 소녀가 서 있었다.

모범 클래스의 여학생인 메이벨이었다.

그녀는 글렌을 노골적으로 빤히 바라보고 있었다.

아무리 봐도 자신을 기다린 분위기였다.

"……야, 아침 댓바람부터 이런 데서 뭐하냐?"

어쩔 수 없이 글렌은 말을 걸었다.

"생존전을 취소할 생각은 없으신 건가요?"

메이벨은 계속 글렌의 얼굴을 지그시 바라보며 담담한 목소리로 말했다.

"그만한 실력 차이를 보여드렸으니 이젠 싸워봤자 소용없잖아요?"

"그런 소릴 하러 일부러 날 기다린 거야? ……너도 참 한가하네."

글렌은 어깨를 으쓱이고 쓴웃음을 지었다.

"공교롭게도 나도, 내 학생들도 물러설 생각은 없어. 우리에게 이 학교는 소중한 장소야. 그런 곳을 갑자기 툭 뛰어나온 너희들이 마음대로 헤집는 걸 내버려둘 수는 없다고."

그리고 도발적으로 말하자 메이벨은 입을 다물었다.

"뭐, 2주 후를 기대해. 아무튼 엄청 싫은 녀석이지만, 이쪽에는 무척 우수한 교관님이 붙었으니까. ……엄청 싫은 녀석이지만. ……싫은 녀석이지만."

"당신, 그 분이 대체 얼마나 싫은 건가요?"

"시꺼. 뭐, 나중에 지고 나서 딴 소리나 하지 말라는 거다."

글렌은 이걸로 할 말은 다 했다는 듯 메이벨의 옆을 지나쳤다.

"그런 게 아니에요."

하지만 그 순간, 메이벨이 갑자기 그런 말을 중얼거렸다.

글렌은 무심코 걸음을 멈추고 그녀를 돌아보았다.

"……그럼 뭔데?"

"그게, 이 생존전은…… 「위험」하다구요."

"「위험」? 바보 같은 소리 하지 마. 마술 경기에 늘 어느 정도의 위험이 따르는 건 당연하잖아. 너희들, 슬슬 그런 식으로 우리를 깔보는 것 좀 작작……."

결국 글렌이 짜증을 숨기지 않고 메이벨에게 호통을 치려 했다.

"그러니까 그런 게 아니라구요. 그 『이면 학원』은……!"

하지만 메이벨은 오히려 글렌을 똑바로 바라보며 뭔가를 필사적으로 호소하려 했지만—.

"~~~~?!"

아무 말도 못 하고 그저 입만 뻐끔거렸다.

"하아? 『이면 학원』이…… 뭐?"

"그, 그러니까 그건…… ~~~~!"

글렌이 눈살을 찌푸리며 되물었지만 메이벨은 이번에도 입만 뻐끔거렸다.

"……역시…… 이 몸은 이미……."

그녀는 체념한 듯 입을 다물었다.

그리고 분한 얼굴로 자신의 양손을 내려다보더니 이윽고 글렌에게 등을 돌렸다.

"뭐야? 대체."

"……아뇨, 아무것도 아니에요. 실례했습니다."

그 말을 끝으로 메이벨은 빠른 걸음으로 떠나갔다.

영문을 알 수 없었다. 그녀는 대체 뭘 하고 싶었던 것일까.

하지만 글렌은 문득 깨달았다.

"그러고 보니 저 녀석…… 저 촌스러운 안경 때문에 지금까지 눈치 못 챘지만…… 누구랑 닮은 것 같은데……. 대체 누구였지?"

그렇게 중얼거리면서 떠나가는 메이벨의 등을 가만히 지켜보았다.

그 무렵, 시스티나도 잠에서 깼다.

그녀가 자고 있었던 곳은 학생회관에 있는 숙박 시설의 여자용 방이었다.

커튼 사이로 보이는 창밖은 아직 어두웠고 이른 아침 특유의 냉기가 방 안을 지배하고 있었다. 루미아와 리엘을 비롯한 같은 반의 여학생들이 조용히 코를 고는 소리도 들렸다.

비좁게 늘어선 2층 침대 위에 누워 있었던 시스티나는 이불을 걷고 몸을 일으켰다.

침대 옆에 달린 사다리를 내려와서 방을 나왔다.

그리고 화장실에서 세수를 하고 탈의실에서 운동용 로브로 갈아입은 후, 숙박 시설을 나왔다.

"요즘 어수선한 일이 많다 보니 선생님이랑 아침에 특훈하는 것도 오랜만이네."

시스티나는 아직 어두운 학교 부지 안을 천천히 걸으면서 그렇게 혼잣말을 중얼거렸다.

어젯밤 글렌에게 직접 오랜만에 특훈이나 하자는 말을 들은 그녀는 내심 들뜬 기분을 억누를 수 없었다.

싸늘한 아침 공기가 조금 남아 있던 잠기운을 전부 몰아내줬고 저릿한 피부의 감촉이 다시 긴장을 다잡게 해주었다.

"……"

그렇게 걸으면서 어제의 완패를 되새겼다.

졌다는 사실 자체도 무척 충격적인 일이었지만—.

'역시 난 자만하고 있었던 거구나…….'

진과 마인을 쓰러트리고, 다양한 수라장을 헤쳐 왔다는 사실에 역시 자만심이 생겼던 것이리라.

냉정하게 돌이켜보면 최근에 얻은 승리는 전부 자신의 진짜 실력으로 얻어낸 것도 아니었는데 말이다.

물론 실력도 어느 정도 영향이 있었겠지만 적의 방심이나 운, 글렌과 리엘과 루미아의 보조 같은 실력 외의 요소가 굉장히 크게 작용했었다.

문득 시스티나는 보기 드문 재능 때문에 모르는 사이에 자만하는 경향이 있다고 자신을 평가했던 친부 레너드의 말을 떠올렸다.

'응, 주의하자. 난 아직 멀었어. 난 더 강해져야 해. 내 꿈을 위해…… 선생님과 루미아, 리엘을 위해. 그러니 선생님께 더 많은 걸 배워야 해! 단련을 받아야 해!'

사실 시스티나는 저번 사건 후, 루미아에게 여태껏 비밀로 했었던 글렌과의 특훈을 정직하게 밝혔다.

그날 루미아가 글렌에게 품은 솔직한 마음을 듣고 모든 것을 털어놓아야겠다는 생각이 들었기 때문이다.

딱히 수상한 짓을 한 것도 아니었고 처음부터 그녀를 지키기 위한 비밀 특훈이었다.

하지만 글렌에게 마음이 있는 루미아에게는 새치기나 다름없는 짓이었으리라.

하지만 역시 예상대로라고 할까.

루미아는 화를 내기는커녕 시스티나를 응원해줬다. 사실 훨씬 전부터 어느 정도 사정을 눈치채고 있었던 모양이었다.

정말로 어릴 때부터 절친의 넓은 도량에는 절로 고개가

숙여질 따름이었다.

'그런 루미아에게 보답하기 위해서라도…… 한두 번 진 정도로 풀이 죽을 수는 없어!'

그렇게 결의를 새롭게 다진 시스티나는 마술 경기장에 발을 들여놓았다.

안에는 이미 선객이 있었다.

"앗! 선생님! 늦어서 죄송해……요?"

부랴부랴 뛰던 시스티나는 선객이 두 사람이라는 것을 눈치채고 걸음을 멈추었다.

"……왔냐."

"안녕, 시스티나. 잘 잤니?"

그곳에는 여느 때처럼 나른한 표정의 글렌과…… 언짢은 얼굴로 그런 글렌에게 등을 돌린 이브가 서 있었다.

"어, 어라……? 이브 씨가…… 왜……?"

글렌과 자신만의 비밀에 끼어든 이물질, 아니. 물론 그렇게 표현하는 건 실례겠지만, 역시 시스티나에게는 그렇게 느껴질 수밖에 없는 인물.

어째서 그녀가 글렌과 함께 여기에 와 있는 것일까.

애당초 시스티나는 글렌과 이브의 관계를 아직 확실히 파악하지 못했다.

저번 사건 후에 글렌과 심한 갈등이 있는 것처럼 보였다는 말을 루미아에게 들었지만, 어제는 또 싸울 정도로 친한 친구처럼 보였기 때문이다.

그렇게 당황해서 어쩔 줄 모르는 시스티나에게 글렌은 딱 잘라 말했다.

"이제 나한테서 졸업이다, 하얀 고양이."

"……예?"

"오늘부터는 이 여자가 네 특훈을 봐줄 거다. 내가 그렇게 해달라고 사정했거든. 잘됐네. 나한테 해방돼서."

갑작스러운 선언에 시스티나는 잠시 아연실색했다.

"예에에에에에에에에에에에에에에에에에에에에?!"

그리고 있는 힘껏 얼빠진 비명을 질렀다.

"어, 어어어어, 어째서?! 왜요?!"

"아니, 그게 말이지……."

"혹시 선생님, 이제 제 훈련을 봐주시는 게 무리라는 건……."

"뭐, 어떤 의미로는 맞아. 이제 난 무리야."

"그, 그럴 수가……?!"

시스티나는 충격을 받고 표정을 일그러트렸다.

역시 어제의 비참한 패배가 원인인 것일까. 지금까지 줄곧 가르침을 받아왔으면서 그런 꼴사나운 모습을 보인 탓에 오만 정이 다 떨어진 게 아닐까.

애당초 지금까지는 당연한 것처럼 특훈을 봐줬지만…… 실은 글렌에게는 꽤 부담스러운 일이었다면? 싫은 데도 억지로 시간을 내줬던 거라면?

"자, 잠깐……잠깐만요! 어제 진 건 죄송해요! 저, 더……
더 열심히 할게요! 그러니까……!"

"아니…… 그게…… 이젠 내가 봐줄 필요가 없다고 해야
할지…… 의미가 없다고 해야 할지……."

"그, 그런…… 역시 어제 일로 저한테 실망하신 거군요?
……흑."

글렌의 차가운 말투에 암담하게 고개를 숙인 시스티나가
자신에 대한 분함과 한심함으로 눈물을 글썽이며 어깨를 떤
순간―.

짜아악!

이브의 채찍처럼 날카로운 로킥이 글렌의 다리를 맹렬하
게 후려쳤다.

"으갸아아아아아아아아아아악?!"

"당신, 진~짜 섬세함이라곤 눈곱만큼도 없구나?! 혹시
일부러 그러는 거야?!"

이브는 다리를 부여잡고 바닥을 구르는 글렌을 진심으로
기가 막힌 말투로 쏘아붙였다.

"그런 식으로 말하면 오해하잖아! 왜 그렇게 여심을 모르
는 거냐구!"

"예? 오해요……?"

시스티나는 물기에 젖은 눈을 깜빡거렸다.

"착각하지 마, 시스티나. 글렌은 딱히 당신에게 정이 떨어

진 것도, 실망한 것도 아니야. 당신을 다음 무대 위로 올려 보내기 위해 나에게 맡긴 거야."

"다음 무대……?"

"단순하게 말하면…… 이제 글렌은 **현재의** 당신에겐 가르쳐줄 게 없어."

"……?!"

이브의 지적에 시스티나는 눈을 부릅떴다.

"원래 당신과 글렌은 마술사로서의 스타일이 전혀 달라. 혜택 받은 마력 용량으로 정면 승부를 할 수 있는 당신과 빈약한 캐퍼시티를 어떻게든 잘 배분해서 상대의 빈틈을 노리는 글렌. 당신들 사제는 솔직히 말해 완전히 정반대의 타입이야."

"하, 하지만…… 지금까지 선생님은 저를 잘 가르쳐주셨는걸요?"

"그래서 말했잖니. 이젠 한계라고. 당신이 아니라 글렌 쪽이. 지금까지 당신을 가르친 것도 실은 상당히 무리를 했을걸?"

이브는 손바닥으로 관자놀이를 누르면서 담담하게 말했다.

"그거 알아? 글렌이 제대로 쓸 줄 아는 군용 마술은 사실 【라이트닝 피어스】, 【블레이즈 버스트】, 【아이스 스톰】…… 이 기본 3속성 정도밖에 없어. 하지만 당신은 훨씬 다양한 마술을 배워왔겠지? 그것도 비상식적인 습득 속도로."

이브가 지적한 대로였다.

흑마 【블래스트 블로】, 【에어 블레이드】, 【래피드 스톰】, 【슈레드 템페스트】 등…… 시스티나는 글렌에게서 다양한 군용 마술을 배워왔다.

하지만 듣고 보니 글렌이 실전에서 이 마술들을 쓰는 모습은 본 적이 없었다.

"당연히 노력도 했을 테고 재능도 있었겠지. 하지만 그걸 감안해도 당신의 성장과 습득 속도가 이상하다는 건 이해하겠어?"

"그러고 보니…… 어째서?"

"글렌은 마술 그 자체에 관한 조예만큼은 탁월해. 분하지만, 나도 그 점에선 못 당해. 그래서 글렌은 본인은 쓰지 못해도 당신은 쓰기 쉽도록…… 지금까지 당신만을 위한 마술식으로 재조정해서 가르쳐온 거야. 그게 얼마나 부담이 가는 일인지는 알겠지? 당신이 배운 건 같은 이름의 군용 마술과 위력, 효과는 완전히 똑같지만, 내용물은 당신의 고유 마술이나 다를 바 없어. 그게 당신의 비상식적인 성장 속도의 비밀이야."

"……?!"

"하지만 결국 가르치는 쪽에도 한계가 온 거야. 이제 당신의 강함은 글렌에게 배우는 한 미래가 없어. 그래서 내 차례가 온 거야."

"……."

"나와 당신은 같은 타입의 마술사야. 캐퍼시티와 마력 제어 능력이 뛰어난 천재형. 글렌과 달리 나라면 당신의 타고난 개성을 더 끌어올릴 수 있어. ……뭐, 이 남자가 이상할 정도로 필사적으로 고개를 숙이니까 마지못해서지만. 마, 지, 못, 해, 서, 지, 만."

시스티나는 총명한 소녀다.

이브가 말하고자 하는 바를 전부 이해했다.

아마 이브로 스승을 바꾸면 마술사로서 훨씬 더 성장할 수 있으리라.

하지만 그건 다시 말해, 글렌에게서는 졸업해야 한다는 뜻이다.

그렇게 생각하자 뭐라 형언할 수 없는 쓸쓸함이 가슴을 가득 메웠다.

"받아들이렴. 학생은 언젠가 교사의 품에서 떠나야 하는 법이야."

하지만 이브는 무자비했다.

시스티나는 아무 말도 못 하고 그저 가만히 서 있을 수밖에 없었다.

"……뭐, 당신이 글렌에게서 졸업하는 건 아직 한참 뒤의 일이겠지만."

"예?"

뜻밖의 발언에 시스티나는 눈을 깜빡였다.

"하아…… 말했잖아? 이제 글렌은 **현재의** 당신에겐 가르쳐줄 게 없다고."

그러고 보니 왠지 묘한 표현이라는 생각이 들긴 했었다.

"난 당신의 카드를 보강해주는 것뿐이야. 같은 타입이라고 해도 내 전투 스타일을 당신에게 그대로 전수할 수 있을 리도 없고, 애초에 마술사가 그렇게까지 수중에 든 패를 전부 보여줄 리가 없잖아? 나한테 배워서 카드가 늘어나면…… 다시 글렌에게 돌아가렴. 아무튼 이 남자는 무골호인인걸. 아주 기쁘게 당신의 독자적인 전투 스타일을 고안해서 가르쳐줄 거야. 그러니 지금 당신이 해야 할 일은 다른 애들과 정반대야. 지금까지 구축한 토대를 더 크고 단단하게 다시 만드는 것. 위에 더 새로운 것을 쌓아올릴 준비를 해야 해. ……그뿐이야."

"이, 이브 씨……."

"정말이지…… 진짜 손이 많이 가는 애네. 마치 세……."

뭔가 말하려던 이브는 곧 입을 굳게 다물고 겸연쩍게 시선을 피했다.

시스티나는 그런 그녀의 옆얼굴을 잠시 멍하니 바라보았다.

"이브 씨는…… 정말로 굉장한 마술사셨군요……."

이윽고 진심으로 감탄했다.

"전 바로 눈앞에 닥친 일밖에 머리에 없었는데…… 이브 씨는 그 후의 미래까지 내다보셨다니…….”

“몰라. 난 글렌이 사정하니까 어, 쩔, 수, 없, 이 하는 것 뿐인걸.”

“그래도 정말 굉장해요……. 왠지 존경심이 드는걸요.”

“그만해. 낯간지럽게 무슨, 흥.”

이브는 매우 퉁명스러운 태도로 머리카락을 쓸어 올렸다.

시스티나는 이 순간 확신했다.

글렌과 이브. 이 두 사람을 따라간다면 자신은 더 성장할 수 있을 거라고…….

소중한 사람을 지킬 수 있는…… 진정한 의미의 강한 인간이 될 수 있을 거라고.

“글렌 선생님, 이브 선생님. 앞으로도 잘 부탁드릴게요!”

“뭐, 성가시지만 여태껏 해 온 게 있으니 어쩔 수 없지.”

“흥. 미리 말해두지만, 난 글렌처럼 어설프지 않아. 못 따라올 것 같으면 인정사정없이 버리고 갈 거니까 각오해.”

“아, 아하하…….”

그제야 시스티나는 이브의 성격을 대충 이해했다.

이 여성은 일단 허세를 부리며 공격적인 태도를 보여야 성이 차는 타입인 모양이었다. ……남을 잘 돌봐주는 선량한 본성과는 반대로.

언뜻 보기에는 친해지기 어려운 사람이지만 존경할 만한 멋진 여성인 건 틀림없었다.

'……그런데 뭐지? ……이 불안감은? 난 왜 이토록 초조한 걸까? 왜 아직도 이브 씨가 터무니없는 강적으로 보이는 거지……?'

한편으로는 식은땀이 멎지 않았다.

"뭐어?! 빚?! 웃기지 마, 짜샤! 네가 나한테 얼마나 빚을 많이 진 줄 알기나 해?! 이자 붙여서 냉큼 갚으시지! 아앙?!"

"뭐어?! 그게 무슨 소리야?! 그건 내가 할 말이거든?! 당신이 나한테 얼마나 빚을 진 줄 알아?! 당장 갚아! 이 벽창호!"

지금도 글렌과 이브는 말다툼을 벌이고 있는데도…….

누가 봐도 엄청나게 사이가 나쁜 것처럼 보이는데도…….

'어쩌지, 루미아……? 나, 왠지 불안해서 견딜 수가 없어. ……이 불안함과 초조함의 정체는 전혀 모르겠지만! 모르겠지만!'

시스티나는 서로를 잡아먹을 듯이 노려보는 글렌과 이브를 바라보며 계속 비지땀을 흘릴 수밖에 없었다.

이렇게 해서 글렌과 이브, 2반 학생들의 강화 합숙이 시작되었다.

먼저 아침 훈련.

시스티나의 비밀 특훈이 끝난 오전 5시쯤에 합숙소에서 자는 학생들을 전부 깨운 후, 이브의 지도하에 훈련을 시작했다.

준비 운동, 달리기 같은 딱히 별다를 것 없는 단련을 마친 후—

"자, 그럼…… 일단 가볍게 땀을 흘렸으니 본론으로 들어 갈게."

경기장 한가운데에 학생들을 모은 이브는 새치름한 얼굴로 머리카락을 쓸어올리면서 말했다.

"생존전은 마술사의 다양한 능력이 요구되는 종합 실전 경기야. 각자가 전투와 색적과 탐색을 어느 정도 수행해야 하는 게 골치 아픈 점이지. 하지만 역시 당신들은 대인전투 경험이 압도적으로 부족해. 마술 전투 교련이라고 해봤자 기껏해야 학생끼리 가볍게 대련해본 것뿐이겠지? 뭐, 그것 도 나름대로 효과는 있겠지만 그것만으로 당장 2주 만에 지금보다 강해지는 건 무리야."

"그럼…… 뭘 해야 하죠?"

카슈가 손을 들고 발언했다.

"그야 뻔하지. 학생끼리 가볍게 대련하는 걸로는 효과가 적었어. 그럼 자신들보다 실력이 아득히 위인 상대와 한계 직전까지 마술 전투를 반복하면 되잖아?"

"……예? 설마 그건……."

"응, 맞아."

이브는 서늘하게 웃으며 검지를 까딱거렸다.

"사양하지 말고 다 같이 덤벼보렴."

그 순간 학생들은 새파랗게 질리며 숨을 삼켰다.

"안심해. 일격에 의식을 날려버리진 않을 테니까. 고통이 없으면 배우는 것도 없을 테니 그럭저럭 아프긴 할 거야. 당신들이 대처할 수 있는 수준으로 조절해서 싸워줄게."

"저, 저기…… 그렇다는 건…… 혹시?"

"응. 지금부터 당신들은 기력, 체력, 마력을 밑바닥까지 쥐어짜내서 한계를 뛰어넘고 쓰러질 때까지 전력으로 나한테 덤비면 돼. 다 같이. 그리고 싸우면서 내 전투 방식을 잘 봐. 내 움직임을 보면서, 내 공격을 막고, 나한테 일격을 먹이는 것만 생각하는 기계가 되면 돼. 알겠지?"

이론이고 뭐고 없는 단순하기 짝이 없는 훈련이었지만 이 것이야말로 세상에서 흔히 말하는 지옥이 아닐까?

"사실은 좀 더 살살 가르쳐주고 싶었지만 시간이 없어. 이 걸 위한 강화 합숙이야."

"""……"""

"아~ 걱정하지 마. 난 이런 훈련에서 인간의 한계를 꿰뚫어보는 건 무척 자신이 있거든. 당신들의 몸이 망가질 일은 절대로 없을 거야. 그 대신…… 아직 한계가 아닌데도 한계가 온 척 농땡이를 부리면 어떻게 될지는…… 알겠지?"

그 순간, 서늘하게 웃는 이브의 오른손 검지에 불꽃이 피어올랐다.

"" "이, 이 사람…… 진성 S잖아?!""

학생들의 안색이 파랗다 못해 새하얗게 변했다.

"그럼 딱히 격식이 필요한 훈련도 아니니…… 준비, 시작!"

이브가 그렇게 선언한 순간—.

""" "우오오오오오오오오오오오오오오오오오오오오오!""""

학생들이 될 대로 되라는 듯 황급히 산개하여 이브를 포위했다.

"《뇌, 뇌정의 자전이여》!"

"《위대한 바람이여》어어어어!"

그리고 저마다 주문을 외쳤다.

무방비하게 서 있는 이브를 향해 전격과 돌풍과 냉기탄과 불화살과 공기탄 등 온갖 주문이 빗발처럼 날아들었고, 이브는 가볍게 땅을 박차고 달리며 여유 있는 표정으로 주문을 영창하기 시작했다.

그렇게 어마어마한 소음이 경기장을 지배했다.

…………

그리고 도중에 몇 차례 휴식을 거치면서 1시간 후.

"뭐…… 첫날은 이 정도까지만 할까?"

이브는 그 자리에 의연하게 서 있었다.

"커헉…… 콜록콜록콜록! 주, 죽……죽을 것 같아……!"

"헉…… 헉…… 헉……!"

그리고 주위에는 마나 결핍증 직전까지 내몰린 학생들이 시체처럼 널브러져 있었다.

"괴, 괴로워……. 콜록콜록!"

"이, 이젠 틀렸어요……. 토할 것 같아……."

리엘을 제외한 학생 전원을 한꺼번에 상대했는데도 이브는 땀 한 방울 흘리지 않았고 호흡도 흐트러지지 않았다. 시스티나조차 전혀 상대가 되지 않았다.

좋건 싫건 간에 학생들은 그녀와의 절망적인 실력 차이를 통감할 수밖에 없었다.

"참 나, 언제까지 늘어져 있을래? 지금부터가 진짠데."

""""에에에에에에에에에에엑?!""""

무자비한 이브의 발언에 학생들이 비명을 질렀다.

"……아니야. 대련은 이제 끝. 여기서 더하면 몸이 망가질 뿐이니까."

"예?"

카슈와 기블이 맥빠진 얼굴로 눈을 깜빡거렸다.

"하, 하지만 방금, 지금부터가 진짜라고……."

"응, 맞아. 어떤 의미로는 지금 당신들에게 가장 필요한 작업이야. ……따라오렴."

그렇게 말한 이브는 기진맥진한 학생들을 학생회관의 어떤 방으로 데려갔다.

그곳은 마술적으로 기록한 영상 자료 등을 공중에 투사해서 재생하는 박스형 마도 장치가 설치된 시청각실이었다.

글렌이 안에서 기다리고 있었다.

"오, 짜식들. 엄청 구른 모양이다?"

"예, 덕분에요……."

기블의 빈정거림도 오늘 만큼은 날카로움이 없었다.

학생들이 여기서 대체 뭘 하나 의아해하자 글렌은 마정석 하나를 엄지로 튕겨 올렸다.

"이건 조금 전까지 너희들의 대련 풍경을 영상 마술로 저장한 마정석이다."

"하아…… 아침부터 안 보인다 싶더니 그런 걸 하고 계셨던 건가요?"

"뭐, 그렇지. 아무튼 지금부터 이걸 너희들 앞에서 재생할 거다. 잘 봐."

대체 뭘 위해? 글렌의 의도를 파악하지 못한 학생들은 그저 고개를 갸웃거릴 수밖에 없었다.

글렌은 재생 마도 장치에 마정석을 세팅하고 조작했다.

그러자 장치에 달린 수정에서 학생들의 특훈 동영상이 마술로 출력되기 시작했다.

…………

"……심하다."

10분 후. 학생들은 저마다 새빨개진 얼굴로 머리를 부둥켜안았다.

이 동영상에는 이브 한 사람에게 일방적으로 당하는 학생들의 모습이 재생되고 있었다.

그것 자체는 딱히 상관없었다. 애초에 실력 차이가 어마어마했으니까.

문제는—.

"우와…… 나, 방금 뭘 한 거지? 뭐 하러 거기서 그 주문을……."

"……지금 나…… 이브 선생님의 움직임을 전혀 보지도 않았어……."

"잠깐, 야! 왜 거기서 【게일 블로】를 쓰는 건데?! 어딜 봐도 이브 선생님이 그렇게 유인한 거잖아!"

"우와아아아, 완전히 자포자기했잖아……. 창피해창피해창피해……."

훈련 중에는 깨닫지 못한 본인들의 상상을 초월하는 꼴사나운 모습에 하나같이 민망함을 감추지 못했다.

"잠깐 여기서 멈춘다."

그리고 그 영상을 응시하던 글렌은 재생을 빈번히 멈췄다.

"야, 기블. 지금 이거 알겠지? 넌 래피드 파이어 후의 판단이 항상 느려. 그래서 쓸데없는 공격을 허용하는 거다."

글렌은 각자의 문제점과 개선점을 오목조목 지적하고 대처법을 가르쳤다.

"저, 저도 압니다. ……큭."

"음…… 카슈…… 넌 역시 지나치게 파고드는걸. ……이 영상을 보면 알겠지만, 넌 아무래도 용맹함과 만용을 착각하는 것 같군."

"으…… 그러네요. ……죄송합다."

"……린. 네가 싸움을 싫어하는 건 나도 잘 아니까 강요는 하지 않으마. 하지만 적어도 눈은 좀 뜨면 안 되겠니? 아무리 싸우는 게 싫어도 눈을 감는 건 치명적이야. 전투에 공헌하라고는 안 하겠지만, 적어도 네 몸은 네가 지켜야지."

"아, 예…… 노력해볼게요…….."

그런 엄숙한 분위기 속에서 반성회가 진행되었다.

"으…… 나도 지치면 생각보다 움직임이 많이 거칠어지네."

"난 단순히 주문 영창 속도가 느린 것 같아. 좀 더 빠르게 영창해야겠어."

시스티나와 루미아도 마술 전투라는 관점에서 존재하는 자신들의 문제점을 가지고 고민했다.

그 순간—.

"저기, 글렌. 왜 나만…… 따돌리는 거야?"

구석 자리의 책상 앞에 앉은 리엘이 입을 열었다.

그녀는 산더미처럼 쌓인 참고서 앞에서 공책을 펼치고 있었다.

팔자 눈썹만 봐도 지금 상황이 무척 불만스러운 모양이었다.

"저기요, 리엘 양. 집중해야죠."

그 옆에 있는 건 학생회장인 리제였다.

글렌의 요청으로 리엘에게 학문적인 의미의 마술을 가르치는 중이었다.

"으~ 글렌. 구해줘. 나도 그쪽에 끼고 싶어."

"넌 실전 훈련이 필요 없어. 너에게 필요한 건 머리라고, 머리. ……참 나, 얼마 전에 엘자와 공부했던 걸 전부 깔끔하게 잊어버리다니…… 이제 슬슬 【쇼크 볼트】쯤은 자력으로 써보라고."

그리고 글렌은 리제를 향해 모호하게 웃었다.

"그건 그렇고 미안하다, 여우. 이런 걸 돕게 해서……."

"아뇨, 별말씀을. 선생님께는 늘 신세를 지고 있는걸요."

리제는 온화하게 웃었다.

"그리고……지금은 학교 전체가 선생님 편이니까요."

"……응? 내 편?"

글렌이 눈을 깜빡거린 순간이었다.

"글렌 선생님!"

마술학원의 법의사인 세실리아가 숨을 헐떡이며 시청각실로 들어왔다.

"세실리아 선생님?"

"이거…… 괜찮으시면 써주세요. 마력과 피로가 단숨에 회복되는 마술약이에요. 특훈으로 지친 학생들에게 꼭……."

"그, 그건 『부활약』 아닌가요?! 그런 비싸고 귀중한 물건을…… 설마 세실리아 선생님이 만드신 건가요?!"

그러자 글렌에게 약병을 내민 세실리아가 방긋 웃었다.

"만약 학생들이 훈련하다 다치면 사양하지 말고 저에게 말씀해주세요."

"세, 세실리아 선생님……. 가, 감사합니다……."

글렌이 넋을 잃고 약병을 받은 순간―.

"홋! 글렌 선생! 나도 힘을 빌려주겠네!"

정신 지배 마술의 권위자인 체스트 남작이 별안간 공간전이 마술로 글렌 앞에 나타났다.

"학생 제군 중에는 남을 상처 입히는 어썰트 스펠을 꺼려하는 사람도 있겠지! 그런 학생에게는 어썰트 스펠보다 정신 지배 주문을 추천하지! 희망자는 내가 직접 지도해주겠네! 특히 귀여운 여학생에게! 후히히힛……!"

"아……아니…… 확실히 무척 도움이 되는 제안이긴 합니다만……."

엉큼한 속내가 훤히 보이는 체스트 남작의 제안에 글렌의 뺨이 경련을 일으킨 순간―.

"흐하하하하하하하하하하! 내 마음의 벗이자 영원한 호적수 글렌 선새애애애애앵! 사정은 다 들었다! 학생의 특훈이라면 이 몸의 신작 발명품을 써봐라!"

마도 공학 교수인 오웰이 달려오더니 묘한 슈트를 글렌에게 떠넘겼다.

"세기의 대천재인 이 몸이 10년을 들여서 연구하고 개발한 『하이퍼 그레이트 울트라 디럭스 엑서사이즈 머슬 슈트』다!"

"뭐야? 이 더럽게 촌스럽고 민망한 타이즈는……."

"이걸 입으면 내부에 든 마술식이 자동으로 착용자의 육체 개조를 개시해서 하룻밤 만에 근육이 울끈불끈한 마초 맨으로 대, 변, 신! 즉, 그냥 입고 있기만 해도 극한까지 강해질 수 있는 세기의 발명품인 것이다아아아아아아!"

오웰은 글렌에게 한 장의 패널을 보여주었다.

"……대체 뭘 어떻게 해야 이렇게 되는 거야?"

그 패널에는 골골대는 허약한 소년이 통나무 같은 팔다리를 가진 마초로 변신하는 극적인 비교 사진이 한 장 붙어 있었다.

"이 멋진 슈트를 자네 반 학생을 위해 40인분 준비해왔다! 기뻐해라! 흠하하하하하하하하하하하!"

"이 멍청아아! 누가 이딴 걸 쓰겠냐고, 이 얼간아아아!"

"그리고…… 이쪽은 쉬는 시간에 심심풀이로 적당히 만든 거다만."

오웰은 이어서 천칭과 비슷하게 생긴 마도기를 대충 집어 던졌다.

"그건 원격으로 조작할 수 있는 수정형(水晶形) 인공 사역마를 동시에 마흔 개까지 날려서 다각도로 동영상을 기록할 수 있는 잡동사니다. 그걸 쓰면 학생 개개인의 움직임을 개별로 완벽하게 저장할 수 있겠지. 뭐, 『하이퍼 그레이트 울트라 디럭스 엑서사이즈 머슬 슈트』에 비하면 쓰레기지만."

"아니, 어딜 봐도 이게 백만 배는 더 쓸모 있잖아!"

"흠하하하하하! 또 뭔가 용건이 있다면 언제든지 이 오웰 슈더를 의지하도록! 흐음~하하하하하하하하하!"

오웰은 물건을 건네고 시끄럽게 웃어젖혔다.

"참 나, 이 사람들이 정말……."

"보세요, 선생님. 다들 선생님을 도와드리려고 하잖아요."

리제가 의미심장하게 웃자 글렌은 어색하게 뺨을 긁적였다.

글렌의 태도는 전혀 솔직하지 못했지만 역시 이렇게 다양한 형태로 도움을 주려는 사람들의 존재는 고마웠던 모양이다.

"에휴, 그러고 보니…… 세리카 녀석은 하필 이럴 때 어딜 간 거야?"

그리고 쑥스러운 걸 얼버무리듯 화제를 전화했다.

"참 나, 내가 이 고생을 하고 있는데……."

"아, 아르포네아 교수님이라면…… 아뇨. 아무것도 아니에요."

그러자 리제가 팔짱을 끼고 다시 의미심장하게 웃었다.

"응? 여우, 너…… 혹시 뭐 좀 아는 거 있냐?"

세리카는 며칠 전에 개인적인 용건으로 어딜 다녀오겠다고 나간 이후로 소식이 없었다. 물론 그녀라면 위험할 일은 없겠지만 아무래도 슬슬 걱정이 되기 시작했다.

"……걱정하지 마세요. 지금 교수님께선 무척 열심히 「일」하고 계시는 중이니까요."

"일? 그 녀석, 지금 대체 뭘……."

글렌이 캐물으려 한 순간이었다.

"글렌. 할 말이 있어."

마침 새치름한 얼굴의 이브가 글렌에게 다가왔다.

"학생들의 개별 특훈 방침으로 상담할 게 있어. 지금까지 그 아이들을 지도해온 당신의 의견을 듣고 싶어. 잠시 시간 좀 내줘."

"……알았어."

글렌은 어쩔 수 없이 세리카의 행방을 묻는 것을 포기하고 이브에게 다가갔다.

리제는 그런 그의 등을 바라보고 미소 지었다.

"글렌 선생님. 힘내세요. ……마술학원의 모두가 기대하고 있으니까요."

"그래. 맡겨만 둬. ……귀찮지만."

글렌은 고개를 돌리지 않고 등으로 대답했다.

……이렇게 해서 글렌 일행의 강화 합숙 일정이 시작되었다.

새벽에는 이브 주도의 스파르타식 맹훈련, 그리고 글렌 주도의 반성회.

점심시간에는 반성회에서 나온 반성점을 개선하기 위해 이브와 글렌의 감독을 받으며 반복 훈련.

방과 후에는 다시 해가 저물 때까지 이브를 상대로 대련. 그때마다 드러난 각자의 문제점과 과제는 글렌이 개별 지도로 해결.

그리고 저녁 식사 후에는 다시 반성회. 그 후 학생들은 압축 수면 마술로 쥐죽은 듯 잠이 들었고, 다음 날 아침에는 또 강제 기상을 당한 후 맹훈련을 받는 하루가 시작되었다.

글렌과 이브가 2인 3각으로 지도하는, 자신들보다 아득히 수준이 높은 마술사를 상대로 대인전투 경험을 강제로 쌓는 고행의 나날이 계속되었다.

이브의 실전 형식 특훈은 어마어마하게 혹독했다.

학생을 상대로 정말 인정사정이 없었다.

본인은 이래 봬도 많이 봐주는 편이라고 말했지만 당하는 학생들 입장에서는 절대로 아니었다.

지금도 이런 꼬락서니인데 만약 이브가 왼손을 쓸 수 있었다면 어떻게 됐을지 상상만 해도 소름이 끼칠 정도였다.

당연히 학생들의 몸은 나날이 너덜너덜해질 수밖에 없었다. 그런 몸 상태를 법의 마술로 강제로 치료하고 다시 훈련에 내몰리는 건 그야말로 교육을 빙자한 고문이나 다를 바 없었다.

학생들은 난생 처음 경험하는 차원이 다른 괴로움에 진저리를 칠 수밖에 없었다.

그런데도 불만을 드러내는 사람이 없었던 것은…….

합숙에서 도망치는 사람이 없었던 것은…….

모두가 이브의 그 엄격함 뒤에 숨겨진 다정함을 서서히 눈치채기 시작했기 때문이다.

언뜻 보기에는 쓸데없이 엄격할 뿐이지만 그 밑바닥에는 학생들을 이기게 해주고 싶다는 정이 존재했다.

―따라오지 못하는 학생은 필요 없다.

―싫으면 그만둬라.

겉으로는 그런 식으로 매몰찬 태도를 보이는 한편, 이러니저러니 해도 이브는 마치 부모처럼 인내심 있게 학생을 지도했다. 결코 포기하지 않았다.

그녀는 그저 솔직하지 못한 청개구리였을 뿐이다.

하지만 합숙을 시작하고 사흘간은…… 정말로 지옥 같았다.

그저 일방적으로 너덜너덜하게 당했을 뿐인 학생들은 특훈의 가혹함에 말은커녕 밥도 제대로 먹지 못하는 형편이었다.

동시에 진행된 기말 고사 결과도 당연히 엉망이라 합숙소의 첫날밤 분위기는 완전히 최악이었다.

그저 이 마술학원이라는 소중한 장소를 지키고 싶다, 글렌을 지키고 싶다는 마음만으로 이브의 지도를 필사적으로 따를 뿐인 상태였다.

변화가 생긴 건 나흘째 오후부터였다.

"……흠, 지금까지는 한꺼번에 마흔 명을 상대했지만…… 오늘부터는 서른 명씩 상대하고 남은 열 명은 주기적으로 교대하는 방식으로 해볼까?"

"……예? 왜요?"

"됐으니까 얼른 준비해."

그리고 여느 때처럼 지옥이 시작되었다.

마흔 명이 한꺼번에 덤벼도 전혀 상대가 되지 않았는데 서른 명으로 대체 뭘 어쩌라고?

학생들은 저마다 그렇게 생각했고, 그 예상대로 이브에게 호되게 당하기만 했다.

"……예상대로네. 연령적으로도 지금이 가장 빠르게 성장할 수 있는 시기니까…… 역시 질 좋은 실전 훈련을 집중적으로 한 게 효과적이었던 것 같아."

"뭐, 일반적인 학생이라면 이런 터무니없는 전투 훈련을 경험해볼 일이 없을 테니까 말이지."

"저 아이들의 마음가짐이 다른 것도 한몫했어. **하라는 대로 하기만 하는** 훈련에는 효과가 없어. **자발적으로** 하니까 효과가 있는 거야. ……흥, 어지간히 존경받고 있나 보네. 당신."

"시꺼, 냅둬."

훈련 일정이 끝나고 석양 아래에서 기진맥진한 상태로 널브러진 학생들의 귀에는 그런 이브와 글렌의 대화가 제대로 들리지 않았다.

그리고 그날부터 매일 조금씩 훈련 내용에 변화가 생겼다.

이브가 한 번에 상대하는 인원수가 서른에서 스물여덟으로, 그 다음 날에는 또 스물다섯으로 대련을 할 때마다 조금씩 줄어들었다.

"우오오오오오! 끝났다아아아아아아아아!"

"배고파아아아아아! 밥! 밥 내놔아아아아아아아!"

또한 처음 사흘간은 식사도 제대로 못할 정도로 지쳤던 학생들은, 슬슬 이 상황에도 익숙해졌는지 어느새 하루에 세끼를 꼭꼭 챙겨먹을 수 있게 되었다.

식사 시간마다 학생식당 한켠을 점거한 너덜너덜한 몰골의 학생들이 식판과 전쟁을 벌이는 광경도 어느덧 일상이 되고 있었다.

그리고 반성회 시간.

"오, 기블. 이 대응은 꽤 괜찮은데?"

"······흥."

처음에는 글렌에게 지적만 들었던 이 시간도 전반적으로 칭찬을 받는 횟수가 늘어나 있었다.

또한 학생들의 의식 수준도 높았다.

"음······ 여기야. 여기서 늘 이브 씨의 마법에 당한단 말이지······."

어느 정도 여유가 생기자 취침 전에 학생회관의 담화실에 모여서 빌려온 마도기로 낮의 영상을 재생하여 작전 회의나 전술 연구를 시작하려고 했다.

"역시 우린 공격 패턴이 너무 단조로운 걸지도……."

"그러고 보니 우리는 아는 주문은 많은데 쓰는 주문은 늘 똑같지 않아?"

"다른 주문도 공격 패턴에 추가해보는 건 어떨까?"

생각하고, 고안하고, 너덜너덜하게 당하고, 개선점의 지적을 받고…….

또 생각하고, 고안하고, 너덜너덜하게 당하고, 개선점의 지적을 받는 사이에 합숙 일정은 정신없이 지나갔고…… 열흘째 밤.

이제 슬슬 때가 됐다고 생각한 글렌은 학생들의 첫날 영상과 오늘 영상을 비교해서 틀어주었다.

"……이, 이게 뭐야……?"

"세, 세상에……."

학생들은 모두 놀라움과 동요를 감추지 못하고 아연실색했다.

"이, 이게…… 정말로 우리야?!"

자신들의 모습이 첫날과 비교해 압도적으로 성장했기 때문이다.

이브에게 속수무책으로 당하는 건 여전했지만 내용과 숙련도의 차이는 일목요연했다.

"그렇게 놀랄 건 없어. 당신들 수준이라면 원래 이 정도쯤

싸울 줄 알아야 하는 게 당연한 거니까."

너무나도 급격한 변화와 성장에 놀라움을 감추지 못하는 학생들에게 이브는 벽에 등을 기대고 팔짱을 낀 자세로 담담하게 말했다.

"단순히 그걸 완전히 자기 것으로 만드는 훈련이 압도적으로 부족해서 보물을 썩혀두고 있었던 것뿐이야."

"오, 오오……."

"물론 이대로 한없이 계속 성장할 수 있는 건 아니야."

이브는 학생들이 자만하지 않도록 경고했다.

"현재 완성된 토대에는 한계가 있다는 걸 잊지 마. 당신들의 이 성장은 글렌이 지금까지 만들어준 토대가 있었기 때문이야. 앞으로도 마술사로서 더 성장하고 싶다면 앞으로도 토대를 만드는 작업을 소홀히 하지 마. 자만하지 말고 글렌의 수업을 잘 들으렴. ……알겠지?"

"""""예! 이브 선생님!"""""

학생들은 일제히 큰 목소리로 대답했다.

"뭐, 뭐야? 다들 갑자기 왜……?"

이런 반응이 돌아올 줄 몰랐는지 이브는 눈을 휘둥그레 떴다.

"아니, 그게 뭐랄까…… 우리는 이브 선생님께 배워서 정말 다행임다!"

"감사합니다!"

이브는 활짝 웃는 학생들 앞에서 뺨을 살짝 붉히며 시선을 피했다.

"……흥. 이건 일단 일이거든? 감사를 받을 이유 같은 건 없어."

하지만 학생들의 신뢰가 어린 표정은 무너지지 않았다.

"하아~ 저기, 당신들. 긴장이 풀린 거 아니니? 강화 합숙은 아직 안 끝났어. 남은 기간은 마무리 작업을 할 거야. 내일부터 더 심하게 굴릴 거니까 각오해."

""""예! 잘 부탁드립니다!""""

그래도 학생들은 여전히 기쁘게 대답했다.

이브는 영문을 모르겠다는 듯 눈을 게슴츠레하게 뜨고 한숨을 내쉴 수밖에 없었다.

"……나 원 참."

그런 이브의 모습에 글렌은 복잡한 표정으로 어깨를 으쓱였다.

그리고 그날 밤.

담화실에는 카슈를 필두로 카이, 로드, 알프, 빅스, 시사, 루젤을 비롯한 2반 남학생의 과반수가 모여 있었다.

그들은 여느 때처럼 영상 재생 마도기를 빌려서 특훈 광경을 뚫어지게 쳐다보고 있었다.

"……우리는…… 강해졌어."

"그래, 강해졌지……."

카슈의 혼잣말에 카이가 대답했다.

"……확실히 합숙 전보다는 훨씬 강해졌지만…… 그 괴물처럼 강한 모범 클래스에 통하기는 할까?"

"글쎄…… 솔직히 불안해."

로드의 말에 카슈가 솔직한 심정을 밝혔다.

"얘들아, 지금의 우리에게 필요한 건 역시 자신감…… 자신을 믿을 수 있는 마음이 아닐까?"

카슈가 남학생들을 돌아보며 그렇게 말한 순간, 다들 조용히 고개를 끄덕였다.

그런 그들의 머리 위에는 재생기에서 투사된 훈련 영상이 흐르고 있었다.

……돌이켜 보면 정말 지옥 같은 특훈의 나날이었다.

"가자, 얘들아. ……지금이야말로 우리의 힘을 시험할 때야."

"그래, 네 말이 맞아. 카슈. 이건 우리가 뛰어넘어야 하는 벽이겠지……."

남학생들은 그렇게 시선과 대화를 나눈 후 자리에서 일어났다.

이 강화 합숙을 거치며 완전히 너덜너덜해진 운동용 로브를 걸치고 확고한 의지가 담긴 걸음걸이로 담화실을 나왔다.

한편, 학생회관 숙박 시설에 딸린 대목욕탕의 탈의실에서 옷을 벗고 머리를 푼 이브는 목욕수건을 몸에 감고 욕실 안으로 들어갔다.

그리고 벽에 달린 수도꼭지를 돌려서 뜨거운 물로 샤워하기 시작했다.

도저히 전쟁을 생업으로 삼은 인간으로는 보이지 않는 새하얗고 잡티 하나 없는 눈부신 피부, 여자로서 완벽하게 균형 잡힌 우아한 곡선을 그리는 아름다운 나신이 수증기로 흐려진 거울에 비쳤다.

훈련을 마치고 제법 땀을 흘린 몸에 쏟아지는 뜨거운 물이 기분 좋게 흘러내렸다.

'흥…… 꽤 핸디캡을 줬다고는 해도 내 몸에서 땀을 흘리게 하다니……. 그 애들, 생각보다 제법이네…….'

이브는 입가에 살포시 호선을 그리며 그 요염한 목덜미를, 풍만한 가슴의 두 언덕을, 잘록한 허리를, 늘씬한 다리를 뜨거운 물로 쓸어내렸다.

한 차례 몸을 씻고 수도꼭지를 잠근 그녀는 욕조로 다가갔다.

대리석으로 만든 거대한 욕조에는 뜨거운 물이 가득 담겼고 새하얀 수증기 때문에 건너편 벽이 잘 보이지도 않을 정도였다.

"……후우."

욕조에 몸을 담그고 숨을 내쉬었다.

몸에 새겨진 희미한 피로감이 뜨거운 물에 녹아서 빠져나가는 것 같았다.

 물의 열이 이브의 사고를 조금씩, 조금씩 모호하게 만들었다.

 '왠지…… 요즘 마음이…… 가벼워진 것 같아.'

 그래선지 불현듯 그런 생각이 떠올랐다.

 '제국군 시절에는…… 그저 아버지의 명령을 따르기만 했을 당시에는…… 이런 적 없었는데…….'

 하지만 문득 자신의 안에서 생겨난 새로운 감정을 깨달은 순간, 이브는 형언할 수 없는 공포에 사로잡혔다.

 '아……안 돼! 이런 일상도 나쁘지 않다니……! 이대로 교사로 지내도 나쁘지 않을 것 같다니……! 그런 생각은, 절대로 해선 안 돼! 이브……!'

 그리고 이를 악물면서 머리를 부둥켜안고 강하게 의식했다.

 '난 이브! 이브 이그나이트! 긍지 높은 이그나이트의 후예……! 지금은 이런 곳에 있지만…… 싫어……. 안 돼……! 난 이런 곳에서 끝날 수는 없어……!'

 결의를 새로이 다지며 왼손을 노려보았다.

 한 번 절단돼서 마술 능력을 상실한 왼손.

 '맞아, 난 이그나이트를 위해……! 가문을 위해 살 수 없다면 난 대체 뭘 위해 태어난 거지?! 난 이 왼손을 고쳐서 언젠가 반드시 아버지가 나를……! 그러니 마음을 굳게 먹

어야 해……!'

이브가 그런 갈등과 망설임에 고뇌하는 한편, 출입문 너머에서는 인기척이 느껴졌다.

희미하게 들리는 소녀들의 목소리. 아마 2반 여학생들이리라.

"……."

이브는 욕조 안에서 차분히 심호흡을 했다. 감정 제어는 마술사의 기본 중의 기본이다.

'……좋아.'

이브는 가슴 속에 휘몰아치는 갈등을 머리 한 켠에 밀어두었다.

"역시 목욕 시간이 낙이라니까~!"

"아하하, 맞아."

"응."

알몸에 수건을 두른 시스티나, 루미아, 리엘을 선두로—.

"어머, 이브 씨. 먼저 와 계셨네요?"

"우후후, 같이 해요."

"아…… 저기…… 실례하겠습니다……."

웬디, 테레사, 린을 비롯한 2반 여학생들도 일제히 욕실로 들어왔다.

그러자 조금 전까지 조용하고 아늑했던 공간이 관능적인 살색으로 가득한 무척 떠들썩하고 활기찬 공간으로 돌변했다.

소녀들의 소프라노 보이스가 욕실이라는 폐쇄 공간 안에 시끄럽게 울려 퍼졌다.

"……."

여자가 목욕탕에 모이는 순간 이렇게 되는 건 학생이나 군인이나 크게 다를 바 없었다.

이브는 딱히 개의치 않고 그대로 눈을 감으며 뜨거운 물에 몸을 맡겼다.

이윽고 싱싱한 나신을 깨끗하게 씻은 여학생들이 이브와 같은 욕조에 들어오기 시작했다.

"저, 이브 씨 정말로 군인 맞으세요?!"

"맞아! 믿을 수 없을 정도로 피부가 깨끗하신걸요! 아앙, 멋져!"

"그 불꽃처럼 선명한 붉은 머리카락도 멋져요! 부러워라~!"

"저기, 혹시 무슨 비결이라도 있는 건가요?!"

그리고 눈 깜짝할 사이에 여학생들에게 포위당하고 말았다.

'하아…… 애들은 왜 이렇게 나를 잘 따르는 거지? 이런 우울하고 귀여운 구석도 없는 여자랑 이야기해봤자 재미도 없을 텐데…….'

"비결이라고 하기엔…… 뭐, 나루미 오일을 조금……."

그렇다고 무시할 수도 없는 노릇이라 적당히 무난하게 대답했다.

"꺄~! 나루미 오일이요?!"

"셀럽이었어~!"

"역시 이브 씨~!"

하지만 여학생들은 시시한 대답에도 일일이 기뻐하며 소란을 피웠다.

"저기, 이브 씨의 첫 출진은 어떤 느낌이었나요?!"

"이브씨라면 분명 대활약하셨겠죠?!"

'……왜, 왜 이래?'

이브가 당황하는 한편, 여학생들은 즐거운 얼굴로 끊임없이 말을 걸어왔다.

"으, 응…… 첫 출진 때는 나도 좀 긴장했던가? 그건 분명 4년 전…….'

그 기세에 완전히 눌린 나머지 그녀답지 않게 옛이야기를 술술 털어놓고 말았다.

여학생들이 모두 이브의 이야기에 즐겁게 귀를 기울이며 분위기가 고조된 그때였다.

퍼어어어어어어어어어어어어어어어엉!

""""끄아아아아아아아아아아아아아아아아아아아!""""

"루제에에에에엘?! 상처는 얕아! 정신 차려어어어어어!"

"카슈! 이건 아마 성별 조건 기동식의 마술 함정[매직 트랩]일지도……!"

"젠장! 퇴각! 퇴가아아아아아아아악!"

욕실 밖 복도 쪽에서 폭발음과 비명이 들리는 것 같았다.

"……어라? 이브 씨…… 지금 무슨 이상한 소리가…….."

"글쎄? 기분 탓 아닐까?"

당황하는 여학생들과는 달리 욕조에 몸을 깊이 뉜 이브는 어디까지나 태연했다.

"저기…… 이브 씨?"

"아하하…… 옆자리, 괜찮을까요?"

"응, 이브. 같이 목욕하자."

마침 샤워를 마친 시스티나와 루미아와 리엘의 이브의 옆으로 들어왔다.

"……상관없어."

'늘 같이 다니는 3인조네.'

딱히 거절할 이유도 없기에 그렇게 대답했다.

'리엘이 글렌을 잘 따르는 건 제국군 시절부터 알고 있었지만…… 시스티나와 엘미아나 왕녀까지 묘하게 그 인간을 잘 따른단 말이지…….'

이브는 3인조를 힐끔 흘겨보았다.

"아, 아하하. 물 온도가 괜찮네요, 이브 씨."

"예, 딱 알맞은 온도예요."

"응."

시스티나, 루미아, 리엘은 누가 봐도 굉장히 수준이 높은 미소녀들이었다.

리엘은 그렇다 쳐도 이런 소녀들이 글렌을 잘 따르는 이유를 도무지 이해할 수가 없었다.

조금만 주위를 살펴봐도 글렌보다 훨씬 나은 남자들이 넘쳐날 텐데 말이다.

"저, 저기요……. 이브 씨는 글렌 선생님이랑 실은 어떤 관계이신가요?"

이브가 그런 의문에 잠겨 있자 시스티나가 조심스러운 말투로 질문을 던졌다.

"전에 제국군에서 글렌 선생님의 상사였다는 이야기는…… 들었는데요."

"아하하, 그게…… 왠지 이브 씨랑 글렌 선생님은 무척 사이가 좋아 보인다고나 할까…… 스스럼이 없는 것처럼 보이셔서…… 좀 신경이 쓰였거든요."

"따, 따, 딱히 다른 의도는 없어요! 진짜예요! 그저 서, 선생님은 미녀에 엄청 약하니까! 글렌 선생님이 이브 씨에게 뭔가 실례되는 짓을 하기 전에 막으려는 것뿐이에요!"

시스티나와 루미아가 완곡한 표현으로 진상을 확인하려는 순간—

"저기…… 이브는 글렌을 좋아우웁?!"

정중앙으로 직구를 던진 리엘의 양 어깨를, 시스티나와 루미아가 좌우에서 동시에 눌러 욕조에 얼굴을 반쯤 가라

앉혔다.

"얘, 얘도 참! 가, 갑자기 무슨 소리니?!"

"아, 아하하, 이브 씨. 아니에요. 절대로 그런 의도는……."

'얘들, 대체 무슨 착각을 하는 거지……?'

그저 어이가 없을 뿐이었다. 이브는 손으로 이마를 덮고 한숨을 내쉬었다.

'이 나이 또래의 여자애들은 다 이런가? 그건 그렇고 리엘까지…… 이런 이성 문제에는 전혀 관심이 없는 애인 줄 알았는데…… 벌써 그런 걸 신경 쓰는 나이가 된 걸까?'

"죄, 죄송해요! 이브 씨! 이상한 질문을 드려서!"

"시, 실례했습니다! 이런 걸 여쭙는 건 역시 예의가 아니겠죠?! 죄송해요!"

"부글부글부글……."

시스티나와 루미아는 황급히 고개를 붕붕 저으며 사과했다.

리엘은 그런 두 사람에게 어깨를 붙들린 채 거품만 계속 부글거렸다.

"아, 아하하! 물 온도가 괜찮네요, 이브 씨!"

"예, 딱 알맞은 온도네요!"

"부글부글부글……."

시스티나와 루미아는 억지로 화제를 바꾸면서도 이브의 안색을 연신 힐끔힐끔 살폈다.

"하아……."

이브는 또 다시 크게 한숨을 내쉬었다.

"안심해. 글렌과 나 사이에는 아무것도 없어. 당신들이 의심할 만한 그런 일은."

"의, 의심이라뇨! 천만에요!"

"먼저 사과해두겠는데…… 글렌처럼 섬세함이라곤 눈곱만큼도 없는 이상주의자는 내 취향이 아니야. 그리고…… 그도 날 증오할 테고."

"……?!"

이브의 차가운 말투에 두 소녀는 입을 다물었다.

"증오……? 선생님이…… 이브 씨를요?"

"자세한 사정은 밝힐 수 없지만, 난 어떤 임무에서 그의 소중한 사람을…… 내 공적을 위해 이용하다가 버리고…… 죽게 했어. 그는 절대로 날 용서하지 않을 거야. ……평생."

"그 사람이라는 건…… 혹시?"

시스티나는 어색하게 입을 어물거리다가 리엘을 쳐다보았다.

하지만 리엘은 고개를 절레절레 저었다. 아무래도 자세한 사정은 모르는 것 같았다.

"아무튼 안심해. 나와 그 사이에 그런 일은 절대로 있을 수 없으니까."

그렇게 퉁명스럽게 말한 이브는 욕실에서 나갈 생각인지 몸을 일으켰다.

"아…… 죄, 죄송……."

"괜찮아. 착각하지 마. 딱히 기분 상한 건 아니니까. 꽤 오래 있어서 현기증이 좀 난 것뿐……."

그때였다.

퍼어어어어어어어어어어어어어어어어엉!

""""으갸아아아아아아아아아아아아아아아아!""""

"카슈?! 카슈우우우우우! 이쪽도 지옥이라고오오오오오!"

""""끄아아아아아아아아아아아아아아아아아!""""

욕실 밖 창가 쪽에서 폭발음과 비명이 들린 것 같았다.

"……어라? 이브 씨…… 지금 무슨 이상한 소리가……."

"글쎄? 기분 탓 아닐까?"

욕조에서 나와 수건을 몸에 두른 이브는 머리카락을 쓸어 내리면서 새치름한 얼굴로 말했다.

"아무튼 난 당신들이 생각하는 그런 인간이 아니야. 미안하지만, 난 내 이익을 위해서라면 뭐든지 하는…… 비열한 최저의 여자야."

그 말을 끝으로 이브는 욕실에서 나갔다.

그런 그녀의 등 앞에서 시스티나도, 루미아도, 리엘도 더는 말을 할 수 없게 되었다.

이브는 자신을 최저의 여자라고 말했지만 도저히 그런 생각은 들지 않았다.

글렌의 소중한 사람을 죽게 했다고 말하면서…….

그 한순간 당장에라도 눈물을 흘릴 것 같은 표정을 지었기 때문이다.

……참고로.

"부글부글부글부글부글……(시스티나, 루미아. ……슬슬 괴로워)."

리엘은 여전히 욕조에 얼굴이 반쯤 가라앉혀 있었다.

"……흥, 죄 많은 남자네. 대체 그런 벽창호의 어디가 좋은 걸까?"

목욕을 마치고 옷을 갈아입은 이브는 달아오른 몸에 손으로 부채질을 하면서 복도를 걸었다.

도중에 그을음투성이로 기절한 『남학생 같은 것』들이 무더기로 쌓여 있었지만 그쪽에는 곁눈질도 주지 않고 상쾌하게 지나쳤다.

곧장 이 숙박 시설에 배정된 자신의 방을 향해 걷고 있자, 어두운 복도의 십몇 미트라 정도 앞에 있는 문에서 빛이 살짝 새어나오고 있는 것이 눈에 들어왔다.

'저건…… 분명 글렌에게 배정된 방이었지.'

최근에는 정말 밤늦게까지 램프의 흐린 조명이 꺼질 날 없는 작은 불야성이었다.

그러자 무슨 생각이 든 건지 이브는 그 방 앞을 지나가다가 그대로 급탕실로 향했다.

　똑. 똑. 똑.
　글렌의 방에 세 차례의 노크 소리가 울려 퍼졌다.
　"나야. 들어가도 될까?"
　"……어, 맘대로 해."
　이브는 글렌의 맥없는 대답을 듣고 문을 열었다.
　원래 마술학원의 숙박 시설이라 침대와 책상과 테이블 같은 최소한의 가구만 갖춰진 살풍경한 방이었지만, 지금은 완전히 엉망이었다.
　바닥에는 발 디딜 틈도 없을 정도로 책과 종이다발이 아무렇게나 흩어져 있었고, 지금 글렌이 머리를 싸매고 있는 책상 위에도 책과 논문이 산더미처럼 쌓여 있었다.
　"……아직도 해?"
　소리 없이 다가온 이브가 책상 위에 뭔가를 올려놓았다.
　"……."
　글렌은 거기에 눈길도 주지 않고 계속 작업에만 몰두했다.
　이브가 그 앞을 들여다보자 예상했던 대로였다.
　글렌은 2반 학생 전원이 풀어야 할 과제나 앞으로의 교육 방침을 종이 위에 일심불란하게 적고 있었다.
　요즘은 매일 밤늦게까지 이런 상태였다. 글렌은 영상 기록과 서류와 필사적으로 싸우고 있었다.

학생들이 급성장한 이유는 물론 이브의 존재가 무척 컸지만, 나날이 성장하고 변화하는 학생들의 수준에 맞춰서 글렌이 이런 세세한 조정을 해주고 있는 덕분이기도 했다.

매일매일 성실하게 작성하는 이 자료들 덕분에 이브도 더욱 효율적으로 학생들을 가르칠 수 있었던 것이다.

그렇다고는 해도 학생 전원 분량의 과제와 훈련 방침을 짜는 건 중노동이다.

글렌의 온 몸에는 숨길 수 없는 피로가 진하게 배어나오고 있었다.

"하아…… 당신, 요즘 잠은 제대로 자?"

이브는 기가 막힌 표정으로 글렌의 옆얼굴을 들여다보았다.

"아앙?"

하지만 글렌은 역시 눈길도 주지 않고 깃털 펜에 잉크를 묻혀서 종이 위에 문장을 적었다.

"거울 좀 봐. ……다크 서클이 심해서 아주 못 봐줄 정도라구."

"시꺼. 쓸데없는 참견이야."

그러자 글렌은 하품을 하고 기지개를 켠 후, 목과 어깨를 우드득우드득 꺾었다.

"이 정도는 별 거 아냐. 학생들의 부담이 제일 크잖아? 만악의 근원인 내가 이 정도도 못 하면 어쩌겠어."

"……흥. 의외로 열혈 교사였네."

"하! ……그건 내가 할 소리거든?"

글렌은 의자에 힘없이 등을 푹 기대며 천장을 올려다보았다.

"너야말로 용케도 매일 변하는 내 훈련 방침의 지시…… 그 것도 마흔 명이나 되는 분량을 불평 하나 없이 대응하고 있 잖아? 뭐, 덕분에 그 녀석들은 대나무처럼 쑥쑥 성장했지만."

글렌 혼자 힘으로는 절대로 무리였다.

교양을 가르치고 과제와 훈련 방침을 세울 수는 있어도 어차피 글렌은 마술사로서 사도(邪道)에 가까웠다.

이브처럼 정통파로 성장시킬 수 있는 효과적인 대련은 도 저히 무리였다.

"……일단, 이 말은 해둘게. 고맙다. 네가 있어줘서 다행이야."

"됐어. 이건 지금 내 일이니까."

"흥…… 뭐, 과연 제국군에서도 명망 높은《로드 스칼렛》님 이라는 건가? 너, 군인보다 교사가 더 적성에 맞는 거 아냐?"

"……시끄러워. 쓸데없는 참견이거든?"

글렌은 토라진 것처럼 불퉁거리는 이브의 반응을 무시하 고 책상 위에 대충 쌓아둔 서류를 정리한 후 등을 돌려서 내밀었다.

"자, 내일부터 필요한 과제와 훈련 방침. 이걸 나중에 읽 고……."

"흐응? 어디 줘 봐."

이브는 어째선지 중간에 말문이 막힌 글렌을 무시하고 서류를 빠르게 넘기며 훑었다.

"하아…… 당신, 잘 보고 있네. 용케도 이런 세세한 부분까지 눈치챘어. 흠…… 그러고 보니 확실히 그 아이들에게는 이런 약점도 있었지."

"……"

"응, 알았어. 내일부터 학생들의 훈련은 이 점을 의식해서……"

"……"

"……뭐야? 간만에 칭찬해줬건만 왜 그렇게 조용한 건데?"

글렌의 어이없는 시선을 눈치챈 이브는 불쾌한 듯 눈을 가늘게 떴다.

"아니…… 너, 꼬락서니가 그게 뭐냐?"

하지만 지적을 받고 그제야 자신의 모습을 돌이켜보았다.

목욕을 마치고 나온 이브는 앞섶을 크게 풀어헤친 얇은 셔츠 차림이었다. 거기다 로브도 조금 전까지 더워서 어깨에 대충 걸치기만 한 상태였다.

지금은 열기가 많이 식은 모양이지만, 목덜미나 팔뚝이나 가슴께나 허벅지 같은 그녀의 아름다운 신체 곡선이 훤히 드러난 그 모습은 무척 요염하고 무방비했다.

"시, 시끄러. ……조금 전까지 목욕하느라 더웠단 말야!"

"그렇다고 그런 복장으로 남자 방에 들어오지 말라고! 너

바보 아냐?!"

"하아? 그건 또 무슨 소리? 난 여자이기 이전에 군인이거든? 군인이 이 정도로 일일이…… 아니, 뭘 그렇게 빤히 쳐다보는 건데! 이 변태!"

퍼억!

중간까지 여유를 가장했던 이브는 갑자기 얼굴이 새빨개지더니 손에 든 서류 더미로 글렌의 머리를 후려쳤다. 그리고 어깨에 걸친 로브를 끌어당겨서 몸을 가렸다.

"끄아아아아아아아아아아?!"

글렌은 그 위력과 충격을 버티지 못하고 의자에서 굴러떨어졌다.

덕분에 모처럼 정리한 서류와 자료들이 엉망으로 흩어졌다.

"뜨아아아아아, 젠장! 야, 너 대체 뭐 하러 온 거야! 난 바쁘니까 방해하지 마! 자, 쉿쉿! 볼일이 끝났으면 얼른 나가!"

글렌이 고함을 지르자 이브는 머리카락을 쓸어 넘기고 언짢은 얼굴로 입을 열었다.

"……너무하네. 모처럼 홍차를 끓여 왔는데."

"……홍차?"

그제야 글렌은 책상 가장자리에 티 세트가 놓여 있는 것을 깨달았다.

방금 끓여낸 건지 찻주전자에서는 아직 수증기가 피어오르고 있었다.

"……네, 네가, 나한테, 홍차라고……?"

"참 나, 그렇게 노골적으로 경계할 필요는 없잖아? …… 독은 안 넣었어. 실례야."

글렌이 찻주전자를 응시하며 마치 세상의 종말을 맞이한 것처럼 소스라치게 놀라자, 이브는 담담한 태도로 컵 두 잔에 홍차를 따랐다.

"명령이야. 조금 쉬도록 해. ……정말로 피곤해 보여."

"명령이라니…… 지금 네 계급, 내가 제국군에 있었을 때보다 아래잖아. ……뭐, 난 퇴역했다만."

"시끄러. 닥쳐."

이러니저러니 해서 두 사람은 밤늦게 티타임을 가졌다.

"……"

"……"

하지만 대화는 없었다.

같은 방 안, 같은 테이블에서 마주 본 채 말없이 홍차만 계속 마셨다.

"……"

"……"

"……어때?"

이윽고 침묵을 견디다 못 한 이브가 퉁명스럽게 감상을 물어보았다.

"뭐가?"

"내가 끓인 홍차. ……어때? 감상 정도는 말해 봐."

"더럽게 맛없어."

글렌은 망설임 없이 대답했다.

"쓰고 떫은 지독한 맛이야. 대체 뭘 어떻게 해야 이런 맛이 나오는 거야? 홍차에 무슨 원한이라도 있어? 참 나…… 솜씨는 여전하구만."

"흥…… 쓸데없는 참견이야."

이브도 자각이 있는지 퉁명스럽게 코웃음만 쳤다.

일단 요리도 취미 중 하나인 모양이었지만 어째선지 그녀는 궁극의 요리치였다.

"참 나…… 너도 세라를 좀 보고 배워. 그 녀석은……."

글렌은 거기까지 말하다가 지뢰를 밟았다는 것을 자각하고 입을 다물었지만, 이미 늦었다.

"응……. 그 애가 끓여준 홍차는…… 정말 맛있었지……."

이브는 그렇게 작게 중얼거리다 입을 다물었다.

그리고 홍차의 진홍색 액체에 흐릿하게 비친 자신을 마주 보았다.

"……."

"……."

그대로 이브는 방에서 나갈 낌새를 보이지 않았고, 글렌도 차마 나가라는 말을 꺼내지 못했다.

어색하고 무거운 침묵이 방 안을 지배했다.

그리고 잠시 후—.

"야…… 이브. 넌…… 왜 그때 세라를 버린 거지?"

이윽고 글렌은 결심을 굳히고 그런 질문을 꺼냈다.

그 말을 계기로 두 사람의 머릿속에 떠오른 것은 역시 2년 전의 그 사건이었다.

특무분실이 《여제》세라 실바스를 영원히 잃게 된, 그 운명의 날.

이브의 판단으로 알베르트의 지원이 늦어진 결과, 세라가 죽고 만 그 사건.

승리라는 결과를 쟁취하기 위해 세라를 버린, 그 사건.

"세라가 죽었을 당시에는…… 솔직히 나도 머리에 피가 몰려서 전부 네 탓이라고 매도하고 있었지만…… 뭐, 요즘 이런저런 일을 겪다 보니 이제야 머리가 좀 식은 참이야. 그 사건을 냉정하게 마주 볼 수 있게 됐다고…… 생각해."

"……"

"그랬더니…… 역시 아무리 생각해 봐도 당시의 네 결정에는…… 납득이 안 가는 점이 있어."

"……"

"확실히 넌 냉혹하고 효율을 중시하는 출세 지향주의자에 우리를 장기말처럼 부려먹는 싫은 녀석이지만…… 그런 식으로 우리를 『버리는 패』로 쓰는 녀석은 아니었어. 사교 무도회의 사건 때도 그랬지만, 언뜻 냉혹하게 보여도 아슬아슬한 선에서 지원을 해주는…… 그런 인간이었지."

이브는 말이 없었다. 눈을 가늘게 뜨고 계속 침묵을 관철했다.

"그리고…… 넌 세라와 엄청 사이가 좋았잖아. 세라가 일방적으로 들이댄 것 같은 기분도 들지만…… 성격 추녀라 친구도 없는 네 유일한 친구였잖아. 그런데 왜……?"

"……."

"대체 그날…… 너에게 대체 무슨 일이 있었던 거지?"

—그럴 수가, 아버지! 어째서죠?! 여기선 《광대》와 《여제》
에게 《별》을 보내야 하는 상황이잖아요! 부탁이에요, 이대
로는……!

—불허한다. 이 녀석들은 어차피 이그나이트인 우리의 장기말에 불과해.

—네놈은 배신자인 《정의》를 해치우고 최대의 효율로 전과를 올리는 것만 생각하면 된다. 그것의 이그나이트가의 대의다. 거역하겠다면…….

글렌의 질문을 계기로 그날 이후부터 지금까지 이브를 괴롭혀온 악몽이 생생하게 재생되었다.

이윽고 그녀는 무거운 입을 열었다.

"아무 일도 없었어. ……응, 아무것도."

"……."

"난 전공이 탐나서 그 애를 버렸어. ……그것뿐."

이번에는 글렌이 눈을 가늘게 뜨고 입을 다물 차례였다.

그러자 이브는 정색하면서 말했다.

"흥…… 이제 와서 변명 같은 건 안 해. 맞아. 그때 그 애를 버리자고 결단을 내린 건 나, 그 애를 죽인 건 나야. 난 그 결단으로부터 도망치지도 숨지도 않을 거야. 원망하고 싶으면 원망해. 마음껏."

이브는 메마른 냉소를 지었다.

"……그러냐. 그럼 더는 아무것도 묻지 않으마."

그 순간, 글렌의 입에서 흘러나온 차가운 목소리가 이브의 마음을 세차게 뒤흔들었다.

다시 두 사람 사이에 침묵이 감돌았다.

'……바보야, 난. ……정말로 바보.'

이브는 마음속으로 자조할 수밖에 없었다.

아마 여기서 진상을 밝히고 사실은 그러고 싶지 않았다고 후회한다며 애처롭게 눈물을 글썽거린다면 글렌의 자신에 대한 인상도 상당히 나아졌으리라.

글렌의 동정심을 유발해서 언젠가 필요할 때 이용할 수도 있었으리라.

여자의 눈물은 무기다. 영리하게 살고 싶다면 그렇게 했어야 했다.

하지만 서툰 이브에게는 그런 생각에 도달하는 계산적인 영악함은 있어도 실제로 실행에 옮기는 것은 도저히 무리였다.

'이걸로 됐어. 그야 아버지나 가문은 관계없는걸. ……결국 그때 결단을 내린 건 나…… 이건 내 죄야. 내가 짊어져야만 하는 죄니까…….'

이브는 어느 새 바닥을 드러낸 컵을 접시 위에 내려놓았다.

"……실례했어."

그리고 티 세트를 그대로 내버려두고 이 거북한 기분에서 도망치려는 것처럼 일어난 순간—

"그래…… 난 이제 아무것도 묻지 않을 거다."

그런 이브의 등에 글렌의 목소리가 날아들었다.

"그러니까…… 언젠가는 말해줘. 네 입으로."

"……?!"

이브는 그 자리에서 굳어버리고 말았다.

글렌은 그런 그녀와 시선을 마주치지 않으려는 듯 고개를 돌렸다.

"……."

"……."

앙금이 완전히 풀린 건 아니었다.

솔직하게 다가가기에는 서로가 잃은 것이 너무나도 컸다.

하지만 아주 조금이나마 뭔가가 해소된 것 같은 느낌이 들었다.

"무, 무슨 소리를 하는 건지 모르겠거든……?!"

이브는 그대로 글렌에게서 도망치려는 것처럼 방을 나가려 했다.

하지만 동요한 탓인지 바닥에 쌓인 책에 다리가 걸리고 말았다.

"꺄악?!"

"이브?!"

글렌은 반사적으로 의자를 박차고 일어나 앞으로 쓰러지는 이브에게 손을 내밀었다.

우당탕!

두 사람은 몸이 뒤엉킨 상태로 넘어졌다.

"아야야야……."

이브는 무심코 그렇게 중얼거렸지만 실제로는 전혀 아픈 데가 없다는 것을 눈치챘다.

그 이유는—.

"……야."

"아."

바닥에 누운 글렌을 깔고 앉은 상태였기 때문이다.

아무래도 넘어지기 직전에 쿠션이 되어준 모양이었다.

"아, 그, 그게…… 미, 미안해. ……내가 이런 실수를……."

"아니, 사과는 됐으니까 빨리 비켜. 네 모습을 좀 보라고."

"……뭐?"

지적받은 이브는 그제야 자신의 몸을 내려다보았다.

쓰러질 때의 충격으로 어깨에 걸친 로브는 흘러내렸고, 셔츠의 앞섶이 더 크게 벌어져 있었으며, 옷자락도 크게 젖혀지는 바람에 늘씬한 다리와 풍만한 가슴과 검은 레이스 속옷이 조금씩 드러나 있었다.

이건…… 누가 봐도 이브가 글렌을 유혹하며 덮친 구도였다.

"아, 아, 아, 아……."

순진한 소녀처럼 새빨개진 이브가 석상처럼 그 자리에 굳어버린 그때…….

철컥!

"선생님~! 밤늦게까지 힘드시죠! 야식을 만들어 왔……."

"후훗. 저희 셋이서 같이 만들……."

"응. 먹어…… 응?"

마침 시스티나와 루미아와 리엘이 갑자기 방 안으로 난입했다.

"""""……."""""

네 사람 사이에 압도적인 침묵이 감돌기 시작했다.

"글렌이랑 이브…… 뭐 해? ……격투술 대련?"

유일하게 상황을 파악하지 못한 리엘이 그렇게 중얼거린 순간─

"이, 이브 씨이이이이이이이이이?! 다, 다, 당신, 대체, 무슨 짓을~?!"

"우와아…… 저, 저런 식으로 자빠트리는 거구나……. 우와아……."

시스티나는 얼빠진 비명을 질렀다. 루미아는 루미아대로 새빨개진 얼굴을 양손으로 가렸지만 손가락 사이의 두 눈은 글렌과 이브의 모습에 고정되어 있었다.

"대대대대, 대담해! 이, 이게 어른?! 이게 성인 여성의 어프로치라는 거야……?! 아와와와와?! 아아아, 안 돼요! 여긴 학교라구요~!"

"이브 씨는…… 역시 선생님을……."

시스티나와 루미아는 완전히 혼란에 빠졌다.

"아, 진짜…… 얘들은 또 왜 이래……."

이브는 한손으로 얼굴을 가리고 깊디깊은 한숨을 내쉴 수밖에 없었다.

"……됐으니까 빨리 내려와. 무겁다고."

글렌도 똑같이 한숨을 내쉴 수밖에 없었다.

그 후 이래저래 오해를 푼 후, 이왕 이렇게 됐으니 같이 야식을 먹자는 흐름이 되었다.

글렌을 위해서 만들어온 것치고는 누가 봐도 일인분이 아닌 양의 샌드위치가 든 바구니를 다 같이 둘러앉고 화기애애하게 야식을 먹었다.

"……이 배치는 뭐지?"

하지만 이브의 양옆에는 시스티나와 루미아, 맞은편에는 리엘이 앉았고 글렌은 가장 먼 대각선 옆에 앉아 있었다.

"예? 따, 딱히 별다른 의도는 없는데요?"

"아하하…… 예. 의도는 없어요."

그리고 시스티나와 루미아는 묘하게 이브를 경계했다.

"……저기, 당신들. 또 무슨 오해를 한 모양인데……."

이브가 어이없는 얼굴로 변명하려 한 순간이었다.

"이, 이건! 그게…… 그, 그거예요! 이건 말이죠! 절조 없는 선생님이 이브 씨 같은 매력적인 여성을 덮치지 못하게 지키려는 것뿐……."

"하얀 고양이…… 넌 대체 날 뭐라고 생각하는 거냐?"

시스티나는 아직 혼란스러운지 횡설수설했다.

'으으…… 지, 질 수 없어……. 으으으…….'

루미아는 완전히 라이벌을 보는 눈으로 이브를 지그시 응시했다.

"어때? 글렌. 맛있어?"

"……."

"그거, 내가 열심히 만들었어. ……딸기 타르트 샌드위치."

"……어, 맛있네. 참신한 식감인걸."

"그래. ……다행이다. 더 먹어."

한편, 리엘은 이브를 견제하느라 필사적인 시스티나와 루미아는 아랑곳하지도 않고 순진무구한 표정으로 옆에 앉은 글렌에게 자신이 만든 샌드위치를 내밀었다.

완전히 그녀만 어부지리를 얻은 구도였다.

"참 나, 시도 때도 없이 시끄러운 녀석들이라니까……."

그렇게 빵 사이에 딸기 타르트를 끼워 넣은 참신하기 짝이 없는 요리를 마지못해 먹던 글렌의 눈에 문득 어떤 것이 들어왔다.

바닥에 엉망으로 깔린 서류와 자료 사이에 기묘한 메모지가 한 장 섞여 있었다.

"……응? 이게 뭐지?"

그것을 주워 들고 램프에 대고 확인했다.

몹시 읽기 어려운 문장이었다.

굳이 예를 들자면, 상상을 초월할 정도의 무거운 펜으로 필사적으로 휘갈긴 것 같은 글씨체였다.

절반 정도는 판독이 불가능한 문장에서 간신히 읽을 수 있는 부분한 추려내자면—.

—글렌 레이더스에게.

—이면 학원은 함정 XXXXXXX다. 안으로 발을 들여 XXXXXX.

—불을 쓰지 마라. XX가 돼서 XX된다. 절대로 불은 쓰지 말 것.

—알리시아 3세를 조심하라. 그녀의 정체는 XXXXX.

"……뭐야 이게?"

갑자기 등골이 싸늘해졌다.

처음 보는 메모였다.

누군가의 장난으로 치부하기에는 뭔가 이상했다.

종이는 어디서나 볼 수 있는 흔한 재질이었고 잉크도 시판품, 언어도 일반적인 공통어였다.

하지만 이 메모에는 결코 장난으로 느껴지지 않는 필사적인 감정이 마치 피처럼 물씬 배어 있었다.

글자 하나하나에서 느껴지는 팽팽한 위기감, 불온한 공기…… 보고 있기만 해도 기분이 나빠지고 이성이 마모되는 듯한 착각이 들었다.

"……큭!"

갑자기 두통을 느낀 글렌은 메모지에서 시선을 돌렸다.

어느새 온몸이 식은땀으로 푹 젖어 있었다.

그리고 눈앞에 있는 소녀들의 소란스러운 광경을 무시하고 사색에 잠겼다.

메모 중에 특히 신경 쓰이는 단어는…… 역시 『이면 학원』, 그리고 『알리시아 3세』이리라. 글렌도 이 두 가지 키워드에 얽힌 소문과 의혹은 충분히 잘 알고 있었다.

하지만 소문은 어디까지나 소문에 불과했다. 애당초 『이면 학원』은 마술학원에서 세운 정식 프로젝트였다. 위험할 리가 없었다.

하지만…… 어째선지 뭔가가 불길했다.

"……."

이 메모는 일반적으로 생각하면 장난이었다. 틀림없이 장난일 터.

웃어넘기고 갈기갈기 찢어서 깔끔하게 잊어버리는 게 타당하리라.

"……야, 이브."

하지만 글렌은 여학생들과 담소를 나누는 이브의 눈앞에 메모지를 들이밀었다.

"……뭐야 이게?"

"너한테 상담하고 싶은 게 하나 있다만……."

이브는 왠지 모르게 진지한 글렌의 얼굴을 보고 의아한 표정을 지었다.

제5장 생존전

   강화 합숙 일정이 눈 깜짝할 사이에 지나가고 마침내 결전의 날이 찾아왔다.

   이날 알자노 제국 마술학원은 기묘한 긴장 속에 잠겨 있었다.
   글렌의 반— 2학년 2반 학생 마흔 명과, 맥심의 제자— 모범 클래스 학생 마흔 명이 안뜰에 모여 있었다.
   물론 글렌과 맥심, 생존전의 심판을 맡은 이브의 모습도 있었다.
   그리고 동서남북 사방에 있는 네 건물의 창문 너머에서는 마술학원의 학생들이 마른침을 삼키며 안뜰의 모습을, 이 학교의 앞날을 지켜보고 있었다.
   "할 수 있는 건 다 했어."
   "예, 남은 건 전력을 다해 싸우는 것뿐이에요."
   2반 학생들은 긴장감과 조용한 투지를 드러냈다.
   "아~ 귀찮아. 진짜 할 거야? 결과가 뻔히 보이는데……."
   "뭐, 어때. 적당히 놀아주자고."

모범 클래스 학생들은 나태함과 자만심에 잠겨 있었다.

"자, 그럼 사표를 쓸 각오는 됐나? 글렌 군."

"하! ……글쎄다."

맥심이 빈정거리자 글렌은 어깨를 으쓱였다.

"그건 그렇고…… 이브 군. 설마 자네가 글렌 군 쪽에 붙었을 줄이야."

그리고 맥심은 글렌 옆에서 시선을 돌린 채 우두커니 서 있는 이브에게 말을 걸었다.

"자네는 젊고 매우 아름다워. 힘도 재능도 있지. 사실 난 자네를 무척 좋게 보고 있다네. 그런 삼류 강사를 편드는 건 그만두고 앞으로는 내 힘이 되어주지 않겠는가?"

마치 신사 같은 태도였다.

"나라면 이 학교에서 자네에게 많은 편의를 봐줄 수 있을 걸세. 그리고 자네의 사정도 알고 있어. 나라면 나중에 자네의 아버님께 언질을 드릴 수도 있을 테고. ……어떤가?"

"그다지? 난 딱히 글렌을 편들 거나 한 적 없어. 그저 아버지의 지시대로 일을 수행할 뿐. 가르침을 청하니까 직무대로 가르친 것뿐이지."

하지만 이브는 자신한테 노골적으로 추파를 던지는 맥심에게 차갑게 코웃음을 칠 뿐이었다.

"애초에 당신 같은 잔챙이가 아버지께 언질을 드릴 수 있을 리가 없잖아? 제국에서도 명망 높은 3대 공작가의 현 당주를 상대로? 주제 파악이나 하시지."

"큭……."

"이봐, 에로 영감. 나잇값도 못 하는 헌팅은 나중에 해. 얼른 시작하자고. 나와 댁의 결투…… 학생들간의 생존전을 말이지."

글렌의 날카로운 말투에 맥심은 혀를 찼다.

"흥. 좋다. 생존전…… 규칙은 전에 자네에게 말했던 대로다."

생존전. 마술사의 마술 전투 경기 형식 중 하나다.

광대한 경기장 여기저기에 참가자 전원을 배치한 후 경기를 시작.

참가자는 다른 참가자를 찾고 싸워 이겨서 살아남아야 한다. 형세가 불리하거나 마력을 온존하고 싶으면 도망치든지 숨어서 시간을 보내는 것도 가능하다.

그리고 마지막 한 사람까지 남은 생존자나, 혹은 경기 시간이 끝나서 생존자가 여러 명이 남았을 경우에는 격파 수가 가장 많은 생존자를 우승자로 삼는 것이 기본적인 규칙이다.

다만, 이번에는 글렌 반과 맥심 반의 정면 대결이므로 단순히 생존자가 많은 쪽이 승자가 되는 방식이었다.

마도 병단전과의 차이는 전체를 부감(俯瞰)할 수 있는 지휘관의 유무다.

경기 참가자들은 스스로의 판단으로 거듭되는 국지전을

돌파해야 한다는 뜻이다.

"그리고 중요한 탈락 기준은…… 모의전 규칙에 따른 치사 판정은 아무래도 미적지근하다고 생각하지 않나?"

맥심은 씨익 웃으며 그런 말을 꺼냈다.

"그러니 이번 대결은 기절…… 전투 불능 상태를 치사 판정으로 삼도록 하겠다. 뭐, 사용 가능한 공격 수단은 호신용 초급 주문뿐이니…… 불상사가 일어날 리는 없겠지."

살상 능력이 낮은 초급 주문만으로 전투 불능 상태가 되면 치사 판정을 내리겠다는 것은 다시 말해—

'이쪽을 괴롭힐 생각이 넘친다는 뜻이겠군. 하필이면 그런 잔인한 규칙을……'

아니면 모의전 판정을 따를 경우에는 심판을 맡은 이브가 글렌의 편을 들 가능성을 고려한 것일지도 몰랐다.

아무튼 받아들이는 수밖에 없었다.

규칙 선정은 결투 신청을 받는 쪽에 있으므로…….

"괜찮겠나? 그럼 바로 『이면 학원』을 이 자리에 개방하겠네."

규칙 확인을 마친 맥심이 『알리시아 3세의 수기』를 펼쳤다. 저 책은 『이면 학원』의 열쇠이자 문의 기능을 제어하는 일종의 마도서였다.

"잠깐. 이쪽도 추가 규칙을 제안하지."

맥심이 움직이기 전에 글렌이 갑자기 끼어들었다.

"전투 불능 상태를 치사 판정으로 삼는 건 상관없어. 하지만 이번 생존전에서는 염열계 주문을 전면 금지하자고. 이 규칙을 어길 경우에는 바로 반칙 퇴장…… 이쪽의 요구도 받아들여주시지."

그 순간, 모범 클래스 학생들은 모멸하는 눈으로 글렌을 응시했다.

"풋…… 염열계 금지라는데? 촌스럽긴."

"완전히 도련님, 아가씨들이네. ……그렇게 다치는 게 무섭나?"

염열계 주문은 호신용 초급 주문 중에서도 특히 부상이 발생하기 쉬운 위험한 마술이었다.

따라서 모범 클래스 학생들은 당연히 글렌이 겁을 집어먹었다고 판단했다.

하지만 글렌은 개의치 않고 요구를 계속했다.

"어차피 조건은 서로 동일하잖아? 이렇게 부탁할 테니 염열계 주문만은 금지해줘."

이때 글렌의 머릿속에 떠오른 것은 역시 그 괴문서였다.

―불을 쓰지 마라. XX가 돼서 XX된다. 절대로 불은 쓰지 말 것.

그 경고가 아직도 불길하게 느껴졌기 때문이다.

"염열계를 금지……? 호오, 그렇군. 그런 거였나……?"

그러자 맥심은 혼자 납득하고 글렌을 노려보았다.

"그 시시한 장난은 역시 자네 짓이었나. 글렌 레이더스."

하지만 맥심의 발언에 글렌은 눈을 부릅떴다.

'이 말투…… 설마 맥심도 그 괴문서를 받은 건가?'

"흥. 그딴 걸 보내서 이쪽을 동요시킬 작전이었나……. 거절한다. 애당초 자네에게 규칙 결정권은……."

글렌의 수작이었다고 결론을 내린 맥심은 즉시 거절하려했다.

"염열계 주문을 금지해주면 내가 이 결투전의 상품이 되어줄게."

하지만 이브는 새치름한 얼굴로 팔짱을 끼고 그런 말을 꺼냈다.

"이브?!"

"응, 당신이 이기면 그쪽 진영에 붙어주겠어. 당신의 비서든 정부든 뭐든 바라는 대로 해줄게. ……이거라면 나쁜 조건은 아니겠지?"

"음……."

그러자 맥심은 아름다운 곡선을 그리는 이브의 몸을 머리끝부터 발끝까지 끈적거리는 눈으로 살피다가 가볍게 군침을 삼켰다.

"……흐, 흥. 좋다. 내키지는 않지만…… 그걸로 타협하지."

결국 완벽하게 낚였다.

(야, 야, 인마. 이브…… 너, 아무래도 이건 좀…….)

글렌은 작은 목소리로 이브에게 경고했다.

(바보. 언제쯤 돼야 정신을 차릴 거야? 왜 당신은 늘 정말 중요한 순간이 아니면 둔감하게 구는 건데?)

이브는 기가 막힌 얼굴로 글렌을 사납게 노려보았다.

(아직도 모르겠어? 저치들의 반응을 보면…… 그 괴문서가 맥심 진영이 꾸민 함정이나 장난이 아닌 건 지금 거의 확정됐잖아?)

(……앗?!)

(즉, 그 괴문서를 보낸 건 이 결투에 개입한 선의의 제삼자일 가능성이 매우 커진 거야. 이유는 전혀 모르겠고 시험해 볼 생각도 안 들지만, 『이면 학원』에서 염열계 주문을 쓰는 건 정말로 『뭔가 위험한 행위』일지도 몰라.)

(역시…… 그렇게 되는 건가…….)

(응. 『이면 학원』과 『알리시아 3세』…… 도시전설 수준이긴 해도 둘 다 흉흉한 일화가 붙은 소문인 건 사실이야. 당신도 조심해. 이 생존전…… 도중에 무슨 일이 일어날지도 몰라.)

"자, 그럼 준비는 됐나? 전원, 이제 시작하지."

글렌과 이브가 작은 목소리로 그런 대화를 주고받는 사이에 맥심이 『알리시아 3세의 수기』의 어떤 페이지를 펼쳤다.

"……《개문》."

그리고 어떤 문장을 왼손 검지로 쓰다듬었다.

"……?!"

그 순간, 마력이 그 문장을 따라 빛을 발하는 동시에 주위의 풍경이 마치 엿가락처럼 일그러지기 시작했다.

그리고 안뜰에 모인 자들을 중심으로 동서남북의 건물들이 시계방향으로 회전하기 시작했다.

인간들은 그대로인 상태에서 세상만 회전했다.

속도가 서서히, 한없이 가속했고 일그러진 건물과 회전하는 세상 때문에 풍경도 서서히 인간의 눈으로는 인지할 수 없는 상태로 변하고 말았다.

그리고 그 일그러짐이 회전 속에서 새로운 풍경을 형성하기 시작했다.

어떤 임계점을 지나자 회전이 서서히 완만해졌고, 이윽고 완전히 정지한 순간…….

눈앞에 난생 처음 보는 풍경이 펼쳐졌다.

그곳은…… 어떤 건물의 현관홀이었다.

뒤에는 문처럼 거대한 정면 현관 입구가 있었고, 그 문에는 암흑 속에 은하가 빛나는 대우주 같은 공간이 무한히 존재했다.

만약 발을 헛디디면 무한한 어둠에 삼켜져서 두 번 다시 돌아올 수 없는 게 아닐까 싶은 두려움이 드는 광경이었다.

홀은 무척 넓고 크고 높았다. 벽과 바닥은 석재로 되어 있었고 내부 설비는 마술학원보다 훨씬 투박했다. 저택이라기보다 요새에 가까운 인상이었다.

주위는 어둡고 무거운 분위기였다. 벽 여기저기에 달린 낡은 랜턴의 조명이 간신히 어둠을 거둬내고 있는 상태였다.

글렌은 천장이 없는 위를 올려다보았다.

대체 여기는 몇 층일까. 위쪽은 심연처럼 어두워서 아무것도 보이지 않았다.

이 현관홀의 규모와 천장의 높이를 보면 터무니없이 거대한 건물이라는 건 당연히 예상할 수 있었다.

"이, 이거 실화냐……."

"쩔어……. 이런 게 우리 학교 이면에 있었다는 거야……?"

이 자리에 있는 모든 학생들도 저마다 아연실색했다.

"이, 이게 다른 차원의 이계에 만든 『이면 학원』이라는 건가……?"

"대규모라고는 들었지만…… 아무리 그래도 한도가 있지."

글렌도, 이브도—.

"이, 이해했나? 이 『이면 학원』의 시설을 효과적으로 활용하는 것이 얼마나 큰 이익을 가져다줄지……."

장본인인 맥심도 압도된 나머지 몸을 떨었다.

"……."

다만, 메이벨만은 이 압도적인 위용 앞에서도 평소와 다름없는 냉정한 모습으로 주위를 힐끔힐끔 살피고 있었다.

일행이 『이면 학원』의 압도적인 스케일에 한차례 놀란 후, 맥심은 다시 『알리시아 3세의 수기』의 어떤 페이지에 있는 문장을 잇따라 쓰다듬었다.

그러자 홀 한복판에서 넋을 잃은 학생들 앞에 『문』이 출현했다.

"자, 이건 통과한 자를 『이면 학원』의 내부 어딘가를 향해 랜덤으로 보내도록 설정된 『문』이다. 학생들의 초기 배치를 이 『문』이 정하는 셈이지."

"댁의 학생들이 유리하게 배치되도록 수작을 부리지 않았다는 보장은?"

"거 참…… 자네 학생들 따위를 상대로 그런 꼼수를 부릴 필요가 어디 있겠나."

"학생들의 초기 배치는 심판인 내가 광역 색적 결계로 확인하겠어. 부정을 저지르는 건 불가능해."

마지막으로 맥심, 이브와 그 밖의 세세한 사항을 확인한 글렌은 『이면 학원』의 규모에 압도된 2반 학생들을 돌아보았다.

"좋아, 애들아!"

넋을 잃었던 학생들은 그제야 제정신을 차리고 글렌을 주목했다.

"이 학교의 미래나 내 모가지 같은 건 지금은 신경 쓰지 마! 아무튼 전력을 다해서 싸워! 요 2주간 쌓은 걸 전부 발휘할 수 있으면 그걸로 충분해!"

"물론이죠! 선생님! 저희에게 맡겨 주세요!"

"예! 열심히 할게요!"

"응."

그러자 힘차게 웃는 글렌의 말에 용기를 얻었는지 시스티나와 루미아와 리엘도 힘차게 응답했다.

"좋았어! 다들, 기합 넣고 가자!"

"예, 특훈의 성과를…… 보여드리겠어요!"

"흥…… 지기만 하다 끝낼 수는 없지."

카슈, 웬디, 기블을 필두로 2반 학생들은 달아올랐다.

그런 2반 학생들의 모습을 본 모범 클래스 학생들이 비웃었지만 더는 아무도 신경 쓰지 않았다.

"좋아! 2반, 출지이이이이이이이이이이이인!"

글렌이 지른 함성과 동시에 2반 학생들은 의기양양하게 『문』을 향해 이동했다.

—탁!

가볍게 착지하는 소리가 주위에 울려 퍼지고 고요한 정적이 귓불을 때렸다.

"……여기는?"

문을 통과한 시스티나는 빈틈없이 주위를 살폈다.

고풍스러운 건축 양식으로 만들어진 석조 건물의 굉장히 넓은 방 안이었다.

교단과 쭉 늘어선 긴 책상이 보였다. 천장도 매우 높았다.

당연히 자신 외에는 아무도 없었다.

혹시 교실인가? 그렇다면 역시 『이면 학원』은 마술학원과는 비교도 되지 않는 규모를 자랑하는 거대한 건물인 것이리라.

창문은 없었다. 그래선지 굉장히 어둡고 시야가 나빠서 숨 막힐 듯한 폐쇄감이 느껴졌다.

벽에서 일렁이는 랜턴의 등불도 흐릿해서 마치 감옥 같은 분위기를 연출했다.

"이곳이 『이면 학원』…… 확실히 넓지만, 이런 음침한 곳에 다니는 건 사양이야."

생존전은 이미 시작되었다. 시스티나는 다시 마음을 다잡고 주위에 신경을 기울였다.

"……어라?"

그러자 문득 뭔가가 시선에 들어왔다.

교실 벽에 달린 게시판에 양피지가 붙어 있었다.

그 양피지에는 이렇게 적혀 있었다.

―건물 안에서의 불장난 엄금.

―이것을 어긴 자는 『재단형(裁斷刑)』에 처한다.

학원장 알리시아 3세.

"불장난 엄금……. 음~ 선생님 말씀대로 이 건물 안에서는 염열계 마술을 쓰지 않는 편이 나으려나? 그냥 교내 주의 사항이라고 볼 수도 있겠지만······."

시스티나는 그 밑으로 이어지는 불온한 단어를 보고 눈살을 찌푸렸다.

"그건 그렇고『재단형』이 뭐지? 왠지 섬뜩한 뉘앙스인데."

뭐, 지금은 신경 써 봤자 소용없으리라. 시스티나는 바로 움직이기로 했다.

"일단 얼마나 빨리 아군과 합류하느냐가 중요하겠지. 좋아······ 열심히 해보자."

시스티나는 색적 결계 마술을 전개하면서 교실을 나왔다.

그리고 미로처럼 복잡한 복도를 천천히 걷기 시작했다.

한편,『이면 학원』의 현관홀에서 대기 중인 글렌 일행의 머리 위에는 마치 창문 같은 수많은 영상이 떠 있었다.

거기서 비추는 광경은 전부 복도와 교실,『이면 학원』내부의 풍경으로 보였다.

개중에는『이면 학원』안을 헤매는 학생들의 모습을 비추는 영상도 있었다.

그리고『이면 학원』의 간이 지도를 표시한 영상이 떠 있었다.

생존전이 시작된 지 약 30분이 지난 시점이었다.

"큭큭큭······ 그건 그렇고 장관이라고 생각하지 않나?"

아직 전황에 큰 움직임이 없어서 지루했는지 맥심이 갑자기 그런 말을 꺼냈다.

"이 수기는 정말 편리한 물건이로군."

그리고 손에 든 『알리시아 3세의 수기』를 글렌에게 내보이
며 웃었다.

"이 수기 한 권으로 『이면 학원』의 기능을 전부 관리할 수
있는 거다. 이렇게 『이면 학원』 내부의 상황을 빛의 마술로
투사하는 것도 대수롭지 않은 일이지."

"흐으응~ 굉장하네~."

글렌은 의기양양한 맥심을 흘겨보면서 생각에 잠겼다.

'젠장, 저 수기…… 말이 수기지, 완전히 마도서잖아. ……
더구나 상당한 힘을 지닌. 왜 저런 물건이 저 작자의 손에
들어간 거지?'

아무리 생각해도 수상한 느낌에 눈살을 찌푸릴 수밖에 없
었다.

'그리고…… 저건 대체 뭐야?'

글렌은 머리 위의 영상을 올려다보았다. 몇 개의 영상에
불장난 엄금이라고 적힌 벽보가 보였다.

빈도를 보아하니 아마도 저 벽보는 『이면 학원』 전체에 붙
어 있는 것이리라.

'역시 그 경고와…… 무슨 관계가……?'

"……글렌. ……전황이 움직이기 시작했어."

이브의 말에 글렌은 퍼뜩 생각을 중단했다.

그녀가 바라보는 곳으로 시선을 돌리자 확실히 그 말대로 글렌의 학생 중 몇 명이 맥심의 학생들과 마주친 모습이 눈에 들어왔다.

"거기 너, 멈추시지."

어떤 복도에서 갑자기 울려 퍼진 목소리에 시스티나가 무심코 걸음을 멈추자 앞쪽의 십자로에서 둘, 뒤의 교실 문에서 하나.

총합 세 명의 모범 클래스 학생이 시스티나를 포위했다.

"훗…… 너만은 잔챙이 중에서도 좀 강한 것 같으니…… 미안하지만, 일찍 퇴장해줘야겠다."

"아무리 너라도 우리 셋을 상대로 동시에 싸우는 건 무리겠지?"

"비겁한 것 같아? 하하, 나쁘게 생각하지 말라고. 이게 바로 「생존전」이라는 거니까."

모범 클래스 학생들은 자신들의 우위와 승리를 믿어 의심치 않았지만, 시스티나는 아무 말 없이 전투 태세를 취했다.

"우오오오오오오오오오오! 만세! 난 운이 좋아!"

한편, 어떤 교실에서는 루미아와 마주친 모범 클래스의 딘이 환호성을 질렀다.

"2반 중에서도 최고의 미소녀인 금발 거유와 이렇게 갑자기 마주치다니…… 난 행운아야아아아아아아아!"

"아, 아하하…… 천만에요."

"아~ 너무 걱정하지 마! 아프지 않게 봐줄 테니까! 그건 그렇고 내가 이기면 나랑 사귀지 않을래? 응? 괜찮지? 내가 강하고 멋지다는 걸 지금부터 보여줄 테니까!"

"저기…… 사귀는 건 사양할게요."

"됐어! 됐어! 여자는 잠자코 강한 남자가 시키는 대로 하면 돼! 그런 고로……."

딘은 모호하게 웃는 루미아를 향해 왼손을 내밀었다.

"……찾았군."

또 어떤 계층의 차폐물이 없는 복도를 걷고 있던 모범 클래스의 잭은 뒤에서 누군가의 목소리를 듣고 등을 돌렸다.

2반의 기블이었다.

아무래도 근처 교실 안에 숨어 있었던 것 같았다.

일단 색적 결계를 펼치고 있었는데 놓친 모양이다.

잭은 혀를 차면서 입을 열었다.

"아앙? 무슨 용건이지?"

"그야 뻔하잖아? ……저번 빚을 갚으러 왔다."

잭은 그렇게 대답한 기블을 실실 웃으면서 돌아보았다.

"하! 잔챙이 주제에 폼 잡기는. 바보 아냐? 뒤에서 기습하는 편이 낫지 않아? 뭐, 너 따위의 기습에 당할 리 없지만."

"잡담은 필요 없어. 바로 시작하자."

그렇게 말한 기블은 안경을 밀어 올리며 잭을 날카롭게 노려보았다.

"아하하! 찾았다!"

"쿡쿡…… 어떻게 요리해드릴까요?"

"……웬디."

"괜찮아요. 2대 2예요. 제가 전위를. 테레사는 엄호를 부탁해요."

또 어떤 층계참에서는 여학생들이 마주쳤다.

웬디는 테레사를 감싸듯 앞으로 나섰다.

"좋았어! 겨우 한 놈 발견! 참 나, 난 왜 이리 뽑기 운이 나쁜걸까……. 서두르지 않으면 다른 애들한테 사냥감을 다 뺏기겠잖아!"

"큭! ……저번처럼 될 줄 알고!"

또 어떤 의식 실험장에서는 눈앞의 상대를 완전히 무시하는 모범 클래스 학생에게 카슈가 고함을 질렀다.

광대한 규모를 자랑하는 『이면 학원』의 여기저기에서 글렌의 학생들과 맥심의 학생들이 잇따라 격돌하기 시작했다.

…………..

─생존전 개시 당시 맥심은 여유 넘치는 표정으로 『이면 학원』의 각지에서 보내는 영상을 감상하고 있었다.

아무튼 승패는 이미 정해진 것이나 다름없었으니까.

자신이 가르친 학생들은 『올바른 교육 방침』으로 철저하게 무력만을 연마하고 숙련도를 쌓아온 강자들이다. 마술사에게 필요 없는 다른 소양은 전부 버리고 맥심 자신이 생각하는 『최강의 마술사』로서 육성해왔다.

그렇다. 어차피 마술 같은 건 전쟁을 위한 무기. 학문이니 살기 위한 지혜니 뭐니 하는 건 전부 쓸데없는 짓. 현실을 보지 못하는 나약한 자들의 이상론에 불과했다.

그렇다면 그 쓸데없는 짓을 생략하고 순수하게 힘만을 단련하는 것이야말로 진정한 마술사가 되기 위한 지름길. 그것이야말로 올바른 마술 교육.

그러므로 이 생존전은 결과가 정해진 레이스. 질 리가 없었다.

승리가 약속된 시합이자, 이 학교의 평화 불감증에 걸린 인간들에게 자신의 교육 방침이 얼마나 우수한지 알릴 최고의 공연장이 되리라.

그래야 했건만─.

"《위대한 바람이여》!"

"《뇌정의 자전이여》!"

"늦어! 《빛의 장벽이여》!"

복도에서 마력과 마력이 충돌하고 작렬했다.

세 명을 동시에 상대하면서도 시스티나는 자신에게 날아오는 주문들을 정확하게 계속 막아냈다.

"잽싸……!"

"뭐야, 이상해……! 셋이면 낙승이었을 텐데……!"

"젠장! 포위, 포위해애애애애애!"

단 한 명에게 농락당하고 있다는 사실에 인내심이 바닥난 모범 클래스 학생 중 한 명이 제멋대로 연계를 무너트리고 시스티나의 뒤를 노리려고 한 순간―

"《뇌정의 자전이여》!"

"끄아아아아아아아아아?!"

그 틈을 노리고 시스티나의 왼손에서 방출된 뇌격이 적을 저격했다.

"치이이이잇! 그래도 지금이다!"

"《하얀 겨울의―"

시스티나의 마나 바이오리듬이 흐트러진 틈을 노리고 남은 두 모범 클래스 학생이 파동 냉기 주문을 날리려 했다.

파직!

하지만 영창도 없이 시스티나의 **오른손**에서 발동된 뇌격이 또 한 명을 쓰러트렸다.

"말도 안 돼! 지, 지금 이건?!"

"《위대한 바람이여》!"

그리고 한 호흡 만에 마나 바이오리듬을 가다듬은 시스티나는 다시 주문을 날렸다.

국지적으로 발생한 【게일 블로】의 돌풍이 마지막 적을 벽에 인정사정없이 패대기쳤다.

"이럴, 수가……. 더블 캐스트라고……?! 그런 고등 기술을……."

아연실색해서 눈을 부릅뜬 학생은 이윽고 풀썩 쓰러지며 의식을 잃었다.

"좋아, 성공했어! 이브 씨가 가르쳐준 덕분이야!"

시스티나는 빈틈없이 주위를 경계하면서 천천히 그 자리를 벗어났다.

『……내가…… 진 거구나…….』

『어때? 내가 얼마나 강한지 이제 좀 실감이 나?』

딘은 발밑에 힘없이 주저 앉고 고개를 숙인 루미아를 내려다보았다.

『하지만…… 딘 군은 굉장해. 이렇게 강하다니…… 멋져…….』

『하하하! 이제야 깨달았구나! 어때? 반했어?』

『으, 응……. 나…… 당신 같은 사람은 처음이야…….』

『그럼 이제 내 여자가 될 결심이 들었어?』

『응…… 잘 부탁해, 딘 군…….』

모기처럼 가느다란 목소리로 중얼거리면서 새빨개진 얼굴의 루미아가 자신을 올려다보는…….

"……드르렁…… 드르렁…… 드르렁……."

"아하하…… 미안."

그런 행복한 꿈에 잠긴 딘의 모습을 루미아가 쓴웃음을 지은 채 내려다보고 있었다.

실은 전투가 시작되자마자 주문 개변으로 흑마 【쇼크 볼트】로 위장한 백마 【슬립 사운드】를 발동했던 것이다.

루미아가 자신보다 한참 약하다고 깔보고 있던 딘은 카운터 스펠의 선택에 실패한 결과, 이런 꼴이 되고 말았다.

"……그래도 우린 질 수 없으니까."

이 순간만큼은 항상 온화한 표정을 늠름하게 고친 루미아도 다음 전장을 찾아 이동하기 시작했다.

"뭐, 뭐야! 너……!"

잭은 경악했다.

"《허공에 외쳐라·소리를 남기는·풍령의 포효》!"

기블이 날린 【스턴 볼】의 압축 공기탄이 날아왔다.

"치잇! 《대기의 벽이여》!"

잭은 황급히 【에어 스크린】을 영창해서 공기 장벽을 주위에 전개했다.

압축 공기탄이 터지는 동시에 꽹음이 충격파와 진동을 일으켰다.

"큭……!《뇌정의—.》

떨리는 공기 속에서 잭이 기블을 향해 검지를 겨눴지만, 이미 모습이 사라진 후였다. 그는 이미 근처 교실 안에 몸을 날린 상태였다.

"이, 이 자식이! 도망치지 말라고!"

잭이 그 뒤를 따라 교실 안으로 얼굴을 들이민 순간—.

"으헉?!"

세 가닥의 뇌격이 날아드는 것을 보고 황급히 고개를 뒤로 젖혔다.

"제기랄!《하얀 겨울의 폭풍이여》!"

짜증이 난 잭은 손만 교실 안에 내밀고 파동 냉기 주문을 발사했다.

바로 냉기의 폭풍이 휘몰아치며 교실 안을 새하얗게 물들였다.

"헤헤, 어때. 이제 아무것도 안 보이겠지……?"

잭이 어떻게 기블을 요리할지 고민하면서 교실 안에 발을 들인 순간이었다.

"《위대한 바람이여》!"

뒤에서 주문 영창이 들렸다.

기블이었다. 그는 이미 교실 뒤쪽 문으로 복도에 나와 있었던 것이다.

"어……."

잭의 뒤로 묵직한 바람의 파성추가 들이닥쳤다.

"대, 《대기의 벽이여》!"

가까스로 【에어 스크린】의 전개에 성공했지만—.

"으어어어어어어어어어어어억?!"

돌풍은 잭의 몸을 그대로 십몇 미트라 정도 밀어붙였고, 바닥에는 성대한 발자국이 남았다.

"흥……."

기블은 안경을 밀어 올리면서 빈틈없이 잭을 날카롭게 노려보았다.

"젠장…… 진짜 뭐냐고! 넌……!"

얼마 전에 싸웠을 때에 비해 마술의 기량이 크게 달라진 것처럼 보이지는 않았다.

다만, 한순간의 판단력만큼은 격이 달랐다.

전에 비해 다음 수의 취사선택 능력이 마치 다른 사람인 것처럼 빠르고 정확했다.

"너, 요 2주 동안 대체 뭘 한 거야……?!"

"잡담은 필요없다고 했을 텐데? ……덤벼."

"칫…… 건방진! 좋아, 진심으로 싸워주마. 훗…… 과연 내 반사 속도를 따라올 수 있을까!"

"흥…… 네 반사 속도 같은 건 이브 선생님과 비교하면 너무 느려서 하품이 나올 정도다."

"날 우습게 보지 마! 《뇌정이여》! 《제2격》! 《제3격》!"

잭은 느닷없이 【쇼크 볼트】를 연창했다.

"흥."

기블은 첫 번째와 두 번째 공격을 가볍게 피했다.

"《재앙은 흩어져라》."

그리고 세 번째 공격은 【트라이 배니시】로 소멸시켰다.

"헉?!"

"……《뇌정이여》!"

마치 어디선가 본 광경의 재연.

기블은 놀라서 굳어버린 잭을 향해 빚을 갚듯 【쇼크 볼트】의 일격을 선사했다.

"끄아아아아아아아아아아아아아아악?!"

전격이 잭의 왼손에 명중.

저번 결투에서 자신이 기블에게 했던 짓을 그대로 똑같이 당한 잭은 굴욕에 몸을 떨 수밖에 없었다.

"이게 대체 어떻게 된 거냐!"

홀 안에 맥심이 발을 구르는 소리가 서늘하게 울려 퍼졌다.

머리 위에 떠 있는 수많은 영상 속에서 모범 클래스가 고전하고 있었기 때문이다.

아니, 고전은커녕 완전히 압도당하고 있었다.

"말도 안 돼……! 이 몸이 「올바른 교육 방침」으로 가르친 학생이 이런 미적지근한 학교의 놈들에게 저렇게 고전할 리가 없거늘! 완벽하게 압도해야 하는 게 당연하거늘! 그런데 왜!"

경악과 굴욕으로 얼굴이 신호등처럼 울긋불긋해진 맥심이 글렌을 돌아보았다.

"이거 참…… 저 녀석들, 예상보다 더 굉장해졌는걸……."

글렌도 예상 외였는지 눈을 깜빡거리면서 제자들의 활약을 지켜보고 있었다.

그렇다면 이 대역전극의 공로자는—.

"이브 군…… 자네, 대체 무슨 짓을 한 거지?! 어떤 훈련을 한 거냐!"

그러자 이브는 손으로 머리카락을 빗어 올리면서 담담하게 말했다.

"……딱히? 당신이 평소에 학생들에게 했던 걸 저 아이들에게도 해준 것뿐이야. ……더 높은 수준으로."

"뭐……?! 고작 그 정도로 이렇게까지 달라질 리가……!"

"저 아이들은 원래 저 정도의 힘이 있었어. 다만, 아직 능숙하게 쓸 줄 몰랐던 것뿐이지."

"거, 거짓말……. 이 학교의 놈들에게 그런 힘이 있을 리 없어! 이런 미적지근한 방침에 물든 「잘못된」 교육 현장에서 배워온 놈들에게……!"

"단순한 이야기야. 당신의 교육방침과 글렌의 교육방침. 마술사로서의 힘만 효율적으로 추구하며 토대 만들기를 포기한 자. 힘을 추구하지 않고 효율을 도외시하며 토대를 꾸준히 쌓아올린 자. ……마지막에 위에 서는 건 과연 어느 쪽일까?"

"윽……."

"이젠 누가 봐도 결과는 뻔해. 그만 인정하는 게 어때? 당신의 교육방침이「잘못됐던」거야. ……처음부터 말이지."

"그……그럴 리가……! 내, 내가…… 내 교육방침이……잘못됐다고?!"

맥심은 분통이 터져 죽기 일보직전의 표정으로 머리 위의 영상을 응시했다.

현재 맥심의 제자들은 글렌의 제자들에게 잇따라 패배하고 있었다.

어느 쪽이 우세한지는 누가 봐도 자명했다.

그리고 2반 학생들의 쾌진격은 멈추지 않았다.

파지지지직!

"으갸아아아아아아아아아아아아아아아!"

온 몸이 감전돼서 쓰러진 모범 클래스의 남학생, 그 바로 옆에는 왼손을 쭉 뻗은 리엘이 무표정으로 서 있었다.

"응. 대발견. 상대의 몸에 직접 손을 대면 내 주문도 닿네."

그리고 왠지 자랑스러운 얼굴로 그렇게 중얼거렸다.

"……공부한 보람이 있었어. ……뭘 공부한 건지 잘 모르 겠지만."

리엘의 새로운 힘, 【쇼크 볼트】의 영거리 사격.

완전히 주객전도인 신기술을 습득한 리엘은 다음 사냥감 을 찾아 건물 안을 돌아다녔다.

"이쪽이에요! 테레사, 어서! 서두르세요!"

"아, 예……!"

웬디는 테레사의 손을 잡고 복도를 달렸다.

"꺄하하하! 거기 서!"

"놓칠 줄 알아?!"

그런 두 사람을 쫓는 모범 클래스의 두 여학생.

웬디와 테레사는 그녀들과 2대 2로 싸웠지만, 곧 열세라 판단했는지 꽁지가 빠지게 달아나기 시작했다.

그리고 뒤를 힐끔거리며 계속 달리다가 이윽고 복도에 그 어진 묘한 선을 밟고 지나갔다.

그 선의 존재를 눈치채지 못한 두 여학생이 선을 밟은 순 간—.

파지직!

""꺄아아아아아아아아아악?!""

그 선을 따라 전기의 벽이 일어나 두 학생을 간단히 기절

시켰다.

"좋았어! 제대로 먹혔어요!"

"모범 클래스의 분들에게만 반응하는 조건 기동식 매직 트랩…… 성공이네요."

"마술사라고 해서 딱히 정면 승부만 해야 하는 건 아니니까요!"

웬디와 테레사는 씨익 웃고 하이터치를 했다.

"《뇌정의 자전이여》! 《뇌정의 자전이여》!"

"《위대한 바람이여》!"

수많은 전격이, 묵직한 돌풍이 린에게 쇄도했다.

"비, 《빛나는 벽이여·저 재앙을 가로막고·나를 지켜라》……!"

하지만 린은 겁이 나서 당장에라도 감아버리고 싶은 눈을 필사적으로 뜬 채 흑마 【포스 실드】를 영창했다.

눈앞에 전개된 빛의 장벽이 정말 아슬아슬한 타이밍에 주문을 막아냈다.

"하아……! 하아……!"

린은 지쳐서 숨을 크게 내쉬며 눈물을 글썽였다.

그래도 다음 공격에 대비해 몸을 떨면서 자세를 고쳤다.

"제길…… 언제까지 버티려는 거야? 저 꼬맹이는!"

"조금 전부터 반격은 전혀 안 하는 잔챙이 주제에 건방지게……!"

모범 클래스 학생 둘이 짜증스러운 눈으로 린을 노려보았다.

"그만 포기해. 너…… 방어 연습은 제법 한 모양이지만…… 공격은 전혀 못 하지?"

"맞아. 너, 아까부터 반격은 하나도 안 했잖아!"

"……!"

그렇다. 린이 요 2주간 한 일이라고는 글렌의 방침으로 이브를 상대로 계속 적의 공격에서 자신의 몸을 지키는 연습뿐이었다.

그녀에게 상대를 쓰러트릴 수단은 아무것도 없었다.

원래 린은 능력은커녕 성격 자체도 전투에 전혀 어울리지 않는 타입이었다.

하지만, 그럼에도—.

'하, 한 발이라도 상대가 주문을 많이 쓰게 하면…… 조금이라도 지치게 하면…… 나도…… 우리 반에…… 도움이 될 수 있겠지? 나, 나는…… 이 정도밖에…….'

린은 거칠게 눈물을 훔치며 전투 태세를 취했다.

"칫…… 시건방진! 야, 파라! 이번으로 끝내자!"

"응, 제리드. 내 주문에 맞춰! 《뇌정의 자전이여》!"

다시 모범 클래스의 두 학생이 린을 향해 일제히 주문을 영창했다.

"비, 《빛나는 벽이여·저…… 윽!"

하지만 피로가 쌓인 린은 영창에 실패했다.

자신을 향해 날아드는 전격을 망연자실하게 바라본 순간—.

"리이이이이이이이이이인!"

누군가가 【피지컬 부스트】를 사용해 강화한 신체 능력으로 중간에 끼어들었다.

자신의 몸을 방패삼아 린을 지켰다.

"카, 카슈 군?!"

"무사해?!"

카슈는 몸이 전기에 그을리는 것도 개의치 않고 힘차게 웃었다.

"아주 잘했어, 물러나! 《허공에 외쳐라·—.》"

그리고 모범 클래스의 두 학생을 향해 주문을 영창하기 시작했다.

"하! 늦었어, 잔챙이! 《뇌정의 자전이여》!"

"《얼어붙는 빙탄이여》!"

모범 클래스가 날린 【쇼크 볼트】의 전격이, 【프리즈 샷】의 빙결탄이 주문 영창 중의 카슈를 노리고 사납게 짓쳐 들었다.

"—·소리를 남기는·—.》"

세찬 전류에 근육이 위축되든, 방패 대신으로 내민 오른팔과 다리가 얼어붙든 상관없이 주문을 계속 영창했다.

"이, 이 자식?! 설마 【트라이 레지스트】를 미리 몇 겹이나?!"

"뭐 이리 무식한……."

"《풍령의 포효》!"

놀라서 굳은 모범 클래스 학생들 앞에서 카슈의 주문이 완성되었다.

압축 공기탄이 호선을 그리며 착탄.

"으아아아아아아아아아아아아아아앗?!"

"싫어어어어어어어어어어어어어어어어어!"

작렬음과 진동으로 성대하게 날아간 적들은 그대로 실신했다.

파직!

"크억?!"

"리델?! 젠장, 또냐!"

모범 클래스의 세 학생은 조바심을 느끼고 있었다.

조금 전부터 어딘가에서 【쇼크 볼트】로 저격당하는 중이었기 때문이다.

"대체 어디 숨은 거야? 이 비겁한 자식……!"

"몰래 콕콕, 쏴대기는. 짜증 나……. 제기랄!"

그런 그들과 멀리 떨어진 계단 근처에는 흑마 【셀프 트랜스페런트】— 자기 투명화 주문과, 흑마 【노이즈 컷】— 소리 차단 주문을 본인에게 부여하고 완전히 은밀 잠행 중인 세실의 모습이 있었다.

지금의 세실은 모범 클래스 수준의 색적 결계로는 찾아낼 수 없는 상태였다.

"……."

물론 이만한 심층 의식영역 리소스를^{에리어} 은밀계 주문의 유지에 할애한다면, 지금의 세실로서는 상대를 일격에 쓰러트릴 정도의 어설트 스펠을 쓸 수가 없었다.

'하지만 이거면 충분해. ……저 녀석들에게 보이지 않는 적이 있다고 계속 압박을 주고 지치게 해서…… 조금씩 소모시키는 거야. 나는 조역이니까…… 이걸로 충분해.'

약간 찝찝하기는 했지만 마음을 독하게 먹은 세실은 황급히 이 자리를 벗어난 모범 클래스 집단을 천천히 추격하기 시작했다.

"젠장…… 젠자아아아아아아아아아앙!"

꼴사나운 모범 클래스 학생들의 모습에 맥심의 분노는 최고조에 도달했다.

"메이벨은 어떻게 된 거지?! 내 학생 중 가장 우수한 메이벨은 어디로 간 거냐! 빨리 저 지긋지긋한 놈들을 해치우라고, 메이베에에에에에에엘!"

맥심은 머리 위의 영상들을 향해 울부짖었다.

하지만 수많은 영상 중 어디에도 메이벨의 모습은 없었다.

어딘가에 이 영상 마술로도 포착할 수 없는 장소가 있는 것일까?

"이거 참, 메이벨이라……. 요전의 모의 마술 전투에서 하얀 고양이를 압도한 그 여학생 말인가."

글렌은 쓸쓸하게 중얼거렸다.

"응. 맥심의 제자들 중에서 그 아이만큼은 진짜 학생 사기 수준의 규격 외야. 나도 저 아이들에게 메이벨을 보면 일단 도망치라고 가르쳤어."

"……그렇겠지. 그게 정답이니까."

"그 아이가 본격적으로 움직이기 전에 어떻게든 시스티나나 기블 같은 2반의 주력이 합류하면 좋겠는데……."

"그렇지. 메이벨이라면 이 상황을 혼자서 뒤집을지도 모르니까. ……농담이 아니라 진심으로."

"규격 외의 인간이라는 건 정말 있을 곳에는 있기 마련이네. ……리엘의 검술과 연금술을 해금해줬으면 할 정도야."

하지만 그런 글렌과 이브의 걱정과 달리 메이벨은 아무리 시간이 지나도 모습을 드러내지 않았다.

"메이베에에에에에에에에에에에에에에엘!"

그저 그녀의 이름을 울부짖는 맥심의 목소리만이 현관홀에 공허하게 울려 퍼질 뿐이었다.

……그곳은 사방이 책장으로 둘러싸인 서재 같은 방이었다.

안쪽에 있는 고급스러운 마호가니 책상 위에는 자료로 보이는 것들, 불이 붙은 촛대, 페이퍼 나이프, 깃털 펜, 잉크병 등의 필기구가 놓여 있었다.

그리고 열린 서랍 안에는 수발식 권총^{플린트락 피스톨}이 들어 있었다.

당장에라도 업무용으로 쓸 수 있을 것 같은…… 아니, 바로 조금 전까지 누군가가 이 자리에 있다가 잠시 자리를 비운 것 같은 분위기가 감도는 방이었다.

책상 위의 촛대에서 일렁이는 불꽃이 어둠을 아련하게 비추는 이곳은 — 알 사람은 아는 『이면 학원』의 학원장실 — 알리시아 3세의 방이었다.

일반적인 방법으로는 도달할 수 없는 장소. 이곳은 마술적인 세공으로 『이면 학원』의 교내를 정해진 순서대로 통과하지 않으면 발견, 입실할 수 없는 『비밀의 방』이었다.

그 올바른 순서, 암증 주문 경로^{패스 루트}를 아는 자는 고(故) 알리시아 3세뿐.

하지만 그 누구도 출입할 수 없는 방의 책상 옆에는 현재 한 소녀가 서 있었다.

메이벨이었다.

그녀는 옷을 벗어던진 속옷 차림이었다.

그리고 촛불의 아래에서, 책상 위에 있는 깃털 펜과 잉크병을 써서 자신의 온몸에 뭔가 글자 같은 것을 끊임없이 적고 있었다.

"……이 잉크가 아직 남아있어서 정말 다행이야."

그렇게 혼잣말을 중얼거리는 사이에도 자신의 부드러운 피부에 문장을 적는 작업을 멈추지 않았다.

그 손놀림은 뭔가를 휘갈기는 것처럼 난폭하고 빨랐다.

마치 누군가에게 재촉당하는 것 같은 귀기 어린 기세였다.

"……앞으로 조금…… 조금만 더 하면 재편찬이 끝나. ……그녀의 지배에서 벗어날 수 있어."

사각. 사각. 사각.

메이벨은 뭔가를 계속 중얼거리면서 자신의 몸에 필사적으로 문장을 적었다.

"어서…… 서두르지 않으면……."

그 순간, 늘 조각상처럼 경직된 메이벨의 아름다운 이마를 타고 한 줄기 땀방울이 흘러내렸다.

"와…… 그녀가…… 올 거야. 와 버려……!"

어둠 속에서 메이벨의 그 목소리를 들은 자는…… 아무도 없었다.

제6장 A의 오의서

　알자노 제국 마술학원의 미래를 짊어진 운명의 생존전은 뜻밖에도 글렌이 이끄는 2반의 압도적인 우세로 진행 중이었다.

　승리의 예감으로 고양된 2반 학생들.

　하지만 마침 그 순간…… 사건이 일어났다.

　"네 쾌진격은 여기까지다……. 백발녀!"

　시스티나는 이면 학원 제3계층의 어느 십자로 한복판에서 네 명의 모범 클래스 학생들에게 완전히 포위당해 있었다.

　"헤헤헤…… 나쁘게 생각하지 마라. 상황을 전부 이용하는 것도 생존전이니까."

　그중 한 명, 잭이 시스티나에게 말을 걸었다.

　바로 조금 전까지만 해도 기블에게 간단히 제압당했지만, 간신히 달아나는 데 성공한 그는 동료들과 합류한 후 현재 가장 맹위를 떨치고 있는 시스티나를 가장 먼저 해치우기 위해 한 가지 계략을 꾸몄다.

　"하하하, 역시 이 상황에서는 너도 방법이 없겠지?"

오른쪽 복도에서 걸어온 모범 클래스 학생, 노이슈도 우쭐대며 말했다.

왼쪽 복도에서 걸어온 남학생도, 뒤쪽 복도에서 거리를 좁히는 여학생도 자신들의 승리를 믿어 의심치 않았다.

"너만 해치우면 우리의 승리나 다를 바 없지. ……얌전히 뒈져."

"……과연 그럴까?"

하지만 시스티나는 동요하지 않고 어떤 상황에도 대응할 수 있도록 느긋한 자세를 유지했다.

그녀의 총명한 눈에서는 여기서 질지도 모른다는 비장감이 전혀 느껴지지 않았다.

그 여유로운 모습이 반대로 모범 클래스 학생들을 자극했다.

"칫, 짜증나는 여자로구만……. 귀여운 건 얼굴뿐이냐!"

"이제 됐어! 해치워 버리자고!"

모범 클래스 학생들이 시스티나에게 왼손을 내밀고 주문을 영창하려 한…… 바로 그 순간—

"으아아아아아아아아아아아아아아아아아아아아아아악!"

온 몸의 털이 곤두서는 듯한 절규가 교내 어딘가에서 몇 번이나 메아리쳤다.

소리의 상태로 예상하건대 발신원은 여기서 그리 멀지 않으리라.

"?!"

시스티나를 포함한 이 자리의 모두가 무심코 굳어버렸다.

이 절규는 아무리 생각해도 심상치 않았다.

생존전에서 쓰러진 자의 원통함과 고통 정도로 이런 소리를 만드는 건 불가능하다.

불행하게도— 이해할 수 없는 불합리, 상상을 뛰어넘는 공포, 이성을 붕괴시키는 무언가와 마주치는 바람에 날아가 버린 이성이 쥐어짜 낸 영혼이 산산이 부서지는 「소리」였다.

"자, 잠깐 기다려…… 방금 이 비명…… 아무래도 이상하지 않아?"

시스티나는 온 몸에서 불쾌한 식은땀이 배어나오는 감촉을 참으며 말했다.

"……아앙? 지금은 생존전 중이잖아? 너, 너, 이 기회를 노리고 도망칠 셈이지?"

잭이 허세를 부렸지만 그 역시 마치 석상처럼 꼼짝달싹하지 못했다.

잠시 후.

스르륵.

정적이 지배하는 공간에 기묘한 소리가 들렸다.

스르륵. 스르륵. 스르륵……

그 기묘한 소리는 시스티나의 위치에서 오른쪽 통로, 왼쪽 통로, 뒤쪽 통로의 안쪽에서 동시에 다가왔다.

"뭐, 뭐지……?"

눈에 힘을 주자, 통로 안쪽의 농밀한 어둠 속에서 한층 더 진한 어둠을 두른 무언가가 천천히…… 아주 천천히 다가오고 있었다.

이윽고 십자로의 벽에 걸린 랜턴— 불안하게 흔들리는 아련한 불꽃이 어둠 속에서 다가온 무언가의 정체를 모두의 앞에 밝혀 주었다.

"어, 어, 어어……?!"

아무도— 움직일 수 없었다.

누구나가— 말문이 막혔다.

몇 번이나 수라장을 거친 시스티나조차도…….

어둠 속에서 나타난 무언가가 인간의 상상을 아득히 뛰어넘은 존재였기 때문이다.

그 무언가는 전체적으로 보면 일단 인간의 형태를 하고 있었다.

하지만 그 외의 파츠가 완전히 인간의 형태를 벗어나 있었다.

늘씬한 여자의 팔다리는 마치 가늘게 포를 뜬 것처럼 얇은 종이가 몇 천, 몇 백 겹으로 포개진 것 같은 형태였다.

움직일 때마다 벌레처럼 꿈틀거리며 넘어가는 팔다리의

단면에 지네처럼 불길한 글자가 빼곡히 적혀 있는 모습은 마치 팔다리를 모방한 책을 방불케 했다.

머리는 잘게 찢겨진 책의 페이지 같은 것이 겹쳐서 뱀처럼 꿈틀거렸다.

그 페이지 사이의 단 하나뿐인 눈알이 어둠 속에서 불길하게 희번덕거리며 빛났고, 푸르고 시린 홍채는 주위의 공기를 한없이 차갑게 얼어 붙였다.

무심코 그 끔찍한 모습에서 눈을 돌리면 이번에는 시큼한 잉크 냄새가 공간을 오염시키고 있는 것을 깨달을 수 있었다.

뭔가가 썩는 냄새에 가까운 불쾌한 냄새에 위가 뒤틀렸고, 자연스럽게 목구멍으로 치미는 위산이 혀를 통렬하게 자극했다.

시야에 넣기만 해도 안구 안쪽이 짙은 어둠에 물드는 듯한 착각.

뇌를 직접 쥐어뜯고 이성을 마모시키는, 도저히 직시할 수 없는 무언가.

시스티나 일행의 앞에 나타난 것은 그런 특상의 광기와 모독의 구현이었다.

"아아아아아아아아아아아아아아아아아아아아아악!"

조금 전과 완전히 똑같은 종류의 절규가 미지의 괴이(怪異)와 조우한 잭 일행의 입에서 터져 나왔다.

책 괴물이라 불러야 마땅한 존재.

그 괴물이 페이지로 이루어진 발을 질질 끌며, 페이지로 이루어진 팔을 내밀고 다가왔다.

수는 총 셋.

그 세 괴물은 갑자기 폭발적인 움직임을 보였다.

각자 가장 가까운 모범 클래스의 학생들에게 육식 동물처럼 달려든 것이다.

"히이이이이이익?!"

뜻밖에도 괴물들은 학생들을 잡아먹지는 않았다.

기묘한 형태의 손으로 학생들을 건드린 것뿐이었다.

하지만 이변은 바로 일어났다.

"으, 으아아아악! 내, 내 손이…… 내 몸이이이이이이?!"

괴물과 닿은 학생들의 몸이 손끝부터, 손톱 끝부터 마치 얇게 포를 뜬 것처럼 종이로 변해 흩어지기 시작했다.

그리고 그 종이들은 허공을 하늘하늘 춤추며 떨어져 내렸다.

"싫어, 싫어어어어어어어어어어어어어어!"

"사, 살려……!"

머지않아 학생들은 완전히 종이로 변해 분해되고 말았다.

허공에서 춤추는 그 종이들은 한곳으로 모이더니 표지가 달리고…….

툭.

책이 되어서 바닥으로 떨어졌다.

바닥에 떨어진 세 권의 책이 바로 가엾은 모범 클래스 세 학생의 말로였다.

"……뭐……뭐야 이게?"

제정신이 든 시스티나가 중얼거렸다.

얼어붙은 심장을 필사적으로 질타하며 행동을 속박한 공포의 사슬을 떨쳐내려 했다.

"나, 나, 나도 몰라아아아아아아아아!"

잭도 악몽 같은 현실에 떨면서 뒷걸음질 쳤다.

세 마리의 책 괴물은 이번에는 시스티나와 잭을 다음 사냥감으로 정한 건지 천천히 두 사람을 향해 다가왔다.

"《사나운 뇌제여·극광의 섬창으로·꿰뚫어라》!"

이미 위반이고 자시고 가릴 상황이 아니었다.

시스티나는 망설임 없이 흑마 【라이트닝 피어스】— 군용 어설트 스펠을 날렸다.

【쇼크 볼트】와 비교도 되지 않는 고출력의 강력한 전격이 책 괴물을 세차게 관통했다.

'……거짓말! 전혀 효과가 없잖아?!'

하지만 괴물은 전혀 멈출 낌새를 보이지 않았다.

표면이 그슬리지도 않았다.

"오지 마…… 오지 말라고오오오오오! 《홍련의 염진이여》 어어어어어!"

공포를 견디다 못한 잭은 흑마 【파이어 월】을 영창했다.

"앗?! 아, 안 돼! 여기서 불꽃의 주문을 쓰면……?!"

시스티나가 경고했지만, 이미 늦었다.

"타버려! 이 책 괴물 자식아아아아아아아아아아아!"

퍼엉!

불꽃의 벽이 퍼지면서 책 괴물들을 집어 삼켰다.

『키샤아아아아아아아아아아아아아아아아아아아아?!』

그 순간, 괴물들은 온 몸의 털이 곤두설 것 같은 비명을 지르며 괴로움에 몸부림쳤다. 책의 페이지 같은 팔다리가 불에 타 단숨에 재로 변하기 시작했다.

아무래도 겉모습대로 불에 약한 모양이었다.

"히히, 히햐하하하하하하하! 뭐야! 별것도 아니……."

잭은 자신의 몸을 잠식한 공포를 얼버무리려는 듯 크게 웃었다.

—유죄
^{길티}

하지만 그 순간, 여자가 귓가에 그렇게 속삭이는 느낌이 든 동시에…….

잭의 몸에도 이변이 일어났다.

"아아아아아악! 내, 내 몸이…… 내 몸이이이이이이?!"

갑자기 잭의 몸도 손끝부터 책 페이지로 분해되기 시작했다.

하지만 조금 전과 다른 점은 어디선가 나타난 거대한 가

위가 공중에 떠 있었고—.

"그, 그만둬어어어어어어! 하지 마아아아아아아! 나, 나를…… 날 난도질하지 마아아아아아아아아아아!"

그 가위가 종이로 변한 부분을 갈기갈기 자르기 시작했다는 점이었다.

곧 잭의 몸이 전부 종이로 변하고 잘게 썰리자 정체불명의 가위는 다시 자취를 감추었다.

그리고 잭이 있었던 곳에는 책조차 아닌 종이 쓰레기가 작은 산처럼 쌓여 있었다.

—죽음.

무엇보다 그 단어가 강하게 연상되는, 압도적인 설득력이 느껴지는 광경이었다.

"아……."

제아무리 시스티나라도 도저히 움직일 수가 없었다.

이 너무나도 충격적인 광경에 사고가 완전히 얼어붙고 말았다.

마음 속 어딘가에서 움직이라고, 주문을 외우라고 질타하는데도 육체가 전혀 말을 듣지 않았다.

그런 시스티나를 향해 잭의 주문으로 불에 탄 괴물들이 조금씩 다가왔다.

반쯤 재로 변한 탓에 한층 더 역겨워진 모습.

그 책 페이지 같은 손이 천천히 얼굴로 다가오고 있는데도—.

"……아……."

시스티나는 그저 멍하니 바라보고 있을 수밖에 없었다.

"……《위대한 바람이여》!"

그 순간, 늠름하게 울려 퍼진 소녀의 목소리가 맹렬한 돌풍으로 변해 주변 일대를 휩쓸었다.

바람의 파성추가 시스티나에게 손을 뻗은 책 괴물을 복도 안쪽으로 날려 버렸다.

"이이이이이야아아아아아아아아아압!"

다음 순간, 사납게 날아든 푸른 충격.

힘차게 휘둘러진 대검이 소용돌이를 일으키며 나머지 괴물들도 복도 안쪽으로 날려 버렸다.

"시스티! 정신 차려! 마음을 굳게 먹어!"

"시스티나. 멍하니 있으면 안 돼."

루미아와 리엘이었다.

"……앗?!"

덕분에 제정신으로 돌아온 시스티나는 그제야 처음으로 숨을 내뱉었다.

공포로 막혀 있던 폐에 공기가 들어와서 뇌에 산소가 공급되자 사고가 정상적으로 작동하기 시작했다.

"미, 미안! 더……덕분에 살았어!"

시스티나는 황급히 자세를 고쳤다.

"그런데 대체 뭐야? 저 괴물들은……!"

"모르겠어……. 갑자기 우리 앞에 나타나서…… 우리 반 애들도, 모범 클래스 학생들도 구분 없이 습격해서 책으로 바꿔버리질 않나……."

"인간을 책으로 바꿔…… 아니, 대체 무슨 원리길래! 말도 안 되잖아!"

"응…… 저 책 괴물. 아무리 베도 안 죽어. ……곤란해."

그 순간, 시끄러운 금속음이 세 사람 사이에 울려 퍼졌다. 각자가 소지한 보석형 통신 마도기에서 나는 소리였다.

『하얀 고양이, 루미아, 리엘! 내 목소리 들려?!』

어딘지 모르게 다급한 글렌의 고함이 귀에 들어왔다.

"서, 선생님?! 시, 실은 저희…… 지금 이상한 괴물의 습격 을……."

『알아! 이쪽에서도 파악했어! 현재 『이면 학원』의 교내 여기저기에서 그 이상한 괴물들이 갑자기 출현하는 바람에 벌써 몇 명이나 당했으니까!』

"그, 그럴 수가……."

시스티나는 발밑이 무너지는 듯한 충격을 받았다.

『이런 위험한 곳에는 일분일초도 더 있으면 안 돼! 생존전은 중지다! 너희는 제2계층의 중앙에 있는 대강의실로 가! 거기서 살아남은 녀석들과 전부 합류해서 탈출할 예정이니까! 잘 들어, 그 위치에서 가려면―.』

글렌은 짧게 길을 가르쳐주었다.

"아, 알겠어요……!"

『조심해! 그 괴물 자체는 별것 아니지만…… 놈들의 손에 닿으면 어째선지 책으로 변하고 말아! 그리고…… 이젠 알겠지만, 절대로 불은 쓰지 마! 이 『이면 학원』에는 뭔가 기묘한 규칙이 있는 것 같으니까!』

"아, 예……!"

그리고 글렌은 다른 학생들에게도 지시를 내리기 위해선지 일방적으로 통신을 끊었다.

"루미아, 리엘. 들었지? 가자."

"응, 알았어."

"응."

세 소녀는 동시에 고개를 끄덕였다.

그러자 마치 그런 그녀들을 비웃는 것처럼 새로운 책 괴물들이 어둠 너머에서 스르륵 스르륵 다가왔다.

"……무, 무섭지만…… 돌파하자!"

"응!"

시스티나와 루미아는 왼손을 내밀며 전투태세를 취했다.

"이이이이이야아아아아아아아압!"

그리고 이런 상황이지만 리엘은 마치 물 만난 물고기처럼 대검을 세워들고 괴물들을 향해 돌진했다.

"젠장! 대체 뭐가 어떻게 된 거야!"

학생들에게 긴급용 회선으로 전달을 마친 글렌은 짜증 섞인 목소리로 외쳤다.

"아니야, 내가 아니야⋯⋯. 난 이런 건 못 들었어! 내 책임이 아니라고⋯⋯!"

그리고 안색이 새파랗게 질린 맥심은 홀 구석에서 머리를 부둥켜안고 덜덜 떨면서 자기변명을 시작했다.

"멍청아! 지금 그런 소리나 할 때야?!"

글렌은 한 방 후려치고 싶은 충동을 필사적으로 억누르고 머리 위를 올려다보았다.

그곳에서는 아직도 아비규환의 광경이 펼쳐지고 있었다.

모든 영상에는 책 괴물과 마주쳐서 허겁지겁 도망치는 학생들의 모습이 보였다.

글렌은 조금 전부터 최대한 가까이 있는 학생들끼리 합류할 수 있도록 탈출 루트를 지시해서 피해를 최소한으로 줄였다.

다행히 괴물의 전투 능력은 그다지 높지 않은 듯하고 이쪽의 공격이 통하지 않는 것뿐이라 큰 위협이 되지는 않았지만, 벌써 몇 명의 학생이 책으로 변하고 말았다.

물론 글렌의 제자들도⋯⋯.

'젠장, 웃기지 말라고⋯⋯!'

글렌의 이성이 폭발하려는 순간—.

"진정해, 글렌."

글렌의 마음을 민감하게 눈치챈 이브가 팔짱을 낀 자세로 차갑게 말을 걸었다.

"하필이면 「책」으로 변하는 점에서 어떤 의도가 느껴져. 아마 죽이는 게 목적은 아닐 거야. 저 아이들은 십중팔구, 아직 죽지 않았어. 구할 방법은…… 반드시 있을 거야."

"……그래, 나도 알아!"

그렇다면 지금은 무사한 학생을 한 명이라도 더 많이 이 『이면 학원』에서 대피시켜야 한다.

책이 된 학생들은 구하려면 자신이 이성을 잃고 함부로 행동해서는 안 된다.

지금 당장 이 방을 뛰쳐나가고 싶은 충동을 필사적으로 가라앉혔다.

그리고 글렌이 다시 피난 유도 지시를 내리려고 영상을 올려다보며 보석형 통신 마도기를 꺼낸 그때―

영상들이 하나둘씩 소멸하기 시작했다.

이래서는 피난 유도도 불가능하다.

"어?! 야, 장난하지 마! 적당히 좀 하라고, 이 자식아!"

글렌은 홀 구석에서 몸을 웅크린 맥심을 잡아먹을 듯 노려보며 외쳤다.

"아, 아니야! 내가 아니야! 내가 아니라고오오오오오!"

맥심은 공포로 추하게 일그러진 표정으로 머리를 붕붕 저었다.

"대, 대체 뭐야?! 무슨 일이 일어난 거지?! 이런 이상 사태는…… 이 수기 어디에도 적혀 있지 않았—."

맥심이 떨리는 손으로 『알리시아 3세의 수기』를 펄럭펄럭 넘기자, 그곳에는 조금 전까지 꼼꼼한 글씨로 적힌 이면 학원의 건축 일지와 잡담과 이면 학원을 제어하기 위한 마술식에 관한 기록이 전부 사라져 있었다.

그 대신 축축한 피로 이렇게 적혀 있었다.

—나를 죽여줘 나를 죽여줘 나를 죽여줘 나를 죽여줘 나를 죽여줘 나를 죽여줘 나를 죽여줘 나를 죽여줘 나를 죽여줘 나를 죽여줘 나를죽여줘나를죽여줘나를죽여줘나를죽여줘나를죽여줘나를죽여줘날죽여날죽여날죽여날죽여날죽여날죽여날죽여날죽여날죽여—.

"으아아아아아아아아아아아아아아아아아아아아악?!"

온 몸을 훑는 듯한 공포심에 맥심은 무심코 수기를 놓쳤다.

그러자 바닥에 떨어진 수기가 단숨에 페이지로 분해되더니 공중으로 떠올랐다.

"뭐……뭐야 이건? 무슨 일이 일어난 거지?"

어안이 벙벙한 글렌 일행의 앞에서 공중으로 떠오른 페이지들은 이윽고 생물처럼 꿈틀거리며 한 곳에 모이더니 인간의 모습을 형성했다.

종이의 질감이 마법처럼 변모한 뒤 이윽고 한 여성이 모습을 드러냈다.

긴 금발을 틀어 올린 중년 여성이었다.

마치 왕족이 입는 듯한 호화로운 드레스 차림.

여자로서는 전성기가 지났지만 음산한 아름다움과 매력이 흘러 넘쳤다.

그 와중에 푸른 눈동자만이 어둠 속에서 현란하게 번뜩였다.

정체를 알 수 없는 여성의 갑작스러운 출현에 비명을 지른 맥심은 다리에 힘이 풀려 그 자리에 주저 앉았다.

백전연마의 이브조차 말을 잃고 아연실색한 얼굴로 굳어 버렸다.

"누, 누구야······? 넌······."

간신히 목을 통과해서 나온 글렌의 질문에 중년 여성은 방긋 웃으며 대답했다.

『알리시아랍니다. ······알자노 제국 제13대 여왕이자 이 마술학원의 초대 학원장인······ 알리시아 3세요. 후훗, 후후후 후훗······!』

몸을 떨면서 음산하게 웃는 모습, 망가진 미소.

완전히 제정신이 아니라는 것쯤은 한눈에 알 수 있었다.

『자, 그럼 맥심 님. 저를 써서 이 학교에 와주셔서 정말 감사합니다. 당신 덕분에 전 사명을 이룰 수 있게 됐어요.』

"히, 히이이이이이익?!"

거의 실신하기 직전의 맥심에게는 여자의 우아한 인사에 응할 여유 같은 건 없었다.

『그리고 저의 진정한 마술학원에 오신 것을 환영합니다. 당신도 제 「책」으로 만들어 드릴게요. ……그리고 영원히 제 힘이 되는 거예요. ……자.』

여성의 양손이 마치 책 페이지처럼 펄럭펄럭 넘어가기 시작했다.

그 보기에도 역겨운 팔이 맥심을 향해 와삭거리며 나아갔다.

"머, 머, 멈춰……! 오, 오지, 오지 마아!"

공포로 몸이 굳은 맥심은 전혀 움직일 수 없었다.

여자의 손이 맥심을 끌어안으려는 바로 그 순간.

—총성, 총성, 총성, 총성, 총성, 총성.

머즐 플래시의 명멸과 동시에 여자의 몸이 뒤로 날아갔다.

한 호흡만에 탄창의 총알을 모조리 쏴 버리는 글렌의 권총 전탄 사격이었다.

이 녀석은 위험하다고 확신한 글렌은 그 순간, 망설임 없이 여자의 급소 여섯 군데에 총탄을 전부 때려 박은 것이다.

—해치웠다.

역전의 마도사이기에 인간이 어떻게 해야 죽는지 숙지하고 있는 글렌과 이브는 반사적으로 그렇게 확신했다.

『……후훗. 히히히…….』

하지만 벌떡 일어난 여자의 몸에는 아무런 상처도 없었다.

"뭐……라고……?!"

"저 사람…… 그 책 괴물과 똑같아……?!"

『아하, 아하하하하하하하하하하하하하하하하하하하!』

여자는 형형하게 빛나는 눈을 부릅뜨더니 이번에는 글렌을 향해 맹렬한 속도로 달려들었다.

"글렌?!"

"치잇!"

틀림없이 해치웠다고 착각한 탓에 글렌과 이브는 반응이 늦었다.

여자의 손이 글렌의 코앞까지 육박한 순간—

탕! 메마른 총성이 한 발.

철퍽! 갑자기 여자의 몸에 잉크 같은 검은 얼룩이 부채꼴로 퍼져 나갔다.

아니, 그 얼룩은 실제로 잉크였으리라.

잉크의 시큼한 기름 냄새가 주위로 퍼졌다.

"……늦지 않았네요."

그리고 홀과 연결된 통로 근처에는 한 소녀가 수발식 권총을 겨누고 있었다.

총구에서는 연기가 피어오르고 있었다.

"넌…… 메이벨?!"

글렌이 소녀를 인식한 그때—.

잉크에 물든 여자가 천을 찢는 듯한 비명을 지르며 괴로워하기 시작했다.

그리고 여자는 손끝, 발끝부터 수많은 종이로 변해 무너져 내렸다.

주위로 흩어진 종이는 글자를 읽을 수 없을 정도로 잉크에 젖어 있었다.

"어, 어떻게 된 거지? 해치운…… 건가? 어떻게……?"

"「책」으로서의 형태를 유지할 수 없게 된 거예요."

아연실색한 얼굴로 그 모습을 바라보는 글렌에게 메이벨이 대답했다.

"뭐? 「책」?"

"설명은 나중에 할 게요. 얼른 이곳을 벗어나죠. ……그녀들이 오고 있어요."

스르륵, 스르륵, 스르륵…….

소리가, 홀과 연결된 복도 안쪽에서 들렸다.

뭔가가 기어 오는 듯한 이 소리는 책 괴물이 이동하는 소리였다.

"에잇, 젠장! 뭐가 뭔지 모르겠다만……."

"지금은 저 애가 하자는 대로 할 수밖에 없을 것 같네."

앞장 선 메이벨의 뒤를 따라 글렌과 이브는 실신한 맥심을 양쪽에서 부축하고 홀을 뒤로했다.

이면 학원 제2계층, 남쪽의 대강의실.

위치와 구조상 이면 학원 여기저기에 흩어진 학생들이 피난하기에 가장 적합하다고 글렌이 판단한 장소였다.

돌 책상이 층층이 늘어선 그 방 안에는 난을 피한 학생들이 계속 모이고 있었다.

"······간이 결계를 펼쳤어요. 이걸로 한동안 그 책 괴물들은 들어오지 못할 거예요."

메이벨은 어디선가 꺼낸 책 페이지 같은 종이를 대강의실의 세 출입구 부근에 처덕처덕 붙이면서 그런 말을 중얼거렸다.

글렌은 혀를 차고 주위를 둘러보았다.

"위, 위험했어······."

"응, 그래."

"응, 걱정하지 마. 시스티나랑 루미아는 내가 지킬 테니까."

그러자 무사히 여기까지 도착한 시스티나와 루미아와 리엘—.

"젠장······ 또 뭔가 터무니없는 일에 말려든 모양이네······."

"그런 것 같군. 앞으로 어떻게 될지······."

그리고 카슈, 기블, 웬디, 테레사, 세실, 린을 비롯한 2반 학생들—.

"히이이이이이이······. 대, 대체 뭐야. ······그것들은 대체 뭐냐고……!"

"싫어싫어싫어. 살려줘…… 누가 나 좀 살려줘……."

그리고 한 곳에 모여서 떨리는 머리를 부둥켜안고 몸을 웅크린 맥심과 모범 클래스의 모습이 눈에 들어왔다.

최종적으로 여기까지 도착한 학생들은 약 서른 명. 절반 이상의 학생들이 도중에 책 괴물과 접촉해 책으로 변하고 말았다.

비록 많은 희생자를 냈지만 생존자의 수는 2반이 압도적으로 많았다. 비율로 따지면 4대 1 정도였다.

이러니저러니 해도 저번 사건으로 수라장을 거친 실전 경험의 차이가 비상시의 냉정함과 대응력을 발휘하게 한 것이리라.

'젠장, 어쩌면 좋지?'

글렌은 학생들의 불안한 시선을 한 몸에 받으면서 생각에 잠겼다.

'……생존자를 이 넓은 공간에 모은 후, 맥심의 『알리시아 3세의 수기』를 사용해 겉의 학원 쪽으로 「문」을 열어서 탈출할 예정이었어. 하지만 그 수기는 기묘한 괴물로 변해서 사라지고 말았지. ……탈출 수단이 없어. ……어쩌지?'

"이렇게 될 줄…… 알고 있었어요."

이런 절망적인 상황 속에서 글렌이 필사적으로 머리를 굴리고 있자, 메이벨이 다가왔다.

"그래서 당신들이 이 이면 학원에서의 생존전을 중지하길 바란 거예요. 문장으로 경고도 했고요. 하다못해 저와 **그녀** 사이에 결판이 날 때까지는……."

"야, 너. 일단 아는 걸 전부 말해. 전부 다."

글렌은 당연히 메이벨을 경계하면서 그렇게 물어보았다.

"넌 정체가 뭐지? 그 괴물들은 대체 뭐야? 이 이면 학원은 뭐고?"

"흠…… 대체 뭐부터 말씀드려야 좋을까요. 먼저 제 정체부터일까요?"

그러자 메이벨은 숨을 한 번 내쉬고 입을 열었다.

"전 맥심이 입수한 가짜가 아닌…… 진짜 『알리시아 3세의 수기』예요."

……대체 무슨 소리인지 이해할 수가 없었다.

"야, 바보야. 지금 농담할 때가 아니거든?"

"농담이 아니에요."

메이벨은 글렌의 분노를 가볍게 흘려 넘기고 왼쪽 소매를 걷었다.

그리고 오른손으로 왼손을 긁자, 마치 책 페이지처럼 표면이 옆으로 사락사락 넘어갔다.

"……?!"

그 광경을 본 모두가 경악과 동요에 사로잡혔다.

"이걸로 아셨겠죠? 전 인간이 아니에요. 「책」이랍니다."

메이벨은 이마에 비지땀이 맺힌 채 굳어버린 글렌에게 말을 계속했다.

"저를 낳은 부모…… 집필자는 제목대로 알리시아 3세예요. 정확히는 알리시아 3세의 인격과 기억을 복제한 일종의 마도서에 가까운 존재가 바로 저, 메이벨. 생전의 알리시아 3세는 이렇게 됐을 때를 대비해서 저를 마술학원 부속 도서관의 봉인서고 깊숙한 곳에 몰래 재워뒀어요. 평소의 저는 진짜 수기의 모습이지만, 유사시에는 알리시아 3세의 소녀 시절 모습을 취하고 사태를 수습하는 방향으로 움직일 수 있도록 프로그램 됐어요. 이 이면 학원은 어떤 사악한 마술 의식장. 저는 그 의식의 완수를 막기 위해—."

"잠깐, 멈춰 봐."

그러자 글렌이 경계심을 드러내며 말했다.

"갑자기 이야기가 이상해졌잖아. 알리시아 3세가 이런 사태를 대비해서 널 남겼다고? 이 빌어처먹을 이면 학원을 만든 게 바로 그 알리시아 3세일 텐데!"

"이야기는 끝까지 들어주세요, 글렌 선생님."

메이벨은 눈을 가늘게 뜨고 다시 설명했다.

"그녀는…… 알리시아 3세는 이중인격 장애를 앓고 있었어요."

"뭐……?"

"알리시아 3세는 『마도 고고학』을 연구하면서 「**어떤 진실**」

을 깨닫고 만 모양이에요. 그 탓에 정신이 병들어서 이중인격이 되고 말았어요. 말년의 그녀는 광기에 빠진 그녀와 제정신을 유지한 그녀…… 그 두 가지 인격을 가지고 있었답니다."

"즉…… 이 『이면 학원』을 만든 건……?"

"예, 광기에 빠진 알리시아 3세. 그리고 저를 남긴 건 간신히 제정신을 유지한 알리시아 3세. 광기에 빠진 그녀는 『이면 학원』을 써서 어떤 정신 나간 의식을 감행하려 했고, 제정신을 유지한 그녀는 그것을 막으려고 절 남겼어요. 그녀는 두 가지 인격 사이에서 완전히 자기모순적인 행동을 취했던 거죠."

"……."

"조금…… 긴 이야기가 되겠지만, 부디 들어주세요."

그리고 메이벨, 『알리시아 3세의 수기』는 띄엄띄엄 이야기를 풀기 시작했다.

그것은 책인 그녀 자신에게 기록된 이번 사태의 모든 진실이었다.

위대한 여왕이자 교육자이기도 했던 알리시아 3세.

말년에 『마도 고고학』에 빠진 그녀는 어느 날 갑자기 미치고 말았다.

"이유는 불명이에요. 이것만큼은 저에게도 기록이 없어서 알 수 없어요. 다만 그녀는 『마도 고고학』을 연구하는 과정에서 「**어떤 진실**」을 눈치챘고…… 뭔가에 공포심을 품으며……

아무튼 그것에 대항하기 위한 힘을 추구하게 됐어요."

"그 대항하기 위한 힘이라는 게 뭐지?"

"그건…… 저도 금기교전이라는 이름밖에 몰라요."

또 그 이름인가.

골치 아픈 문제가 생길 때마다 미리 앞서 가듯 튀어나오는 그 단어의 등장에 글렌의 표정이 씁쓸해졌다.

"광기에 빠진 그녀는 그 아카식 레코드에 한없이 가까운 『A의 오의서』라 불리는 책을 만들자는 목적을 세웠어요. 그 책을 만들기 위해 필요한 참고문헌은…… 인간."

"잠깐, 설마……?"

"예. 광기에 빠진 그녀는 자신의 인격과 기억을 기반으로 『A의 오의서』를 만들고 거기에 책으로 바꾼 인간을 대량으로 집어넣어서 완성품을 만들려 했어요. 인간을 구성하는 대량의 정보 중에 아카식 레코드에 도달하는 길이 있다고…… 생각해서요."

그리고 메이벨은 주위를 둘러보면서 말했다.

"이 이면 학원은 그걸 위한 거대한 마술 의식장. 『특이 법칙 결계』라는 마술은 아시나요? 이계의 내부를 통상 세계 법칙과 다른 규칙으로 지배하는 마술이에요. 인간을 책으로 바꾸고 정보화하는 초상현상이 일어난 이유는 바로 그것 때문이에요. 이 세계에서 『A의 오의서』의 단편…… 그 책 괴물에게 닿은 자는 몸이 책으로 재구성되는 거죠."

"……."

"하지만 그런 광기에 빠진 그녀의 계획은 좌절됐어요. 막상 학생들을 희생하기 전에 제정신을 유지한 그녀가 아슬아슬하게 막은 거예요. 제정신을 유지한 그녀는 자신의 인격을 베이스로 저를 집필한 후 『A의 오의서』를 『이면 학원』의 가장 깊숙한 곳에 쑤셔 넣고…… 그대로 『이면 학원』 자체를 봉인했어요. 그리고…… 자살했죠. 이 총으로."

메이벨은 조금 전에 글렌을 구한 수발식 권총을 보여주었다.

'알리시아 3세의 사인에 관해서는 병사, 암살, 사고사 등의 설이 있었지만…… 설마 자살이었던 거냐.'

글렌은 씁쓸한 얼굴로 낡은 총을 가만히 내려다볼 수밖에 없었다.

"그렇게 해서 『A의 오의서』는 『이면 학원』에 봉인됐고, 『이면 학원』은 완전히 겉의 학원에서 격리됐지만…… 최근에 그 경계에 금이 갔어요."

"설마…… 얼마 전의 이변으로 건물이 손상돼서?"

"예. 겉의 학원과 이면 학원은 차원위상적으로 밀접한 관계가 있어요. 겉의 학원이 처음으로 크게 파괴된 탓에 『A의 오의서』— 광기에 빠진 알리시아 3세가 겉의 학원에 간섭할 수 있는 미세한 틈이 차원의 경계에 발생한 거예요. 그리고 『A의 오의서』는 그 틈새를 통해 맥심에게 자신의 단편을 넘겼어요. ……외부에서 『이면 학원』의 출입구를 열고 인간을 불러들이기 위해서요."

"그렇군. 그 단편이 맥심이 가지고 온 『알리시아 3세의 수기』였던 건가."

"……예."

"이제야 납득이 가는군. 하긴 그렇겠지. 밖에서 잠근 문은 밖에서밖에 열 수 없는 게 당연하니까. ……맥심은 완전히 이용당한 셈인가."

"『A의 오의서』는 앞으로도 다양한 수단으로 곁의 학원에 간섭해서 인간을 유혹하고, 인간을 계속해서 포식할 거예요. 그런 식으로 『A의 오의서』의 힘이 계속 늘어나면 언젠가는 곁의 학원도 이 『특이 법칙 결계』에 침식돼서 그녀의 사냥터가 되고 말겠죠. 이미 그녀는 자신의 힘을 늘리겠다는 수단이 목적으로 변질된 재해일 뿐이에요."

"그렇군."

글렌은 어깨를 으쓱이고 한숨을 내쉬었다.

"뭐, 요컨대 그거로군. ……좋은 일이 갑자기 하늘에서 뚝 떨어질 리 없다는 건가. 내 카피 돌도 완전히 망했고…… 참 나, 진짜 세상 살기 고달프구만……."

"카피 돌? 선생님, 그게 무슨 말씀이세요?"

"아, 아무것도 아냐! 아무것도 아니거든?! 아하하하하!"

글렌은 눈썹을 움찔거리며 세우는 시스티나에게 황급히 변명했다.

이브는 그런 모습을 기가 막힌 얼굴로 바라보고 어깨를 으쓱였다.

"뭐, 상황은 이해했어. ……문제는, 우리는 여기서 탈출할 수 있는 거야? 책이 된 녀석들은…… 원래 모습으로 돌아올 수 있고?"

글렌은 긴장한 얼굴로 질문했다.

"지금 이 이면 학원의 기능과 『특이 법칙 결계』를 상위 권한으로 지배하고 있는 건 『A의 오의서』— 광기에 빠진 알리시아 3세예요."

"호오? 그렇다는 건?"

"그녀를 소멸시키면 결계가 풀리고, 선생님들은 제 기능을 써서 이 이면 학원을 탈출하실 수 있어요. 학생들도 원래 모습으로 돌아……오겠지만…… 그게……."

그러자 항상 담담한 메이벨이 웬일로 말꼬리를 흐렸다.

"……『재단형』에 처해진 자들을 제외하고요."

"……?!"

글렌의 머릿속에 그 구역질이 나는 광경이 다시 떠올랐다.

2반 학생은 미리 염열계 마술 사용을 엄격히 금지한 덕분에 그나마 무사했지만, 그 책 괴물이 나타났을 때 맥심의 제자들 중 몇 명은 어쩔 수 없이 염열계 마술을 썼다가 「재단형」에 처해지고 말았다.

"『A의 오의서』는 온갖 물리적, 마술적 공격에 무적이 되도록 설계됐어요. 하지만 은혜에는 대가가 필요…… 그게 바로 마술이죠. 그런 무리한 특성을 부여한 탓에 원래 책이라는 특성 존재의 약점인 불꽃에 극단적으로 약해지고 말았어요."

"그런가. 그 약점을 보완하기 위해 만든 게 불장난 엄금이라는 규칙이겠군."

"예. 그것을 『이면 학원』 안에서 어긴 자는 무조건적으로 책이 되고…… 재단 처분을 받게 돼요. 『특이 법칙 결계』의 규칙은 상황이 한정된 만큼 강력하고 절대적이에요. 이 『이면 학원』에서 그 규칙을 벗어날 수 있는 자는 아무도 없어요."

"……"

죽음. 그 단어에 글렌은 입을 다물었다.

무참하게 재단된 학생들은 전부 모범 클래스였다. 글렌에게 그자들은 그저 횡포한 외부인에 불과했다. 지금까지도 몇 번이나 패주고 싶었는지 헤아릴 수 없을 정도였다.

하지만 실제로 이렇게 그들의 죽음이라는 사실을 곱씹자, 어쩌면 자신이 좀 더 제대로 했으면 구할 수 있었던 게 아닐까 하는 자책이 들었다.

"서, 선생님……?"

"저기…… 괜찮으세요?"

시스티나와 루미아와 리엘이 걱정스럽게 안색을 살폈다.

"그래…… 괜찮아."

글렌은 머리를 세차게 젓다가 양손으로 뺨을 치고 마음을 다잡았다.

"지금 칭얼대 봐야 뭘 어쩌겠어. 아무튼 지금은 아직 구할 수 있는 녀석을 구하려고 움직여야 해. 자질구레한 건 뒤로 미뤄두자고."

"……."

이브는 그런 글렌의 뒷모습을 눈부신 표정으로 말없이 바라보았다.

"야! 메이베…… 아, 일단 알리시아 3세 여왕 폐하라고 부르는 편이 낫나?"

"메이벨이면 충분해요."

"그러냐. 그럼 메이벨! 헌책 회수 작업이다! 너, 『A의 오의서』의 본체가 어디 있는지 알지? 냉큼 안내해!"

그러자 메이벨은 살짝 놀란 표정으로 말했다.

"협력……해주시는 건가요?"

"야, 협력할 수밖에 없잖냐."

글렌은 이제 와서 얼빠진 말을 하는 메이벨에게 떨떠름한 얼굴로 대답했다.

"여기서 탈출해야 하고, 책이 된 내 학생을 내버려둘 수도 없고, 망할 자식들이지만 아직 구할 수 있는 모범 클래스 녀석들을 버리는 것도 찝찝하니까."

"……."

"그리고 내버려두면 앞으로도 그 헌책과 이면 학원이 곁의 학원 쪽에 못된 짓을 할 거라며? 그런 위험한 걸 이대로 내버려둘 수 있겠냐!"

"저기…… 당신은…… 화가 나지도 않으세요? 알리시아 3세에게…… 저희에게……?"

"화나는 게 당연하지, 멍청아!"

글렌은 메이벨의 말에 맹렬하게 물고 늘어졌다.

"정말이지 쓸데없는 짓이나 하고! 하지만 그런 건 나중에 생각하자고! 나중에!"

그리고 토라진 듯 시선을 홱 피했다.

메이벨은 그런 글렌을 의미심장한 눈으로 지그시 바라보았다.

"……그런 사람이에요, 폐하."

시스티나가 쓴웃음을 지으며 말했다.

"그 힘과 분노를 정말로 소중히 여기는 것을 위해서만 쓰는…… 그런 사람이에요. 가끔 길을 완전히 잘못 들 뻔할 때도 있지만요."

"……그런가요. ……무척 학생들을 아끼시는 분이군요."

그렇게 중얼거린 메이벨은 한숨을 내쉬었다.

"저도…… 알리시아 3세에게도 글렌 선생님의 십분의 일이라도 학생을 소중히 하는 마음이 있었다면 이렇게까지 되지는 않았을 텐데. 광기에 빠졌다고는 해도 『불장난 엄금』······ 학생을 죽일 수 있는 이런 규칙을 만들어버리다니······ 과거의 저는 교사로서 완전히 실격이었겠죠······."

그렇게 혼잣말을 중얼거린 메이벨의 옆얼굴은······ 무척 쓸쓸해 보였다.

"자, 그럼······ 이제부터 헌책 회수 작업을 시작할 셈이다만······."

글렌은 이 자리에 모인 자들의 얼굴을 둘러보면서 작전을 고안했다.

적의 질은 대수롭지 않지만 아무튼 물량이 엄청났다.

'나와 이브만으로 감당하는 건 무리야. 어쨌든 이쪽에도 머릿수가 필요해······.'

일반적인 전술적 시점에서 글렌은 그런 결론을 내렸다.

"당연히 저희도 따라 갈 거예요! 선생님."

시스티나, 루미아, 리엘이 앞으로 나섰다.

"선생님의 싸우는 방식은 위태로운 구석이 있으니까 등을 지켜줄 사람이 필요하잖아요?"

"방해가 되진 않을 테니, 그러니 선생님. 부탁드려요. 저희도 함께······."

"응. 난 글렌의 검."

그런 믿음직한 세 소녀의 발언에 글렌은 무심코 흐뭇한 미소를 지었다.

"훗! 이제 와서 우리만 따돌리기 없기예요! 선생님!"

"흥, 냉큼 이 시시한 소동을 끝내버리죠."

"예! 저희도 선생님의 힘이 되어드리겠어요!"

카슈, 기블, 웬디를 비롯한 2반 학생들도 잇따라 글렌의 곁으로 모여들었다.

"아무래도 린처럼 전투랑 안 맞는 애들은 여기 두고 가야겠지만…… 적의 수가 엄청 많잖아요? 이렇게 부탁할게요, 선생님. 우리도 데려가 주세요!"

"저희의 힘으로도 잔챙이들 정도는 막을 수 있을 거예요!"

"자만하는 걸지도 모르겠지만…… 오히려 저희가 없으면 전력상 곤란하지 않겠습니까?"

카슈와 웬디와 기블이 간절하게 부탁했다.

학생들은 모두 그만한 공포를 앞에 두고서도 마음이 꺾이지 않았다.

글렌의 가르침대로 냉정하고 객관적으로 사실을 확인해서 현재 자신들이 할 수 있는 일을 파악하고 결의를 다진 눈이었다.

이성으로 감정을 제어하고 항상 총명한 사고를 할 수 있는 어엿한 마술사들의 모습이었다.

'이거 참…… 그 햇병아리들이 어느 새 이렇게 믿음직해진 거지……?'

글렌은 쓴웃음을 지으며 속으로 몰래 그런 생각을 했다.

"그래, 알았다. 오히려 내가 부탁하마. 이번에는 너희들의 힘을 빌려다오."

"좋았어어어어어!"

글렌에게 인정받고, 부탁받은 학생들은 기쁜 나머지 환호성을 질렀다.

"나, 나는 안 갈 거다!"

하지만 누군가가 그런 분위기에 찬물을 끼얹었다.

"그런 정신 나간 존재에게 맞서겠다니…… 정말 제정신이 아니군!"

맥심이었다. 눈이 새빨갛게 충혈되고 식은땀을 폭포수처럼 흘리면서 보고 있는 사람이 불안해질 정도로 숨을 헐떡이는 이성 붕괴 직전의 모습이었다.

"누가 좀 구해줘…… 누가 좀 구해줘…… 누가 좀 구해줘……."

"싫어, 싫어……. 책이 되는 건 싫어……. 싫어……."

자세히 보니 맥심 주위의 모범 클래스 학생들도 저마다 공포에 사로잡혀 있는 듯한 몰골이었다.

다들 광기에 집어 삼켜진 나머지 이성과 정신이 마모되고 마음이 꺾인 상태였다.

"이, 이제 우리는 끝장이야……. 그런 괴물에게 이길 수 있을 리 없어……. 우리는 한 명도 남김 없이 책이 될 거다……. 아니…… 책이 될 정도라면 차라리……."

"이봐, 댁! 정신 차려! 그런 한심스러운 소리나 할 때가 아니잖아!"

글렌은 기가 막힌 듯, 짜증스러운 듯 맥심에게 고함을 질렀다.

"시, 시끄러워! 자네야말로 뭔가! 어떻게 이런 공포에 저항할 수 있는 거지?! 그런 구역질이 날 정도로 역겨운 미친 존재에게…… 어떻게 싸움을 걸 수 있는 거냐고!"

"시끄러, 그건 내가 교사라서다!"

그런 맥심의 물음에 글렌은 단호하게 대답했다.

"그야 나도 사실은 그런 광기의 산물과 관여하고 싶지는 않아! 하지만 난 교사다! 교사로서 학생을 지켜야 하고…… 무엇보다 학생들은 그런 내 등을 보고 있다고! 그 눈으로 진정한 마술사가 무엇인지 끊임없이 묻고 있단 말이다!"

"……?!"

"그러니…… 여기서 꼴사나운 모습을 어떻게 보이겠냐고, 젠장."

그 말을 끝으로 등을 돌리는 글렌을, 맥심은 충격을 받은 얼굴로 멍하니 바라볼 수밖에 없었다.

그리고 린처럼 특히 전투와 상성이 나쁜 학생들, 마음이 꺾인 맥심과 모범 클래스 학생들을 결계가 펼쳐진 안전한 대강의실에 남겨둔 글렌은 지원자들을 이끌고 메이벨의 안내를 따라 이면 학원 안을 걷고 있었다.

총 열 몇 명. 『A의 오의서』가 숨어 있다는 구역을 목표로 계속 이동했다.

흑막도 글렌 일행의 결의를 눈치채고 다가올 전투에 대비하고 있는 것일까.

조금 전부터 책 괴물은 전혀 모습을 드러내지 않고 있었다.

"참 나, 모범 클래스 자식들…… 이럴 때야말로 자칭 전투 전문가들이 나설 때잖아."

"입만 살고 속이 빈 인간들에게 거기까지 요구하는 건 잔혹한 일이야."

글렌이 어이가 없다는 듯 중얼거리자 옆에서 걷던 이브가 퉁명스럽게 대답했다.

"아니, 그건 그렇다 치고."

글렌은 문득 뭔가를 떠올리고 맨 앞에서 일행을 안내하는 메이벨에게 말을 걸었다.

"질문 좀 하나 하자. ……너, 이렇게까지 이번 사건의 진상을 잘 알고 있으면서 왜 지금까지 비밀로 한 거야? 좀 더 빨리 밝혔다면……."

"이건 제…… 알리시아 3세가 저지른 잘못이에요. 그래서 저는 혼자서 결판을 낼 생각이었고…… 무엇보다 사실을 밝히는 것 자체가 불가능했어요."

메이벨은 담담하게 대답했다.

"……그건 또 왜?"

"저는 제정신을 유지한 알리시아 3세의 손으로 집필됐지만, 동시에 광기에 빠진 알리시아 3세의 검열을 받아서 모르는 사이에 행동원리(프로그램)가 변경된 상태였어요. 그래서 『A의 오의서』의 행동원리를 방해하는 행동에 제한이 걸려 있었어요. 그런 저로서는 암시 마술로 맥심의 학생인 체하고 그의 행동을 감시하는 게 한계였어요. 『이면 학원』에 돌입해서 저 자신을 『잉크』로 재편찬하고 기존의 행동원리를 수복하기 전까지는 이렇게 당신들에게 진실을 밝힐 수도 없는 상태였어요."

"잉크? 재편찬? ……뭐야 그건?"

그러자 메이벨은 주머니에서 잉크병을 하나 꺼냈다.

"잉크라는 건 생전의 알리시아 3세가 저와 A의 오의서를 집필할 때 쓴 특수한 마술 잉크예요. 조합법은 생전의 알리시아 3세 말고는 아무도 모르는 완전한 실전 마술(로스트 미스틱)이죠."

그 순간, 글렌의 머릿속에 뭔가가 번뜩였다.

"혹시…… 조금 전에 홀에서 그 이상한 여자를 쓰러트린 탄환이……?"

"예, 이 잉크를 탄환으로 만든 거예요. 이 잉크만이 불꽃이 봉인된 이 공간에서 『A의 오의서』에게 타격을 줄 수 있는 유일한 수단. 그걸 당신에게 맡길게요. ……이 총도."

메이벨은 수발식 권총과 잉크병을 글렌에게 건넸다.

"괜찮겠어?"

"괜찮아요. 전 딱히 총을 잘 다루는 편도 아니고…… 그리고 역시 그 총에는 싫은 기억밖에 없거든요. ……아무튼 저 자신을 죽인 물건이니까요."

글렌이 잉크병을 열자 안에는 작은 유리구슬 크기의 잉크 덩어리가 몇 개나 들어있었다.

손으로 만지자 말랑말랑한 탄력이 느껴졌지만 신기하게도 형태가 무너지지는 않았다. 이거라면 구경에 관계없이 총탄으로 쓸 수 있을 것 같았다.

"잉크는…… 웬만하면 낭비하지 말아주세요. 제 재편찬에 상당히 많은 양을 쓴 탓에 이제 남은 건 그것뿐이에요. 그걸 다 쓰면…… 끝이니까요."

"……그래, 알았다."

글렌은 바로 자신의 손에 익은 퍼커션 캡 리볼버의 빈 탄창에 익숙한 손놀림으로 잉크탄을 장전하기 시작했다.

"……여기에요. 이 방 가장 안쪽에 『A의 오의서』가…… 광기에 빠진 알리시아 3세, 또 다른 제가 있어요."

이윽고 메이벨의 안내에 따라 일행이 도착한 곳은—.

"오호라. ……도서실인가. 뭐, 당연하다면 당연하겠군."

"도, 도서실?"

문을 통과한 시스티나는 글렌의 혼잣말에 고개를 갸웃거렸다.

비교적 폭이 넓은 통로가 마치 무한회랑처럼 소실점 끝까지 이어져 있었다.

통로 중앙에는 독서를 위한 책상과 의자가 같은 간격으로 늘어서 있었고, 이것들도 역시 소실점 끝까지 이어져 있었다.

그리고 그런 통로의 양옆에는 마치 벽처럼 늘어선 수많은 책장, 책장, 책장.

고서가 빼곡하게 꽂힌 책장은 전부 아득히 높았고 꼭대기는 짙은 어둠 때문에 잘 보이지 않았다.

"아무리 생각해도 도서실 수준이 아니잖아요. ……도서관이라고 부르는 편이……."

"쉿, 왔어요."

메이벨의 충고에 일행의 표정이 굳었다.

스르륵, 스르륵, 스르륵…….

그러자 책장 사이에서, 옆으로 벗어난 통로의 그늘에서—.

책 괴물들이 우글우글 무리를 짓고 나타났다.

툭! 투두둑!

또는 책장에서 책이 혼자 떨어지더니 괴물로 변모하기 시작했다.

글렌 일행의 앞은 눈 깜짝할 사이에 수많은 책 괴물들에게 가로막히고 말았다.

"칫…… 많기도 하구만. 참 나…….

글렌은 흑마 【웨폰 인챈트】로 마력을 실은 두 주먹을 맞부딪혔다.

"……야, 너희들. 지금부터가 진짜다. ……너희만 믿으마!"

그리고 그렇게 외치자—.

"예! 등은 맡겨주세요!"

"엄호할게요!"

"응, 돌파할게."

시스티나, 루미아, 리엘이—.

"으아아아, 진짜! 어디 한 번 해보자고!"

"……흥. 냉큼 끝을 내주지."

"무, 무, 무, 무섭지 않거든요?!"

카슈, 기블, 웬디도—.

"바, 발목을 잡을 수는 없어……."

"예. 할 수 있는 일을 해야겠죠……."

세실, 테레사도—.

글렌을 따르는 학생들은 저마다 힘차게 고개를 끄덕이며 전투 태세를 취했다.

"야, 이브."

"……왜?"

그리고 글렌은 옆에 서 있는 이브를 쳐다보지도 않고 말만 걸었다.

"말해두지만…… 난 네가 싫다."

"그래, 우연이네. 나도야."

"하지만 지금만큼은 힘을 빌려줘. 날 위해서가 아니라 학생들을 지키기 위해. 부탁한다!"

그렇게 일방적으로 말을 끊은 글렌은 책 괴물 무리를 향해 주먹을 세워들고 돌진했다.

"……흥, 제멋대로네."

이브는 그런 글렌의 뒷모습을 지긋지긋한 눈으로 지켜보았다.

"알았어. 이걸로 성대한 빚이 하나…… 평생을 걸고서라도 갚아!"

그리고 그렇게 외치며 오른손을 들고 엄호 주문을 영창하기 시작했다.

막대한 마력이 방전을 일으키면서 흘러 넘쳤다.

─달린다, 달린다, 달린다.

무한히 계속되는 책장의 회랑을…….

글렌을 선두로 학생들이 필사적으로 달렸다.

그런 일행을 가로막듯 밀어붙이는 것은 수많은 책 괴물들이었다.

『키샤아아아아아아아아아!』

종이다발로 이루어진 팔을 사방에서 뻗으며 살아 있는 시체(좀비)처럼 달려들었다.

"우오오오오오오오오오오오오오오오오!"

하지만 글렌은 그렇게 해일처럼 밀려드는 괴물들을 마력

이 깃든 주먹으로 쳐서 날려 버렸다.

"이이이이이이야아아아아아아아압!"

리엘이 회오리바람처럼 휘두른 대검이 괴물을 쓸어버리며 혈로를 열었다.

"시스티!"

"고마워, 루미아! 《모여라 폭풍·철퇴가 되어서·때려눕혀라》!"

한 번에 열몇 마리가 넘는 괴물이 한꺼번에 덤벼들면 루미아의 《왕의 법》으로 강화된 시스티나의 흑마 【블래스트 블로】— 장렬하게 휘몰아치는 바람의 파성추가 모조리 하늘로 날려 버렸다.

"《위대한 바람이여》!"

"《위대한 바람이여》!"

책 괴물들이 비처럼 쏟아지는 가운데, 좌우의 책장에서 뛰쳐나온 책 괴물들을 웬디와 테레사를 필두로 한 학생들이 【게일 블로】로 화망을 형성해서 밀어붙였다.

"《모여서 뭉쳐라·흙덩이로 창조된·백치의 거인》!"

뒤에서 다가오는 책 괴물들은 기블이 영창한 【콜 엘리멘탈】로 소환된 어스 엘리멘탈— 흙 거인이 거대한 양손을 벌려서 붙잡고 진행을 방해했다.

"《창은의 빙정이여·겨울의 원무곡을 연주해·정적을 바쳐라》."

그리고 글렌 일행의 공세를 돌파한 책 괴물들에게 어둠을 날카롭게 가르는 레이저 광선이 날아들었다.

고속 레이저가 마치 의지를 지닌 생물처럼 호선을 그리고 공간에 난무하여 — 하지만 글렌 일행만은 피하고 — 책 괴물들만 차례차례 저격했다.

계속해서 방향을 전환하며 반사하는 레이저가 한순간 일동의 시야를 수많은 단편으로 분단했다.

그리고 다음 순간.

레이저에 닿은 책 괴물들만 거대한 얼음 기둥에 갇혀서 침묵했다.

흑마【아이시클 코핀】.

냉동 광선으로 대상을 혈액까지 동결시키는 B급 군용 마술이었다.

당연히 일행 중에 이런 곡예가 가능한 것은—.

"이브?!"

"흥."

후위를 맡은 그녀는 오른손 검지를 위로 세우고 담담하게 자신의 임무를 완수하고 있었다.

"너! 불꽃 마술밖에 재주가 없는 거 아니었어?!"

글렌은 정면에서 짓쳐 드는 책 괴물을 후려치면서 외쳤다.

"뭐? 난 엘리트거든? 뭐든지 가능해. ……그저 불꽃을 가장 잘 쓰는 것뿐이야."

이브는 떨떠름하게 대답하며 스톡해둔 흑마【아이스 스톰】을 시간차 발동했다.
^{딜레이 부트}

냉기의 폭풍과 얼음조각들이 책 괴물들을 밀어붙이고, 쓸어버리고, 얼어붙였다.

이렇게 일행은 결코 쓰러트릴 수 없는 책 괴물들을 직접 건드리지 않고 처리하면서 메이벨의 안내를 따라 복잡하게 통로가 얽힌 도서실 안을 묵묵히 질주했다.

"그건 그렇고 쓰러트릴 수 없으니 성가시구만! 적은 계속 늘어나기만 하는데!"

이렇게 간신히 밀어붙이고는 있지만 이러는 사이에도 책장에서 새로운 괴물이 계속 적진에 합류하고 있었다.

"선생님의 【익스팅션 레이】로도 안 될까요?"

"……한 번 해볼까."

시스티나의 의문에 글렌은 품속에서 허량석(虛量石)— 흑마 개량형 【익스팅션 레이】의 발동 촉매를 꺼내려고 했다.

"멈춰!"

하지만 그것을 본 이브가 주문으로 책 괴물을 쓸어버리면서 날카롭게 경고했다.

"그 주문은 염열, 냉기, 전격의 삼속성 복합 주문이잖아?! 「불장난 엄금」의 규칙 위반에 걸리지 않는다는 보장은, 저것들에게 통한다는 보장은 어디에도 없어!"

"……?!"

"특이 법칙 결계 공간을 얕보지 마! 우연히 규칙상 세이프였기에 망정이지, 사실 당신의 총도 위험했어! 지금은 당신의 사격 능력과 잉크탄이 우리에게 남겨진 최후의 수단이라는 걸 잊지 마!"

"칫…… 골치 아프군."

글렌은 마지못해 허량석을 다시 품속에 쑤셔 넣었다.

"야, 메이벨! 그 『A의 오의서』라는 자식이 있는 장소는 아직 멀었어?!"

그리고 다가오는 종이 촉수를 가볍게 피하고 괴물에게 펀치로 카운터를 날렸다.

"죄송해요……. 아직이에요!"

"아, 그러냐!"

그리고 적의 공세는 시간이 지날수록 계속 격렬해졌다.

'확실히 이 책 괴물은 별것 아니야. 움직임이 그리 빠른 것도 아니고, 간단히 날려버릴 수 있어. 이 정도라면 학생들도 대응할 수 있지만…….'

불꽃과 특수 잉크탄이 아니면 해치울 수 없는 이 특이 법칙 결계 공간 한정의 불사성.

그리고 지금도 계속 머릿수를 늘리고 있는 끝이 보이지 않는 물량.

그것이 서서히 글렌의 마음을 초조하게 잠식하고 있었다.

그런 글렌의 불안은 서서히 현실로 나타나기 시작했다.

……도서실에 돌입한 지 얼마나 오랜 시간이 지났을까.

얼마나 많은 거리를 계속 달렸을까.

"젠자아아아아아아앙! 수가 너무 많잖아! 이 자식들, 무슨 바퀴벌레야?!"

이미 사방 전체가 책 괴물로 가득 메워져 있었다.

몇 십 몇 백으로 포개어진 괴물들의 모습은 그야말로 해일이나 다름없었다.

단숨에 일행을 집어삼키려고 대량으로 밀려왔다.

"크윽……."

"《거절하고 가로 막아라 · 폭풍의 벽이여 · 그 다리에 안식을》!"

루미아의 이능력 지원을 받은 시스티나가 흑마 개량형 【스톰 월】로 적들의 발을 묶은 순간—.

"맡겨줘! 후읍!"

리엘이 대검으로 때려눕혔다.

그 타이밍에 맞춰서 학생들도 필사적으로 화망을 형성했다.

"쿨럭! 이런……."

"카슈?!"

하지만 학생들의 마력도 서서히 바닥을 드러냈는지 하나둘씩 마나 결핍증상을 보이기 시작했다.

이렇게 되자 당연히 책 괴물의 진행을 막고 있던 화망도 약해졌다.

"《창은의 빙정이여·겨울의 원무곡을 연주해·정적을 바쳐라》!"

그 구멍을 이브가 메웠지만 그래도 한계가 있었다.

"야, 아직도 멀었어?! 메이벨!"

"조, 조금만 더……! 앞으로 조금만 더 가면 돼요!"

메이벨도 이마에서 비지땀을 흘리며 필사적이었다.

그리고 글렌 본인도 숨이 차기 시작했다.

"헉…… 헉…… 젠장…… 어쩌지?!"

그때였다.

피로 때문일까. 지금까지 선두를 맡고 있던 글렌이 뭔가에 다리가 걸려서 휘청거렸다.

"이, 이런……?!"

그렇게 자세가 무너진 글렌을 노리고 책 괴물들이 일제히 달려들었다.

"서, 선생님?!"

돕고 싶어도 모두가 눈앞의 적을 상대하느라 힘에 부쳐서 손쓸 방도가 없었다.

"아뿔싸……!"

글렌이 책 괴물의 촉수에 닿으려는 바로 그 순간.

"우오오오오오오오오오오오오오오오!"

카슈가 날카로운 기합을 외치는 동시에 【피지컬 부스트】로 증폭한 신체능력을 이용해서 글렌에게 손을 뻗은 괴물들에게 몸통박치기를 날렸다.

"카슈?!"

그 틈에 글렌은 재빨리 자세를 고쳤다.

"……헤헷, 선생님. 아무래도 전 여기까지인가 보네요."

하지만 카슈는 책 괴물들에게 포위당한 채 홀로 남겨지고 말았다.

"망할, 지금 갈게! 기다려!"

글렌은 등을 돌리고 카슈에게 다가가려 했다.

"바보!"

하지만 이브가 그런 글렌의 목깃을 움켜잡고 끌어당겼다.

"야! 이거 놔! 장난하지 말라고, 카슈가……!"

"시끄러워! 당신이 저 아이의 결의에 보답할 수 있는 방법은…… 구할 수 있는 방법은……."

붕!

이브는 그대로 달리면서 제국식 군대 격투술을 응용해 글렌을 능숙하게 어깨에 짊어지더니 그대로 앞으로 던져서 강제로 세워놓았다.

"……이 싸움에서 이기는 것밖에 없어!"

"……?!"

이브의 질책에 글렌을 표정을 일그러트렸다.

"선생니이이이이임!"

뒤에서 책 괴물들에게 포위된 카슈가 크게 소리쳤다.

"전 믿고 있어요! 선생님이 평소처럼 어떻게든 해결해주실 거라고요! 그러니……."

"젠장! 카슈, 미안하다! 기다려줘!"

글렌은 소리가 날 정도로 이를 악물고 앞으로 나아갈 수밖에 없었다.

"이브 선생니이이이이임! 글렌 선생님을 부탁……."

그리고 괴물들에게 파묻히며 사라진 카슈의 목소리가 도중에 끊겼다.

"……."

늘 뭔가를 경멸하듯 차가운 표정을 무너트리지 않는 이브도 이 순간만큼은 남몰래 살짝 얼굴을 일그러트렸다.

그리고 그런 카슈의 탈락이 계기였는지 도서관을 목표로 돌진하던 학생들은 피로의 한계와 마나 결핍증으로 한 명, 또 한 명씩 탈락하기 시작했다.

저마다 글렌을 앞으로 보내기 위해 자신의 몸을 희생해가며.

"……으으…… 역시 무서워……. 무서워요……."

"괜찮아요, 웬디."

책 괴물들 사이에 남겨져서 바닥에 주저앉은 채 몸을 떠는 웬디를 테레사가 옆에서 부드럽게 끌어안아주었다.

"저희는 여기서 글렌 선생님을 믿고 기다리죠. 그분들이라면 분명……."

"으으…… 글렌 선생님…… 이브 선생님…… 부디……."

그런 그녀들의 모습도 책 괴물들 사이에 파묻혀서 사라지고 말았다.

"하아……! 하아……! 이런 데서…… 망할! 나도 아직 멀었나……."

"기블…… 그래도 뭐, 나치곤 잘한 편이려나……?"

책 괴물들 사이에 남겨진 채 거친 숨을 내뱉는 기블과 세실.

"선생님! 전 이런 데서 끝날 수 없어요! 더 위를 노리고 싶다고요! 그러니……."

"맞아, 글렌 선생님! 이브 선생님! 뒷일을 부탁드려……."

그런 그들의 모습도 책 괴물들 사이에 파묻혀서 사라지고 말았다.

잇따라 탈락하는 학생들.

모두가 아무도 원망하지 않았고, 분노도 슬픔도 드러내지 않았다.

그저, 글렌을 믿고 그를 앞으로 보내기 위해 희생했다.

어느새 정신을 차리고 보니 처음에는 스무 명쯤 됐던 인원이 지금은 글렌, 시스티나, 루미아, 리엘, 메이벨, 이브…… 고작 여섯 명밖에 남지 않았다.

"빌어먹을!"

글렌은 달리면서 책장을 후려쳤다.

"진정해."

옆에서 나란히 달리던 이브가 차가운 말투로 제지했다.

"저 아이들은 죽은 게 아니야. 『A의 오의서』만 처분하면 원래대로……."

"알아! 그딴 건 나도 안다고!"

글렌은 이브를 쳐다보지도 않고 외쳤다.

"하지만…… 난 너처럼 냉정해질 수 없어!"

"……흥."

이브는 코웃음을 치고 흘려 넘겼다.

'냉정? 내가 냉정해? 냉정하게 보이는구나? 그래…….'

이것은 그녀가 태어나서 처음 경험하는 감정일지도 몰랐다.

속이 뒤집히고, 가슴이 새카맣게 타는 것 같은 감각.

자신들에게 뒤를 맡기고, 믿고, 스스로 책이 된 학생들.

그런 그들과 함께한 2주를 떠올리자 손에서 힘을 주체할 수가 없었다. 손뼈가 당장에라도 부러질 것처럼 비명을 질렀다.

'이런 일로 마음이 흐트러지다니…… 이러니까 난 이그나이트 실격인 거야!'

하지만…….

그래도 지금은…….

이 격정에 솔직히 몸을 맡기고 싶은, 격정에 몸을 맡기고 힘을 휘두르고 싶은…… 그런 기분이 들었다.

그리고 마치 무한할 것 같았던 여정 끝에 마침내 글렌 일행은 그 장소에 도착했다.

"흐읍!"

그 자리에 발을 들여놓은 순간―.

갑자기 메이벨이 왼손으로 오른팔을 붙잡더니 팔꿈치 아래를 **뜯어냈다.**

그러자 수많은 페이지로 변해서 흩어진 오른손이 글렌 일행의 뒤에 규칙적으로 배치되더니, 허공에 오망성 법진(法陣)을 형성― 결계를 구축했다.

글렌 일행을 쫓아온 책 괴물들은 그 결계에 막혀서 더는 진입하지 못했다.

"야, 메이벨! 너, 지금 무슨 짓을……!"

"걱정하지 마세요. 글렌 선생님. 저는 인간의 모습을 취했을 뿐, 어차피 본질은 「책」이에요. 이 정도로는 죽지 않아요."

확실히 팔이 잘린 메이벨의 팔꿈치에서는 출혈이 없었다. 그저 책의 단면 같은 페이지가 하늘하늘 흔들리고 있을 뿐이었다.

그래도 참혹한 모습인 것은 변함없었지만 메이벨은 개의

치 않고 앞을 응시했다.

"그보다…… 슬슬 가죠."

"……!"

그곳은 홀처럼 탁 트인 공간이었다.

주위 360도 전체가 아득히 높은 책장으로 에워싸인, 책으로 구성된 넓은 방.

천장은 여전히 짙은 어둠이 가득해서 그 건너편을 눈으로 확인할 수는 없었다.

그런 공간 안쪽에는 수많은 책이 쌓인 낡은 책상이 하나. 그 책상 앞에서는 한 여자가 램프 조명만을 의지한 채 깃털 펜으로 묵묵히 뭔가를 적고 있었다.

이윽고 작업이 어느 정도 끝났는지 여자는 갑자기 펜을 잉크병에 꽂고 안경을 벗더니, 자리에서 일어나 글렌 일행을 바라보고 온화하게 웃었다.

"어서 오세요. 우리 알자노 제국 마술학원의 여러분."

낯이 익은 모습이었다.

조금 전에 홀에서 맥심을 습격한, 수기에서 출현한 여자와 똑같았다.

아마 생전에 붕어(崩御) 직전의 알리시아 3세의 모습을 딴 저 여자야말로—

"네가…… 『A의 오의서』라는 녀석의…… 본체인가?"

"예, 그렇답니다. 저야말로 알리시아 3세의 유지를 잇는

자…… 알리시아 3세 그 자체라고 해도 과언이 아닌 존재이죠."

"흥, 농담하지 마세요."

메이벨이 코웃음을 쳤다.

"그녀는…… 알리시아 3세는 이미 옛날에 죽었어요. 당신도, 저도 미쳐버린 가엾은 여자의 잔해에 불과해요. 인간조차 아닌 책의 단편에게 현재를 살아가는 인간들을 위협할 권리는 어디에도 없어요. 땅으로 돌아갈 때가 온 거예요. 예, 당신도…… 저도요."

"아뇨, 당신의 생각은 잘못됐어요. 저를……『A의 오의서』를 완성시키는 것이야말로 알리시아 3세…… 제가 진정으로 바라던 것. 그 증거로 저는 지금도 이렇게 여기에 존재하고 있잖아요?"

"그녀는…… 그런 일을 바라지 않았어요. 타인을 희생하면서까지 완성해야 할 금단의 힘 같은 건 원하지 않았다구요."

"아뇨, 그녀는 원했어요. 이윽고 하늘에서 내려올 위협에 대비해서 그녀는 힘을 필요로 했어요. 제가 분서(焚書)되지 않고 이렇게 여기에「존재」하고 있는 것이야말로 그 증거예요."

"아니에요. 광기에 빠진 그녀는 이미 인격이 둘로 나뉘어서……! 자신들의 학생을 희생시키겠다니, 그녀가…… 원래의 알리시아 3세가 그런 일을 할 수 있을 리가……!"

"그렇다면…… 미친 건 당신이겠네요. ……큭큭큭."

어둠이…… 매우 농밀한 어둠이, 광기가, 온화하게 웃는

『A의 오의서』의 주위에 자욱하게 끼었다.

환각의 어둠이 직시하는 자의 영혼을 빨아들이려 했다.

어둠 속에서 형형하게 빛나는 그녀의 두 눈이 노출된 정신을 쥐어뜯었다.

"저를 방해하지 마세요, 또 다른 나. ……저는, 저 자신을 지고의 존재에 가깝게 완성시켜야만 해요. 그것만이…… 그것만이 제 존재의의니까요!"

여자 ―『A의 오의서』― 알리시아 3세가 양팔을 벌리자, 다시 수많은 책 괴물이 마치 그녀를 지키려는 듯 주위에 출현했다.

"걱정하지 마세요! 당신들을 죽이지는 않을 테니까요! 모두 제 자료로 삼아드리죠! 저를 완성시키기 위한 참고문헌이 되는 거예요! 목록을 달아서 소중하게 보관해드리겠어요! 아하! 아하하하하하하하하하!"

그리고 웃음소리에 호응하듯 대량의 책이 공중으로 떠올라 주위를 회전하기 시작했다.

"아직도 이렇게 많았던 거야?!"

그 광경을 본 글렌은 지긋지긋한 목소리로 외쳤다.

"……알고 계시겠지만, 대화는 필요 없어요. 글렌 선생님."

메이벨은 전투태세를 취하면서 말했다.

"그녀의 존재를…… 잉크로 덧칠해주세요. 이젠 그것밖에 방법이 없어요."

"그래, 나도 알아!"

글렌은 온존해둔 특수 잉크탄을 장전한 리볼버를 뽑았다.

"시스티나, 루미아, 리엘! 준비해! 글렌을 엄호하는 거야!"

스톡해둔 주문을 시간차 발동한 이브는 오른손에 냉기를 모으면서 지시를 내렸다.

시스티나, 루미아가 주문을 영창하기 시작했고, 리엘은 대검을 세워들고 돌진했다.

지금 마지막 싸움이 시작되려 하고 있었다.

"이이이이이이야아아아아아아아아아아아압!"

통로를 가득 메운 채 밀집 진형으로 밀려오는 책 괴물들을 리엘이 쓸어버렸다.

폭풍처럼 휘몰아치는 대검의 맹렬한 기세.

일격이 펼쳐질 때마다 몇 마리의 괴물이 날아가고, 책장에 부딪치고, 바닥에서 튕겼다.

《전차》의 리엘에게 이 정도 수준의 적은 글자 그대로 적수가 되지 못했다.

"《모여라 폭풍·철퇴가 되어서·때려눕혀라》!"

시스티나가 영창한 흑마 【블래스트 블로】— 폭풍의 파성추가 알리시아 3세의 앞에서 벽을 이룬 책 괴물들을 한꺼번에 날려 버렸다.

"《악랄한 귀녀여·그 저주받은 팔로·저자를 포옹하라》!"

루미아가 양손을 앞으로 내밀고 영창한 백마 【홀드 모션】─ 염동 포박 주문이 계속 접근하는 책 괴물들의 움직임을 일시적으로 멈추었다.

"《창은의 빙정이여·겨울의 원무곡을 연주해·정적을 바쳐라》!"

이브가 영창한 흑마 【아이시클 코핀】─ 냉동 레이저가 공간을 자유자재로 질주하며 알리시아 3세를 지키듯 떠 있는 모든 책을 얼려 버렸다.

하는 김에 알리시아 3세의 발밑도 얼려서 움직임을 봉쇄했다.

"글렌!"

"알고 있어! 우오오오오오오오오오오오오!"

글렌이 즉시 퀵 드로.

빠르게 선회하는 총구가 잉크탄을 토해냈다.

움직이지 못하는 알리시아 3세를 향해 어둠을 가로지르며 직진하는 탄환.

그녀의 방어 수단을 전부 제거한 후의 필살 공격이었다.

……보통은 여기서 끝났으리라.

이 상황에서 버나드에게 직접 전수받은 글렌의 사격을 피할 수 있을 리 없었다.

하지만 어느 책장에서 책 하나가 고속으로 날아오더니 알리시아 3세 대신 잉크탄에 맞았다.

잉크로 더러워진 그 책은 마치 힘을 잃은 것처럼 바닥으로 떨어졌다.

"어머나…… 소중한 책을 또 이렇게 더럽히다니…… 매너가 덜 된 아이들이네요."

"큭?!"

조금 전부터 몇 번을 쏴도, 몇 번을 연계해도 마찬가지였다.

방어 수단을 전부 제거한 후의 필살 공격?

착각도 자유다.

그녀의 방어 수단은 이 도서실에 있는 모든 책이었다.

메이벨이 몸 바쳐서 펼친 결계로 어느 정도 분단되기는 했지만 이 주변 일대에는 아직도 대량의 책이 있었다.

근처의 책장은 하나 같이 끝이 보이지 않을 정도로 높았고 지긋지긋할 정도로 책이 가득 꽂혀 있었다.

"젠장, 대체 어쩌라는 거야!"

"글렌!"

이브의 경고에 제정신을 차린 글렌은 주위의 책장에서 뽑힌 대량의 책이 자신을 향해 화살처럼 빠르게 날아오는 광경을 목격했다.

"으억?!"

글렌은 양팔을 교차해 방어 자세를 취할 수밖에 없었다.

"《빛의 장벽이여》!"

이브가 반사적으로 영창한 흑마【포스 실드】, 글렌의 눈앞에서 단숨에 전개된 빛의 마력 장벽과 책들이 어마어마한 충격음을 내며 격돌했다.

만약 정통으로 맞았다면 온 몸의 뼈가 박살났으리라.

"멍하니 있지 마!"

"미, 미안……. 하지만!"

적 하나하나는 서적화(書籍化) 공격만 주의하면 딱히 대수로울 것 없었다.

알리시아 3세도 전투능력을 갖추고 있는 건 아닌 듯했다.

하지만 엄청난 물량이 절망의 벽이 되어서 글렌 일행의 앞을 가로막고 있었다.

그리고 절호의 기회를 노리고 글렌이 날린 잉크탄은 이 물량 앞에서 모조리 막혀 쓸데없이 잔탄을 낭비하고 말았다.

"조바심 내지 마! 진정해! 분명, 더 좋은 기회가 있을 거야! 지금은 버티면서 적의 공세를 계속 막는 수밖에 없어!"

"치이이이이잇!"

그 후로도 글렌 일행은 절망 속에서 활로를 찾기 위해 필사적으로 싸웠다.

글렌이 마력이 깃든 주먹으로 책 괴물을 쳐 날렸다.

시스티나가 바람의 주문으로 날아오는 책을 날려버렸다.

루미아가 포박 주문으로 책 괴물들의 움직임을 멈추었다.

리엘이 대검을 휘둘러서 해일처럼 밀려오는 적들을 갈라버렸다.

이브가 온갖 기교를 구사해서 알리시아 3세의 빈틈을 만들려 했다.

그 사이에도 메이벨은 쉬지 않고 자신의 몸을 뜯고, 찢어서 계속 기세를 더하며 뒤에서 밀려오는 책 괴물의 홍수를 필사적으로 막았다.

몇 번이나, 몇 번이나, 몇 번이나 알리시아 3세에게 일격을 먹이려고 시도했다.

하지만 몇 번을 시도해도, 몇 번을 시도해도, 몇 번을 시도해도……

아무리 방법을 바꾸고, 도구를 바꾸고, 의표를 찔러도…….

결국 알리시아 3세의 압도적인 물량 앞에서 막히고 말았다.

서서히 글렌 일행의 마음속에 초조함과 절망이 그늘을 드리우기 시작했다.

"우오오오오오오오오오오오오오오오오오오오!"

그리고 공방 끝에 일말의 기회를 찾아낸 글렌이 흑마 【그래비티 컨트롤】로 중력을 조작, 책장을 박차며 하늘 높이 도약했다.

"《위대한 바람이여》!"

시스티나의 【게일 블로】가 그런 글렌의 몸을 한층 더 위로 올려 주었다.

단숨에 알리시아 3세의 머리 위까지 도달했다.

책 괴물과 부유하는 책들이 주위를 에워싼 알리시아 3세의 유일한 사각— 머리 위.

육체를 깎아내는 듯한 움직임 끝에 마침내 얻은 최고의 기회.

글렌은 위아래가 역전된 풍경 속에서 권총을 겨누었다.

"맞아라아아아아아아아아아아아아!"

그리고 방아쇠를 당겼다.

다시 총구에서 잉크탄이 배출되었다.

하늘 위에서 추락하는 유성 같은 총탄은—.

철퍽!

"……유감이겠네요."

알리시아 3세가 아니라 책상 위의 책을 성대하게 더럽혔다.

"마, 말도 안 돼! 선생님의 사격이…… 빗나갔어?!"

시스티나가 믿을 수 없는 얼굴로 눈을 부릅떴다.

"아니야! 빗나가게 한 거야!"

하지만 이브는 혀를 차고 글렌을 올려다보았다.

"……커, 억……!"

자세히 보니 어디선가 날아온 책이 공중에 있는 글렌의 옆구리에 틀어박혀 있었다.

그 충격 때문에 조준이 빗나간 것이다.

그리고 그런 글렌에게 추격타를 가하듯 대량의 책이 유성군처럼 맹렬하게 날아들었다.

"크ㅇㅇㅇㅇㅇㅇㅇㅇㅇㅇㅇ윽?!"

난타당한 글렌의 몸이 호선을 그리며 손을 뻗는 괴물의 바다 속으로 추락했다.

"서, 선생니이이이이이이이이이이이임!"

시스티나가 무심코 비명을 지른 순간—.

"《보이지 않는 손이여》!"

냉정하게 전황을 파악하고 있던 루미아가 백마【사이 텔레키네시스】의 주문을 외치며 글렌에게 왼손을 뻗었다.

염동파가 글렌의 몸을 낚아채서 루미아의 곁으로 데려왔다. 그러자 당연히 공중의 책들이 추격했다.

"방해하지 마!"

하지만 도약한 리엘이 대검을 폭풍처럼 휘둘러서 모조리 튕겨냈다.

"선생님!? 괜찮으세요?!"

"칫…… 미안하다. 내가 또 실수를……! 쿨럭!"

루미아는 입가에서 피를 흘리는 글렌에게 급히 백마【라이프 업】— 치유 주문을 걸었다.

"빌어먹을! 이것도 안 돼, 저것도 안 돼……. 이제 뭘 어쩌라는 거야!"

글렌이 분하게 바닥을 내리치는 소리가 주위로 서늘하게 울려 퍼졌다.

"……글렌 선생님. 저도 슬슬…… 한계예요. ……어서 결판…… 내지…… 않으면……."

목소리가 들린 쪽으로 시선을 돌리자 메이벨은 이미 보기에도 딱한 모습으로 변해 있었다.

계속 자신의 몸을 뜯어서 결계를 유지한 탓에 너덜너덜했다.

페이지의 단면이 보이지 않는 부분이 없을 정도로 대량의 육체를 잃은 폐해가 언어기능에도 지장을 초래한 것 같았다.

어쩌지?

어쩌지?

……어쩌면 좋지?

"……정말이지, 소중한 책을 잉크로 이렇게 더럽히다니……."

누구나가 필사적으로 머리를 굴리며 생각에 잠긴 가운데, 알리시아 3세가 유감스러운 얼굴로 한숨을 내쉬더니 곧 뭔가 좋은 생각이 떠오른 듯 손뼉을 쳤다.

"맞아! 책을 잉크로 더럽힌 사람도 「재단형」에 처해버리는 거예요!"

"……?!"

모두가 그 말을 듣고 얼어 버렸다.

"예, 그렇게 하죠! 소중한 책을 더럽힌 사람에게는 그 정도 벌이 필요한 게 당연해요! 당장 규칙을 만들어야겠네요."

그 말을 끝으로 책상 앞에 앉은 알리시아 3세는 깃털 펜으로 뭔가를 적기 시작했다.

"그녀는…… 이면 학원의 규칙…… 새로 만들 생각…….

이대로 가면······ 곧 잉크도······ 못 쓰게 될지도······."

"······진짜냐."

그렇게 되면······ 끝이다. 더는 손쓸 방법이 없다.

글렌 일행은 현기증이 나는 듯한 절망감에 사로잡혔다.

"서, 선생님······ 어쩌죠? 어쩌면 좋아요?"

【스톰 월】로 괴물들의 진행을 막고 있는 시스티나가 떨리는 목소리로 물었다.

"그건······!"

그녀의 불안한 목소리를 들은 글렌은 곧 입을 다물었다.

······실은.

······사실대로 말하자면.

딱 한 가지 공략법이 있었다.

처음부터 알고 있었다.

너무나도 단순 명쾌한 공략법이었다. 아무튼 적이 일부러 금지할 정도이니 터무니없이 유효한 수단인 건 확실했다.

글렌은 간절한 눈으로 자신을 응시하는 시스티나, 루미아, 리엘을 힐끔 흘겨보았다.

잠시 그녀들을 바라보다가 뭔가를 결심했다.

"야, 이브."

"왜?"

이윽고 글렌은 잉크탄이 장전된 권총의 그립을 이브에게 내밀었다.

"너…… 일단 총은 쏠 줄 알지?"

"……어쩌려고?"

"그야 뻔하잖아. 나는…… 염열계 마술을 쓸 거다."

그런 결의에 찬 선언에 일행은 숨을 삼키고 눈을 부릅떴다.

"애초에 이 열세는 저것들의 전력이 전혀 줄어들지 않는 게 가장 큰 원인이야. 그렇다면 내가 전력을 다해 염열계 마술을 써서 수를 줄이겠어! 이젠 그 방법밖에 없어!"

"아, 안 돼요! 선생님!"

"맞아요! 그런 짓을 했다간 「재단형」에 처해지실 거라구요!"

그 순간, 시스티나의 머릿속에는 눈앞에서 책으로 변한 한 학생이 정체를 알 수 없는 가위에 갈기갈기 썰렸던 최악의 광경이 되살아났다.

"멍청아! 이대로 가면 어차피 전멸이야! 이젠 하늘에 맡기는 수밖에 없잖아!"

"하지만, 그럼 선생님은 확실히 죽을 거라구요!"

"맞아요. 뭔가 다른 방법이……!"

"……없어! 있을지도 모르지만, 생각하고 있을 여유가 없다고!"

글렌은 그렇게 단언하며 이브에게 권총을 떠밀었다.

"이브, 뒷일은 맡기마! 이 녀석들을…… 학생들을 부탁해!"

결의에 찬 글렌의 눈이 이브를 정면에서 똑바로 응시한 순간―.

"······응, 알았어."

이브는 평소처럼 대담하게 웃고 권총으로 손을 내밀었다.

"나한테 맡겨—."

"그 순간, 그녀의 머릿속에 떠오른 것은—.

—이브 선생니이이이이임! 글렌 선생님을 부탁······.

—으으····· 글렌 선생님····· 이브 선생님····· 부디······.

—맞아, 글렌 선생님! 이브 선생님! 뒷일을 부탁드려······.

"응, 난 이그나이트인걸. 잘 해낼 거야—."

요 2주 동안을 함께 보낸 2반 학생들의 모습뿐······.

—자, 잘 부탁드립니다! 이브 선생님!

—해냈어! 우리는 강해졌어!

—응. 글렌 선생님과 이브 선생님 덕분이지?!

—감사합니다! 이브 선생님!

"응, 안심하고 나한테 맡겨. 하지만······."

글렌에게 내민 이브의 손은 권총을 잡지 않고 스쳐 지나갔다.

"······어?"

어안이 벙벙한 글렌의 목소리를 뒤로 하고 가볍게 그의

옆을 빠져나가자, 그대로 쭉 뻗은 손바닥 위에 소리를 내며 불꽃이 피어올랐다.

"……**이쪽**을 말야."

"이브?!"

경악으로 굳어버린 일행 앞에서, 자신감이 가득한 표정으로 미소 지은 이브의 손바닥 위에 피어오른 불꽃이 업화처럼 소용돌이를 그리기 시작했다.

눈부신 빛이 어둠을 떨쳐내고 어마어마한 열기가 일행의 뺨을 저릿하게 훑었다.

"이 바보! 너, 이게 무슨 짓이야!"

"하아…… 나도 늙었나 보네. ……나도 그 아이들에게 가슴을 펼 수 있는 교사가 되고 싶다는 생각이 들다니…… 정말, 바보야."

"야, 그만둬! 이브! 불꽃을 거둬! 그러다가……!"

—유죄.

이미 늦었다.

자세히 보니 이브의 팔다리는 벌써 책으로 변하는 중이었다.

"시끄러워. 당신의 허접한 염열 주문으로 이 궁지를 타개할 수 있을 리 없잖아? 적재적소…… 여기서는 불꽃 마술의 대가인 이그나이트가 나설 차례야. 그리고……"

이브는 글렌을 돌아보며 애처롭게 웃었다.

"그 아이들에게는 아직 당신이 필요해."

"뭐……?!"

"그러니 아무런 가치도 없는 내가……."

그리고 뭔가를 떨쳐내듯 정면을 똑바로 응시했다.

"이브……! 야, 멈춰어어어어어어어어!"

이브는 글렌의 제지도 듣지 않고 마력을 전개해 마치 숨쉬듯 주문을 영창했다.

"《진홍의 염제여·겁화의 군기를 들고·붉게 유린하라》!"

흑마【인페르노 플레어】.

어지간한 불꽃은 비교조차 할 수 없는 초고열의 작렬 겁화가 해일처럼 모든 것을 집어 삼키고 불태우는 B급 어설트 스펠.

이브를 중심으로 불기둥으로 변한 업화가 도서실 내부를 진홍색으로 물들였다.

"하아아아아아아아아아아아아아아아앗!"

이브가 몸에서 페이지를 계속 떨어트리면서 팔을 휘두르자 불꽃이 맹렬한 속도로 용솟음쳤다.

바닥을, 책장을, 천장을…….

글렌 일행을 제외한 모든 곳을 홍련의 불꽃이 인정사정없이 휩쓸었다.

　모든 것을 붉디붉게 물들이고 책도, 책 괴물도, 책장도…….

　그야말로 초열지옥의 구현.

　알리시아 3세를 지키는 모든 것을 재조차 남기지 않고 소
멸시켰다.

　"아…… 이, 이런…… 내, 내 책이이이이이이이이이이이이
이이이이이이이이이이이이이이이이이이이?!"

　믿을 수 없는 광경을 목격한 알리시아 3세는 영혼이 깨지
는 듯한 비명을 질렀다.

　"네 이놈…… 잘도…… 네 이노오오오오오오오오옴!"

　그리고 마치 보복이라는 것처럼 현재 진행형으로 책이 되
고 있는 이브를 향해 어디선가 수많은 가위가 쇄도하더니,
그녀였던 페이지를 갈기갈기 찢어 놓았다.

　"시, 싫어어어어어어! 그마아아아아아아안!"

　그 절망적인 광경을 본 시스티나가 울부짖었다.

　"이브…… 씨…… 설마…… 이런……!"

　루미아는 슬픈 표정으로 넋을 잃었다.

　"이브……? 거짓말……."

　그리고 리엘은 멍한 얼굴로 굳어버렸다.

　이브는 그런 소녀들의 시선을 느끼면서 흐려지는 의식 속
에서…… 이런 생각을 했다.

　'이 내가…… 이런 곳에서 이렇게 꼴사납게…… 아하

하…… 이젠 눈물도 안 나와…….'

이그나이트 실격이었다.

이런 무능한 꼬락서니라 절연당하는 게 당연했다.

하지만―.

그래도―.

이브는 문득 요 2주 동안 있었던 일을 떠올렸다.

2반 학생들의 얼굴이 마치 주마등처럼 차례차례 지나갔다.

어째선지 이런 무능한 자신을 잘 따르고 존경해줬던 학생들.

그리고…… 이렇게 무능하고 아무도 인정해주지 않았던 자신을 보고 눈물을 흘려주는 시스티나와 루미아와 리엘을 바라보았다.

그 기억을 떠올리면―.

'……아아…… 나쁘지 않네. ……왠지 이런 것도…… 나쁘지 않아…….'

이윽고 자신이라는 존재가 새카만 어둠 속으로 가라앉으며 사라지기 직전.

마지막으로 떠오른 것은 죽이 맞지 않는 옛 동료의 밉살스러운 의기양양한 얼굴.

'……글렌…… 이래 봬도 난…… 실은 당신을…….'

뚝.

거기서 이브의 의식은 완전히 어둠 속으로 사라졌다.

—남겨진 것은 무참한 종이더미뿐.

그리고 모든 것이 불타고 문드러진 파멸적인 광경 속에서, 누군가가 사납게 책상 위로 뛰어 오르는 무거운 소리가 주위로 울려 퍼졌다.

"이브. 이래 봬도 사실 난 너를……."

책상 위에 한 다리를 걸친 글렌이 굳어버린 알리시아 3세의 이마에 총구를 가져다 댔다.

"……**싫어하지는 않았어.**"

"히익?! 그, 그만……."

무시하고 무자비하게 당긴 방아쇠.

한 발의 총성이 타오르는 불바다 속에서 공허하게 메아리 쳤다.

종장 재출발

어두운 정적에 감싸인 도서관 통로에 두 권의 책이 아무렇게나 떨어져 있었다.

이내 책답게 침묵을 유지하고 있었던 그 책이 갑자기 제멋대로 펼쳐졌다.

그리고 책 종이가 제멋대로 풀리더니 허공을 향해 날아오르기 시작했다.

이윽고 빙글빙글 춤추던 종이들이 한 곳에 모이고 인간의 형태를 이루었다.

그저 종이였던 것이 서서히 질감을 바꾸며 인간이 되었다.

"……음……?"

"……여, 여기는…….."

조금 전까지 책이었던 두 사람, 기블과 세실은 고개를 저으면서 몸을 일으켰다.

"……원래대로…… 되돌아 온 건가?"

그 순간, 눈을 깜빡거리던 그들을 향해 여러 명의 발소리가 빠르게 다가왔다.

"우오오오오오! 기블~! 세시이이이일~!"

"저건…… 카슈?"

손을 흔들면서 달려오는 건 카슈와 웬디와 테레사를 필두로 한 2반 학생들이었다. 모두 글렌 일행을 보내기 위해 스스로를 희생했던 자들뿐이었다.

"다행이다! 너희도 무사했구나!"

"……그래, 덕분에."

"책이 됐던 학생들은 전부 원래 모습으로 돌아온 모양이에요!"

"그렇다는 건……?"

"응! 역시 글렌 선생님과 이브 선생님이 해내신 거야!"

학생들은 승리를 예상하고 흥분했다.

"그런데 선생님들은 지금 어디 계시지?"

"아, 선생님들이라면 이 앞에 계실 거야."

"그런가! 좋아! 다 같이 맞이하러 가자!"

그렇게 말하고 동시에 서로에게 고개를 끄덕인 학생들은 도서실 안쪽을 향해 줄지어 달려갔다.

──.

"……끄, 끝난 거야……?"

모든 것이 재로 변하고 불에 타 문드러진 정적 속에서 시스티나의 혼잣말에 응하듯 글렌이 천천히 총을 내렸다.

책상 위에 남은 것은 페이지가 전부 잉크로 더럽혀진 한 권의 책이었다.

이제는 읽을 수 없으리라. 뭐가 적혀 있는 건지 알아볼 수 없었다.

그렇다면 이건 이제 겉모양만 책의 형태를 유지한 쓰레기에 불과했다.

광기에 빠진 알리시아 3세의 일그러진 유지는…… 인간을 포식하는 금단의 『A의 오의서』는…… 영원히 소실되고 만 것이다.

"……."

하지만 글렌은 그 책에는 눈길도 주지 않고 말없이 고개를 들렸다.

망연자실하게 서 있는 소녀들에게 걸어갔다.

그리고 잘게 잘린 종이가 작은 산처럼 쌓인 곳 앞에서 멈춰 섰다.

바로 조금 전까지 이브였던 것이다.

글렌은 복잡한 표정으로 눈을 가늘게 뜨고 그 종이더미를 내려다보았다.

"……바보 자식."

단 한 마디. 억지로 쥐어짜 낸 듯한 작은 목소리였다.

평소보다 훨씬 작아 보이는 그의 등에 시스티나도, 루미아도, 리엘도 도저히 말을 걸 수가 없었고 말을 꺼낼 여유도 없었다.

"우오오오오오오! 글렌 선생니이이이이이임!"

그런 암담한 분위기 속에서 이윽고 카슈 일행이 환희에 찬 표정으로 달려왔다.

"해내셨군요, 선생님! 또 학교를 구하신 거예요!"

"참 나, 정말 정기적으로 위기에 빠지지 않으면 직성이 안 풀리는 건가. ……이제 좀 참아줬으면 좋겠군."

"후훗! 그래도 선생님이라면 저희를 구해주실 거라고 믿고 있었답니다!"

저마다 글렌을 둘러싸고 흥에 겨워 떠들어댔다.

"저기…… 그건 그렇고 글렌 선생님. ……이브 선생님은요?"

하지만 세실의 아무렇지 않은 질문에 승리의 기쁨에 들떠 있었던 학생들도 그제야 눈치챘다.

글렌과 세 소녀 사이에 감도는 묘한 분위기를…….

"어, 어라? ……그러고 보니, 이브 선생님은 어디 가신 거예요? 선생님."

"조금 전부터 안 보이시는데…… 여기로 올 때도 못 봤는데요."

"선생님. 불장난 엄금이라는 규칙이 있는데도 여기서 염열계 마술을 쓴 건 대체 누구죠?"

그리고 주위의 상황을 둘러본 기블이 비지땀을 흘리면서 물어보았다.

"마, 맞아요! 선생님! 불을 쓰면 위험한 거 아니었어요?!"

"분명 「재단형」에 처한다고……."

"……."

하지만 글렌은 학생들의 질문에 대답하지 않고 침묵했다.

그저 발밑에 쌓인 종이더미만 하염없이 내려다볼 뿐이었다.

"잠깐만요…… 선생님. 설마…… 거짓말이죠?"

학생들이 서서히 상황을 파악함에 따라 납덩이처럼 무거운 공기가 일행의 어깨를 짓누르기 시작했다.

"서, 선생님…… 농담하시는 거죠? 늘 하시는 장난이죠? 아~ 그거 참 재밌네요. ……이제 됐죠? ……얼른 이브 선생님을 불러주세요. 예?"

"……."

그래도 침묵. 글렌은 계속 침묵을 관철했다.

그 대신 시스티나가 떨리는 목소리로 말을 쥐어짜 냈다.

"이브 씨는…… 글렌 선생님을…… 우리를 지키려고 불꽃 주문을……."

그것으로 모든 것을 깨달은 학생들도 입을 다물 수밖에 없었다.

그리고 잠시 후, 시간이 멈춰버린 게 아닐까 싶을 정도로 모두가 움직임을 멈추었다.

그저 하나 같이 망연자실한 얼굴로 종이더미를 내려다볼 수밖에 없었다.

이윽고 누군가가 코를 훌쩍이는 소리를 계기로—.

누군가는 힘없이 무릎을 꿇었고─.

누군가를 어깨를 떨었고─.

또 누군가는 머리를 부둥켜안았다.

"……빌어먹을…… 진짜냐……. 어째서……."

"이, 이럴 수가…… 흑……."

학생들은 모두 눈물을 흘리기 시작했다.

"……썩을."

슬픔에 잠긴 학생들의 모습을 보다 못한 글렌이 이를 악문 순간─.

"글렌 선생님……."

메이벨이 옆으로 다가왔다.

페이지를 회수한 건지 군데군데 종이가 풀려 있기는 했지만 거의 원래의 모습으로 돌아와 있었다.

그리고 그녀의 품에는 기능을 잃은 『A의 오의서』가 안겨 있었다.

"죄송해요……. 여러분께는 정말 큰 폐를 끼치고 말았네요."

그런 메이벨의 분위기는 왠지 지금까지보다 약간 어른스러웠다.

"……메이벨?"

"아뇨. 이렇게 『A의 오의서』를 회수하고…… 광기에 사로잡힌 부분을 전부 지운 지금의 저는…… 메이벨이라기보다 알리시아 3세인 거겠죠. 광기에 빠진 저도, 제정신을 유지한 저도 표리일체. 동등한 저 자신. 그러니 지금 이렇게 하나가 된 지금의 저는…… 물론 본질적으로는 다른 사람이지만…… 한없이 생전의 알리시아 3세에 가까운 존재예요."

메이벨은 조용히 묵념하는 것처럼 눈을 감고 한숨을 내쉬었다.

"산산이 흩어지고 수많은 노이즈가 섞였던 저희들이지만…… 이제야 겨우 이렇게 알리시아 3세로서 당신과 직접 이야기를 나눌 수 있게 된 거랍니다. 글렌 선생님."

"유감이지만…… 이제 너랑 할 말 따윈 아무것도 없어."

글렌은 쌀쌀맞게 말했다.

"네가 이 웃기지도 않는 이면 학원과 오의서를 만든 알리시아 3세와 본질적으로 다른 존재라는 건 머리로는 알겠어. 하지만 이 감정은…… 그걸로는 납득할 수 없어."

"예…… 당신의 분노는 당연해요."

메이벨은 글렌에게 진지한 목소리로 말했다.

"그러니…… 이건 제 최소한의 속죄예요."

"……뭐?"

그리고 그녀는 울고 있는 학생들을 밀어 헤치고 종이더미 앞으로 다가갔다.

"저는…… 생전의 저는…… 교육자로서는 완전히 실격이라고 생각했어요. 아무튼 학생들을 희생시키고 죽이는 무시무시한 규칙을 만들었으니까요. ……아무리 광기에 사로잡혔다지만, 더는 교육자를 자처할 수도 없는 괴물일 뿐이었어요."

"이, 이봐……?"

"하지만…… 아무리 이성을 잃고, 광기에 빠진 저라도……
마지막까지 교육자로서의 긍지만큼은 버릴 수 없었나보네
요. ……지금 저는 생전의 저를 전부 기억해냈어요. 분명 지
금이라면……."

그 말을 끝으로 메이벨은 눈물 젖은 눈으로 자신의 거동
을 지켜보는 학생들 사이에서 살며시 무릎을 꿇더니 종이더
미 위에 손을 올렸다.

"이 마술학원의 학원장 알리시아 3세의 권능으로 여기에
선언합니다. 『저는 당신들의 불장난 위반 행위를…… 불문
에 부치고 **용서하겠어요**』."

메이벨이 그렇게 선언한 순간이었다.

종이더미가 부드러운 황금색 빛에 감싸였다.

"앗?!"

그리고 회오리바람이 불더니 종이 조각들이 빙글빙글 솟
아오르기 시작했다.

무참하게 잘린 종이가 춤추면서 다시 원래대로 붙고 수복
되어 하나둘씩 바닥으로 쏟아졌다.

이윽고 수복된 종이들은 바닥에서 마치 생물처럼 움직이
며 인간의 모습을 이루었고—.

"응……?"

그렇게 원래대로 돌아온 이브가…… 천천히 눈을 떴다.

"……뭐지? 나, 어떻게 된 거지……? 왠지 머리가 멍한데……."

그리고 그녀는 깨달았다. 2반 학생들이 저마다 눈물과 환희가 뒤섞인 표정으로 떨면서 자신을 바라보고 있는 것을…….

"뭐니 진짜…… 당신들, 왜 우는……."

"""""와아아아아아아아아아아아아아아아아아아아아!"""""

다음 순간, 이브는 달려든 학생들에게 안겨서 기겁했다.

"다행이다! 진짜 다행이야아아아아아아아아아!"

"으아아아아아아아아아아아앙!"

"흑, 이브 선생님~!"

"꺄아악?! 잠깐, 당신들! 진짜 뭐야! 이거 놔, 숨 막……."

이브가 눈을 휘둥그레 뜨고 소리를 질렀지만 학생들의 흥분은 가실 줄 몰랐다.

"……다행이야……. 정말로……."

"그러게……."

"응."

시스티나, 루미아, 리엘도 눈물을 글썽였다.

"이걸로…… 이 교내에서 『재단형』을 받았던 희생자는 전부 원래 모습으로 돌아올 거예요."

"칫…… 제법 센스 있는 짓을 해주시는구만. ……굳이 고맙다는 말은 안 하겠다만."

글렌은 글렌대로 복잡한 표정을 하고 시선을 피했다.

이 이면 학원의 학원장이었던 알리시아 3세의 『은사(恩赦)』.

그것이 이면 학원에서 규칙을 위반한 희생자를 구할 수 있는 유일한 수단이었던 것이다.

"그런가. 아무리 미쳤어도…… 결국 근본적으로 넌 학생들을 사랑했었다는 거군."

"그건…… 저로서는 알 수 없어요. 생전의 제가 이곳의 『특이 법칙 결계』에 이런 빠져나갈 길을 만든 게 정말 그런 이유 때문이었는지. 아니면 그저 변덕 때문이었는지는……."

"됐어. 어차피 이젠 고인이니까…… 그런 미담인 셈 치자고. 절대로 용서는 못 하겠지만."

토라진 듯한 글렌의 말투에 메이벨은 쓴웃음을 지었다.

"……그래서? 결국 이 이면 학원은 어떻게 되는 거야? 넌 어쩔 거지?"

"이면 학원 자체는 이렇게 계속 남아 있을 거예요. 물론 이제 그런 무시무시한 규칙 같은 건 없겠지만요. ……그리고 저는…… 이걸로 이별이에요."

"……!"

글렌이 고개를 돌리자 메이벨은 어느새 반투명한 모습으로 변해 있었다.

"……제 역할은 이제 끝났어요. 그럼 남은 건 원래 모습으로 돌아가는 것뿐이죠."

"그런가. ……너, 사라지는 거냐."

글렌은 뭐라고 말해야 좋을지 몰라 입을 다물었다.

"글렌 선생님…… 선생님이 진심으로 학생들을 아끼는 진정한 교육자라고 보고…… 부탁드릴 게 있어요."

"그건 네 착각이라고 생각한다만…… 뭔데? 말해 봐. 일단 들어주기는 할게."

"……아카식 레코드……. 선생님은 이 단어를 아시나요?"

별안간 튀어나온 그 이름에 글렌은 눈을 크게 떴다.

"아, 요즘 들어서 갑자기 자주 듣는 이름이긴 해."

"그런……가요. ……그럼 그는 역시…… 움직이고 있는 거군요."

"……넌…… 뭘 알고 있지?"

메이벨은 글렌을 똑바로 바라보고 말했다.

"글렌 선생님, 이 세계에는…… 이 나라에는 머지않아 파멸이 찾아올 거예요. 돌이켜 보면 그 『A의 오의서』도 처음에는 파멸에 대항하기 위한 힘을 만들려는 게 목적이었어요. ……결국 잘못된 방법으로 비틀리게 됐지만요."

"……!"

"만약 선생님께서 그 파멸에 대항하실 생각이라면…… 당신은 진실에 다가서야만 해요."

"진실?"

"예. 이 나라의 성립 과정과 왕실의 피에 감춰진 비밀에 관해. 그리고 페지테 상공에 떠 있는 『멜갈리우스의 천공성』과 아카식 레코드에 관해. 생전의 알리시아 3세는 나름대로 그 진실에 접근한 일부의 기록을 바로 저······『알리시아 3세의 수기』에 기록했답니다. 만약 당신이 이 멸망에 저항하시겠다면······ 이 나라와 이 세계의 미래를 우려하신다면······ 저를 손에 들어 주세요. 언젠가 분명 도움이 될 거예요. 제 수기와 동화 『멜갈리우스의 마법사』가 분명 당신을 인도해줄 거예요. 만약 당신이 짐이 무겁다고 느끼신다면······ 저를, 신뢰할 수 있는 다른 누군가에게 맡겨 주세요. 신중히······ **그 남자**의 입김이 닿지 않은 누군가에게······."

"······**그 남자**라는 건 누구지? 야, 가장 중요한 것부터 제대로 말해."

"안 돼요. 이미 검열돼서 기록이 남지 않았어요. 그저······ 어린 소년일지도 모르고, 젊은 남자일지도 몰라요. 노인일지도 몰라요. 어쩌면 여자의 모습일지도 몰라요."

"뭐야 그게?! 즉, 힌트는 아무것도 없다는 소리잖아!"

"그러니 이건 일종의 도박이에요. 학생들을 위해 자신의 목숨을 던지는 것도 마다치 않은 당신이 그 남자의 수하가 아니라는 것을 믿고······ 당신께 맡기겠어요. 부탁이에요, 글렌 선생님. ······부디, 이 나라를······ 세계를······ 잘······ 부탁드려······."

그렇게 메이벨, 알리시아 3세의 모습은 흔적도 없이 사라졌다.

그 자리에 남은 것은 한 권의 너덜너덜한 수기, 맥심이 가졌던 가짜가 아니라 진정한 스물네 번째의 『알리시아 3세의 수기』였다.

글렌은 살며시 그 책을 주워들었다. 그러자 고정되지 않은 많은 페이지가 바닥으로 쏟아졌고, 그것들을 다시 그러모아 적당히 수기 사이에 꽂은 후 내용을 확인했다.

……예상대로 암호였다. 해독하려면 고생해야 할 것 같았다.

아니, 그보다 자신의 암호 해독 능력으로 제대로 해독할 수 있을지 불안감이 들었다.

일단 대충 훑어본 결과, 난생 처음 보는 암호의 나열이라 자신감이 더더욱 사라졌다.

"참 나, 귀찮은 일은 사양하고 싶은데 말이지……."

그러나— 아카식 레코드.

지금까지 몇 번이나 마주친 그 단어.

슬슬 글렌도 그것과 진지하게 마주해야 할 때일지도 몰랐다.

"뭐, 세계를 지키라느니 뭐니 하는 거창한 말에는 그다지 느껴지는 게 없지만…… 학생을 지키는 건 교사의 일이니까."

그렇게 혼잣말을 중얼거린 글렌은 수기를 품속에 쑤셔 넣었다.

그리고 아직도 대성통곡하고 있는 학생들에게 안겨서 눈을 휘둥그레 뜬 이브를 향해 다가갔다.

교육방침을 건 결투전에서 시작된 사건은 수습됐다.

먼저 맥심이 내건 학교 개혁은…… 당연히 실패로 끝났다.

훗날 무단파의 교도청 관료 몇 명과 학교 이사회의 유력자와 맥심이 상당한 양의 뇌물을 주고받은 정황이 드러났기 때문이다.

이 사실을 밝힌 것은 놀랍게도 맥심이 취임하기 얼마 전부터 마술학원에서 홀연히 모습을 감춘 세리카 아르포네아였다.

그녀는 어디선가 위의 동향을 파악한 리제 필마의 의뢰를 받고 맥심과 그 일파의 횡포를 막기 위해 비밀리에 행동을 개시했다. 관계자들을 전부 찾아다니면서 때로는 물리적으로, 때로는 사회적으로 파멸시키는 범죄 일보 직전의 강압적인 수단으로, 마치 폭군처럼 부정행위의 증거를 샅샅이 긁어모으고 다녔던 것이다.

그리고 세리카가 모은 증거를 기반으로 리제가 적확히 관계자들에게 공작을 벌여서 맥심을 규탄, 실각시킨 덕분에 릭은 무사히 학원장으로 복귀할 수 있게 되었다.

사실 그만한 부정의 증거가 있어도 맥심을 후원한 자들의 힘은 아직 건재했고, 정면에서 맥심과 전면 충돌했다면 결과가 어떻게 됐을지는 알 수 없었다.

하지만 어째선지 맥심은 신기할 정도로 리제와 세리카의

규탄을 순순히 받아들였고, 그토록 고집했던 학원장 자리에서 놀라울 정도로 쉽게 물러났다.

"나는 아직 인간을 가르칠 그릇이 아니었던 거다. ……처음부터 다시 시작해야겠군."

마지막으로 그런 혼잣말을 남긴 채…….

그리고 맥심의 퇴진과 교육 개혁이 좌초된 결과, 당연히 모범 클래스도 폐지되었다.

이번 사건에 휘말려드는 바람에 정신적으로 큰 대미지를 입은 모범 클래스 학생들은 고향으로 돌아가게 되었다. 리제는 그런 그들에게 제대로 처음부터 성실하게 배울 생각이 있다면 받아주지 못할 것도 없다며 편입시험 안내 요강 세트를 챙겨주었다.

이렇게 해서 알자노 제국 마술학원은 거의 원래의 모습을 찾게 되었다.

하지만 딱 한 가지 그대로 남은 것도 있었다.

그것은 새로 생긴 『군사 교련』 수업이었다.

이것만큼은 제국 정부의 방침이라 어쩔 수 없었던 모양이다.

그다지 큰 시간을 할애하는 건 아니지만 『군사 교련』은 마술학원의 새로운 커리큘럼 중 하나로서 정식 수업이 되었다.

사실 학생들은 그 사실에 관해 거의 불만을 가지지 않았다.

아무튼 제국군에서 파견된 빼어난 미인 전술 훈련 교관이 그 수업의 강사를 맡은 데다, 늘 어딘가 약간 불만스러운 얼굴을 하면서도 자상하고 성실하게 가르쳐주었기 때문이다.

그 전술 훈련 교관은 남학생들의 평판은 물론이고, 쿨하고 멋지다며 여학생들의 평판까지 좋았으니 불만 같은 게 생길 리가 없었다.

그리고―.

""""이브 선생님~!""""

"아아아아, 진짜! 정말이지, 당신들은! 나한테 일일이 달라붙지 좀 마! 성가시다구!"

"오늘은 저희랑 같이 식사해주세요!"

"야, 잠깐! 오늘은 우리가 이브 선생님을 위해 빵을 사왔거든?!"

"잠깐만요! 이브 선생님께 그런 궁상스러운 빵을 드시게 할 셈인가요?!"

"아~ 알았어, 알았으니까! 조용히 좀 해! 소란 피우지 마! 정말이지……."

그날 이후로 알자노 제국 마술학원에서는 강사복을 입은 이브가 교내 여기저기서 학생들에게 휘둘리는 모습이 드문드문 보이게 되었다.

"흥…… 이젠 실수로라도 「나에게는 아무런 가치도 없다」라는 말은 못 하겠지."

오늘도 글렌은 그런 이브의 모습을 멀리서 흘겨보았다.

"아무튼 이제 너도 그 녀석들에게는 필요한 사람이 됐으니까."

그리고 그런 혼잣말을 중얼거리며 학생들에게 붙잡힌 이브에게서 등을 돌리고 걷기 시작했다.

"……뭐, 역시 난 네가 싫지만."

말은 그렇게 하면서도 복도를 걷는 글렌은 온화한 얼굴로 쓴웃음을 흘렸다.

"아, 아야야야야야야! 다, 당신들, 잡아당기지 좀 말라구!"

한편, 이브의 언짢은 표정은 여전했지만 어떻게 보면 내심 기뻐하는 것처럼 보이기도 했다.

"그건 그렇고 저 녀석이 강사라……. 왜 이렇게 성가신 일만 늘어나는 걸까?"

한 차례 한숨을 내쉰 글렌은 품속에서 수첩 같은 뭔가를 꺼냈다. ……얼마 전에 입수한 『알리시아 3세의 수기』였다.

"성가신 일은 이걸로 좀 끝내주면 안 되려나?"

어깨를 으쓱인 글렌은 손가락으로 재주 좋게 수기를 돌렸다.

수기는 마치 풍차처럼 빙글빙글 돌았다.

안녕하세요. 히츠지 타로입니다.

『변변찮은 마술강사와 금기교전』 11권이 발매되었습니다.

편집부 및 출판 관계자 여러분, 그리고 이 『변변찮은』을 지지해주신 독자 여러분께 무한한 감사를.

뭐, 대충 1권부터 5권까지가 1부, 6권부터 10권이 2부라고 치면 이 11권부터는 3부인 셈이 되려나요?

그런 『변변찮은』의 새로운 시작점인 이번 11권의 주역으로 픽업된 것이 바로 이브 양입니다.

돌이켜 보면 근거리 마술 전투 최강이라든가, 로드 스칼렛이라든가, 특무분실의 엘리트 실장 같은 호화로운 설정으로 등장한 것치고는 험한 꼴만 당했던 그녀가 드디어 크게 활약하는 권이기도 합니다.

이러니저러니 해도 그녀는 개인적으로도(무심코 괴롭혀주고 싶다는 의미에서) 마음에 든 캐릭터라 이번에는 무척 즐겁게 집필했습니다.

하지만 작중에서 이브를 묘사할 때마다 생각하는 겁니다만, 이 녀석 도대체 왜 이렇게 인기가 많은 걸까요?(인기투표 8위)

이, 이상해……. 개인적으로 마음에 들었다고는 하지만,

전 이 이브 이그나이트를 처음부터 『독자의 어그로를 끄는 싫은 여자』로 디자인했는데 말입니다. 그렇게 밑바닥부터 조금씩 평판을 만회하는 캐릭터였던 거죠. 담당 편집자님께 특무분실의 실장을 이런 안쓰러운 소인배 캐릭터로 넣지 말라고, 그보다 귀여운 로리 유녀로 하라는 말을 듣고 전화로 한바탕 했던 것도 지금은 좋은 추억입니다.

실제로 이브가 첫 등장한 7권은 제가 다시 읽어봐도 지독한 여자라 인기투표에는 좋은 영향을 줄 요소가 전혀 없었습니다만…… 그래도 8위.

대체 이유가 뭘까요? 이래저래 제 인생 최대급의 수수께끼입니다. 설마 세상에는 『히스테리녀 모에』라든가 『들러리 모에』 같은 제 머리로는 이해조차 할 수 없는 모에 요소가 있었던 걸까요?

……큭, 라이트노벨 업계…… 어둠이 너무 깊잖아!

어라? 혹시 이브 양, 이대로 아무런 좋은 점도 없이 히스테릭하고 어그로만 끄는 들러리 여자였던 편이 더 나았던 걸까요? 하, 하지만 그랬다간 이브에게 예정된 스토리 전개가……! 대체 전 어쩌면 좋은 거죠?!

뭐, 이런 식으로 작가를 여러모로 고민하게 한 이브 양의 이야기를 즐겁게 기다려주시길 바랍니다.

히츠지 타로

이브의, 이브에 의한, 이브를 위한 11권. 재미있게 읽으셨을까요?

참고로 전 굉장히 만족했습니다.

작가님의 예상과 달리 이브가 처음 등장했던 시점부터 유일하게 글렌과 대등한 입장이 될 수 있는 다크호스 히로인이 되리라고 어느 정도 짐작했었고, 사실 다른 히로인들은 피보호자와 보호자라는 관계성이 주로 부각되다 보니 연애면에서는 약간 부족한 감이 없잖아 있었는데 이번 권에서 그런 부분들이 많이 해소되었기 때문입니다.

이제는 마술학원 사이드로 정식 편입됐으니 공적인 면에서도 그동안 알베르트에게 뺏겼던 지분을 만회할 수 있기를 기대해 봅니다.

그리고 개인적으로 이번 권을 작업하면서 정말 많은 일들이 있었습니다.

대충 요약하자면 고작 한 달 남짓 사이에 가족의 입원 〉 컴퓨터님 사망 〉 쓰러짐 〉 정밀 검사 및 치료라는 정말 만화 같은 불행이 숨 쉴 틈도 없이 연이어 일어난 탓에 거의 멘붕 일보 직전까지 몰렸죠. 특히 마지막에 이르러선 검사 도중에 의사 선생님께서 MRI 검사까지 권하셨을 때는 정말 (육체적으로) 인생 최대의 위기가 닥쳤다는 것을 직감했습니다. ……뭐, 다행히 기우로 끝났지만요. 덕분에 그동안 쌓인 긴장이 한꺼번에 풀렸는지, 낮 최고 기온이 38도를 찍은 시점인데도 지독한 감기몸살이 오는 바람에 지금도 선풍기도 못 틀고 콜록거리며 후기를 쓰고 있습니다. 회사에서 여름휴가를 받은 동생은 옆에서 실실 웃으면서 도발하고 있네요. ……다 나으면 어디 두고 보자. 아무튼 이번 일로 얻은 교훈은 의사는 결코 완벽한 존재가 아니니 진료를 받아도 체감상 차도가 없으면 단호하게 병원을 옮기자. 이제는 젊지 않으니 정기 검진은 꾸준히 받자, 정도입니다. 사실 결과적으로 별탈이 없었기에 망정이지 그대로 동네 의사만 믿고 방치했다간 나중에 정말 큰 문제가 생겼을지도 모르는 상태였으니까요.

아무튼 그런 악전고투 끝에 완성한 11권입니다만, 이 책이 나올 때쯤이면 폭염이 어느 정도 가셨기를 바라며 이만 후기를 마치겠습니다.

변변찮은 마술강사와 금기교전 11

1판 1쇄 발행 2018년 8월 10일
1판 2쇄 발행 2019년 5월 30일

지은이_ Taro Hitsuji
일러스트_ Kurone Mishima
옮긴이_ 최승원

발행인_ 신현호
편집국장_ 김은주
편집진행_ 최은진 · 김기준 · 김승신 · 원현선 · 권세라
편집디자인_ 양우연
국제업무_ 정아라 · 전은지
관리 · 영업_ 김민원 · 조인희

펴낸곳_ (주)디앤씨미디어
등록_ 2002년 4월 25일 제20-260호
주소_ 서울시 구로구 디지털로 26길 111 JnK디지털타워 503호
전화_ 02-333-2513(대표)
팩시밀리_ 02-333-2514
이메일_ lnovelpiya@naver.com
ㄴ노벨 공식 카페_ http://cafe.naver.com/lnovel11

AKASHIC RECORDS OF BASTARD MAGIC INSTRUCTOR Vol.11
ⓒTaro Hitsuji, Kurone Mishima 2018
First published in Japan in 2018 by KADOKAWA CORPORATION, Tokyo.
Korean translation rights arranged with KADOKAWA CORPORATION, Tokyo.

ISBN 979-11-278-4588-9 04830
ISBN 979-11-86906-46-0 (세트)

값 7,000원

데이트 어 불릿 1~3권

히가시데 유이치로 지음 │ 타치바나 코우시 원안 · 감수 │ NOCO 일러스트 │ 이승원 옮김

"······저는 이름이 없어요. 빈껍데기예요. 당신은 이름이 뭐죠?"
"제 이름은 토키사키 쿠루미랍니다."
기억을 잃은 채 인계라 불리는 장소에서 눈을 뜬 소녀.
엠프티는 토키사키 쿠루미와 만난다.
그녀의 안내를 받아 도착한 학교에는 준정령이라 불리는 소녀들이 있었다.
서로를 죽이기 위해 모인 열 명의 소녀들.
그리고 비정상적인 존재이자 빈껍데기인 소녀.
"저는 쿠루미 씨의 일행이자 미끼······ 미끼인가요?!"
"아, 미끼가 싫다면 디코이라고······."
"똑같은 의미잖아요!"

이것은 토키사키 쿠루미의 알려지지 않은 이야기.
자— 저희의 새로운 전쟁을 시작하죠

발할라의 저녁 식사 1~3권

미카가미 카즈토시 지음 | fal maro 일러스트 | 이신 옮김

신계의 부엌 『발할라 키친』의 저녁 준비 시간은 언제나 매우 바쁘다!
말할 수 있는 멧돼지인 나, 세이는 주신 오딘 님의 지명을 받아
이곳의 식사 준비에 도움을 주러 왔어.
─『요리되는 쪽』으로서!
아니, 확실히 내가 『하루 한 번 되살아난다』는
신기한 능력을 갖고 있기는 하지만,
그렇다고 해서 『매일 죽어서 밥이 되어라』라니 너무하지 않아?!
……뭐, 그 덕분에 아름답고 귀여운 발키리 브룬힐데 님 곁에 있을 수 있으니까
모든 게 다 괴로운 건 아니지만 말이지…….
응? 어라? 신계 No.2 로키 님이 어째서 이곳에?
어? 신계에 위기가 찾아왔으니 함께 가자고?!
아니, 나는 평범한 멧돼지인데요 으아아아아아아─!

제22회 전격 소설 대상 《금상》수상작!
신들의 부엌을 무대로 펼쳐지는 『부드러운 신화』 판타지!